講談社文庫

カエルの小指

a murder of crows

道尾秀介

講談社

俺は悪党だ。俺は悪党だ。俺は悪党だ。
墓石を見下ろしながら武沢竹夫《たけざわたけお》は胸の中で繰り返していた。
右側には貫太郎《かんたろう》、やひろ、まひろが立ち、まひろの足下に置かれたケージの中では
チョンマゲが耳を掻《か》いている。左側には中学二年生の少女と、小学六年生の少年。
傾いた太陽に顔を照らされながら、みんなで墓を囲んでいた。
離れた墓石にカラスが一羽とまっている。夏の終わりの風が吹き抜けると、その風
に聴き耳を立てるように、カラスはぴくんと頭を起こす。
「申し訳ねえ」
武沢は腰を屈《かが》めて両手を合わせた。
「……もう一回だけ、やらせてくれ」
墓の下に眠る男の、孤独な最期《さいご》を看取《みと》ったときのことが思い出された。病室の外に
群れ飛んでいた、赤とんぼ一匹一匹の様子さえ、新しい絵の具で塗られたようにはっ
きりと見えた。
墓石に手を合わせたまま、武沢は左右に並ぶ五人に声を投げる。

4

「相手がグループなら、こっちもグループだ」

言葉の一つ一つが、自らの覚悟を固めさせるための、コンクリートのひと塗りだった。

「久々に、派手なペテン仕掛けるぞ」

カエルの小指

a murder of crows

目次

The best way of successfully acting a part is to be it.

演技を成功させる一番の方法は、その役になりきることだよ。

——コナン・ドイル『瀕死の探偵』

THUMB／Finding him

（一）

ホームセンター「ファミーゴ」の一階エスカレーター脇に人が集まり、その視線の真ん中で、エプロン姿の武沢竹夫は手と口を動かしつづけていた。

「じゃあですね、ただのジューサーと何がどう違うか。これ見てください、この搾《しぼ》りカス。ほら水分がぜんぜんないでしょ？　野菜もフルーツも、からっから。最後の最後まで搾りきるから、こんなになっちゃうんです」

と客の視覚にうったえつつ、さらに触覚へ——。

「ちょっとこれ、さわってみてください。ね、奥さんほら、からっからでしょ。ご自分のみずみずしいお肌と比べてみてくださいよ、もう可哀想《かわいそう》になっちゃうから。でも可哀想じゃないんです、何故なら、はい、ドン！」

搾りたてのジュースを卓《たく》の真ん中に置く。

「中身はみんなここ。ビタミンミネラル食物繊維、みんなこっちに移動してるんです。これ従来の高速ジューサーと違って低速でゆっくり大事に搾るから、栄養を逃さないんですよ。刃が高速回転しちゃうと、どうしても熱が生じて栄養がみんな壊れちゃう。だからゆっくり力強く搾るんです。スリムボディなのにすごいでしょ、このデータ見て」

フリップを百三十五センチの高さに持ち上げ、数字が書いてある部分をビシッと指さす。これは最も人の目を引くと言われている高さで、コンビニエンスストアやスーパーでは「ゴールデンライン」と呼ばれ、店側が積極的に売りたい商品はたいていこの位置に並べられる。

「ね、ほら、従来のジューサーと比べると、同じ野菜とフルーツを搾ったのに、なんとビタミンCなら三十五%、抗酸化物質なんて八十%も多くとれちゃう。抗酸化物質って知ってます？　たとえば身体が自転車だとすると、錆《さ》びないようにしてくれる物質。ほら、そこのハマダサイクルさんに並んでる自転車なんて、みんなぴかぴか」

客たちが首を回して背後を見ると、そこには新品の自転車がずらりと並んでいる。が、本当に見せたいのはそれではなく、新品の自転車たちのそばに置かれている一台だった。誰かが修理にでも出しているのだろう、ボロボロに錆びた一台。抗酸化物質を摂《と》らないとあんなになっちゃいますよというわけだ。ただしあのオンボロ自転車にも持ち主がいるので、口に出して悪いことを言ったりはしない。ディス……ええと……ディスらない。これはまひろがよく使う言葉だ。耳慣れない表現だったので、最初は褒め言葉だと思っていた。「This is」の「This」、つまり「これ」という意味で、何かを指さすような感覚で言っていると勘違いしていたのだが、英語が得意なテツによると、「けなす」とか「侮辱《ぶじょく》する」という意味の「dis」という単語があるらしい。

「ビタミンミネラル食物繊維だけじゃないですよ、香りもみんなこのジュースに移動してるんです。皆さんぜひ前のほうに来て、かいでみてください。いい匂《にお》いがしますから。お、ありがとうございます。ほかの皆さんもぜひ」

客を物理的に引っ張り込み――。

「ね、いい匂いでしょ？　身体にいいものは匂いもいい。人間だって動物ですからね、本能でわかるんです。花の香りにチョウチョが惹《ひ》かれるのと同じで、生きていくのに必要だからこそ惹かれる」

蝶《ちょう》に嗅覚《きゅうかく》があるのかどうか知らないが。

「はい、ではここで質問。世の中には飲み物がたくさんありますが、いつまでも飽きないで飲みつづけるために必要なのは何？」

卓の前に集まった客たちを見る。平日の昼間なので数はそれほど多くない。右から順に、主婦らしい数人の女性。白髪の夫婦。キャリーバッグの逆バージョンのようなカートに両手をあずけたおばあさん。終始あからさまな苦笑いを浮かべている中年男性。その後ろを、夏休みに入ったらしい子供たちが、こっちを見ながら歩いていく。客たちは急に質問をされ、みんなきまり悪そうな顔をしている。主婦の一人が口の中で自信なさそうに「味？」と呟《つぶや》いてくれるのを待ってから、武沢はぽんと手を叩《たた》いた。

「そのとおりです、味！　味がよくないと飽きちゃう。皆さんこれ、飲んでみて。ちょっとだけ健康になるから飲んでみて。みんな充分に健康そうだけど、念のため、はい、はい、はい」

赤緑色のジュースを小さなプラカップに分け、一つ一つ手渡していく。客たちはそれに口をつけた瞬間、ぱっと表情をひらく。その中の、少なくとも一人が「美味しい」と言ってくれるのを待ってから、武沢は嬉《うれ》しさいっぱいの顔で頷《うなず》いた。

「美味しいんです！　だから飽きずに飲みつづけられる。もし飽きたら、どうするか。違う野菜やフルーツでつくればいい。そうすれば永遠に飽きないでしょ。それとね、じつはちょっと変わったジュースだってつくれるんです。皆さんマーフィーの法則って知ってます？　世の中の真実を言い当てている、ちょっとまあ意地悪な法則集なんですけど、そこにこんなのがあるんです。人生で愉《たの》しいことは、違法であるか、ぱっとわからないようなことを早口で言ったのは、わざとだ。ただ説明を聞かせるだけではなく、何かを自分の頭で考えてもらうことで、いまここで行われているやり取りに参加しているという意識を持たせる。

「つぎ、こんなの入れちゃいますね」

食材が入ったボウルから生トウガラシを二本、手に取った。爪で縦に裂《さ》いて中の種《たね》を捨て、「健康サポート！　スロージューサー」の食材投入口に放り込む。水分を足すためキュウリも入れてからスイッチを押すと、機械の中で刃がゆっくりと回転しはじめ、うっすらと赤い液体が排出口から流れ出て、さっき余ったジュースの中に足されていく。

「トウガラシに含まれるカプサイシン。テレビとか新聞で見たり読んだりしたことありますよね、痩《や》せる物質。これをジュースに混ぜることもできるんです。いま集まってくれてる人たちには必要ないだろうけど、いつか肥っちゃったときには是非これもためしてみてくださいね」

武沢はトウガラシ入りジュースをプラカップに注いで自ら飲み干した。猛烈に辛《から》い。こんなものを毎日飲んだら胃がやられそうだ。それでも精一杯に頰《ほお》を持ち上げ、居並ぶ客たちの顔を確認する。みんな、売台《ばいだい》の脇に積まれた商品の箱へ目をやったりして、何かを探すような素振りを見せている。このジューサーはいったいいくらなのか。それを気にしているのだ。値段は実のところ、これまで売ってきた商品の中でもかなり高い。高いから最後までオープンにしない。でも、そろそろ大丈夫だろうか。いや、もう少し商品の魅力をアピールすべきか。とはいえ客はみんな別の目的があってこのホームセンターに来ているので、長い足止めは嫌がられる。

「さあ、気になるお値段！」

勝負に出ようと決め、売台の下に手を伸ばした。商品の値段と、クレジットカードも使えますという説明が書かれたフリップを摑《つか》む。

「なんと！」

そのとき、客たちの右端、ちょっと肥った主婦の向こうに、一人の中学生の姿が見えた。いや中学生かどうかはわからないが、身長と顔立ちからしてそのくらいだろう。通路の反対側からこっちを眺《なが》めている。だぶついたジーンズにボーダーのTシャツにキャップ。痩せた青白い顔。完璧《かんぺき》な無表情。

またか、と胸の中で呟く。

商店街、ショッピングモール、ホームセンター——武沢が実演販売を行っているとき、不意に現れては離れた場所からこっちを見ている中学生。現れるのは決まって今日のように、江東《こうとう》区周辺で卓《たく》を打っているときだった。決して近づいてこようとはせず、ただ遠くから眺め、気づけば姿を消している。しょっちゅう現れるから気になっているというだけではない。最初に見たときから武沢は、どこかで会ったことがあるような気がしてならないのだった。

客に目を戻す。この仕事は集中力が肝要だ。客の表情《かおいろ》やリアクションに、こちらの動きを合わせていかなければ、商品は売れない。

「お値段なんと！」

「水溶性食物繊維だけですよね」

まるで瞬間移動のように、さっきの中学生が客のあいだから顔を出していた。

「……うん？」

「ジュースに食物繊維がたっぷり入っていると言ってましたけど、それは水溶性食物繊維だけで、不溶性食物繊維はみんなそっちのカスのほうに行っちゃいますよね。食物繊維は水溶性と不溶性をバランスよくとらないと駄目って聞いたことあるんですけど」

コンピューターのように抑揚《よくよう》のない声でひと息に喋《しゃべ》る。

「はは、きびしいお兄ちゃん登場」

左端に立っていた中年男性がバッタみたいに意地の悪い顔をし、白髪のおばあさんが隣の夫に「ハンサムさん」と囁《ささや》く。

「おお、きみよく知ってるね。でも不溶性食物繊維はあんまりとりすぎると便秘になっちゃうんだよ。ウンのチーが出にくくなっちゃうの」

この程度の指摘に対する切り返しはいくらでも用意してあった。

「それに対して水溶性食物繊維は、血糖値を下げてくれるしコレステロールを身体の外に出してくれるし、いいことばっかり。便秘にも効くしね」

「不溶性食物繊維も便秘にいいってネットに書いてありました。便のサイズをアップして腸を刺激するから、蠕動《ぜんどう》運動が盛《さか》んになって便秘解消に効果的だって」

「いやそりゃ、健康な人だったらいいけど、不健康で内臓が弱ってた場合、ウンのチーがでっかくなると、出にくくなっちゃうでしょ」

「でもさっき、ここにいる人たちは〝みんな充分に健康そう〟って」

「だとしても、ほら身体の中まではわかんないじゃない。そのわかんないところにね、もし問題があったとき、はい、それを解決してくれるのがこの『健康サポート！スロージューサー』！　痩せるし血糖値は下がるし便秘も解消。お値段なんと！」

「不溶性食物繊維を捨てちゃうのって、もったいないと思うんですけど……」

中学生がしつこく首をひねる。こいつひっぱたいてやろうかと思ったが、もちろん思っただけで、武沢は頬の位置を高くキープしたまま大仰に頭を下げた。

「そのご指摘を待っておりました。皆さんごめんなさい、まだ一つお話ししていない大事なことがありました。じつはですね、この野菜やフルーツの残り、これを無駄なくお料理に使うこともできるんです。たとえばニンジンの残りはミートソースやカレーやオムレツに、キャベツやなんかの残りはスープに」

「さっきは〝カス〟って言ってたのに……」

また中学生が呟く。ほかの客たちはその場に立ったまま、興味津々に武沢たちの顔を見比べている。もちろんその興味は、いま目の前で展開されている大人と子供の口ゲンカ的なやりとりに対するものであり、商品に対する興味はすでに薄れていた。こうなったらもう高額商品を売りつけるのは難しい。時間は限られているので、いったんばらして仕切り直したほうがいいかもしれない。立ち去る言い訳を客にくれてやるつもりで、武沢はフリップを持ち上げた。

「はい、カスまで美味しくいただけるこの『健康サポート！　スロージューサー』、お値段なんと――」

ドンとフリップを売台に置く。

「二万九千九百円！」

高《たけ》えな、とおじいさんが首を横に振る。無理だわね、とおばあさんが首を縦に振る。苦笑いが左右に伝染し、一人が腕時計を見たのを時機《しお》に、みんなそれぞれの目的のため店内に散っていく。せめてあの糞《くそ》ガキを怖い顔で睨《にら》みつけておこうと、武沢はそっちを見たが、もうどこにもいなかった。

（二）

「そいじゃ、お世話さまでした！」

バックヤードを覗《のぞ》き、奥のデスクに座った店長に声を投げた。

「あどうも、お疲れさまでした。たくさん売れましたか？」

「ええ、もうおかげさまで。ファミーゴさんのお客様、みなさんかなり健康に気を遣っておられるようで」

販売スペースを借りていたのは昼の十二時から夕方六時までだが、時間ぎりぎりまで粘《ねば》っても、売れたのはけっきょく一台きりだった。初回の実演販売であの糞ガキが現れたせいで、どうにも集中力がつづかず、トークが上滑《うわすべ》りしてしまい、客の呼び込みにも商品の紹介にも失敗した。喋っている内容は普段どおりでも、客とのあいだにある空気の隙間《すきま》を埋めきれなかったのだ。たとえばテトリスで、積み上げたブロックのあちこちに隙間ができてしまったように、赤い縦棒にあたる「値段」を最後にドンと落としたとき、しーんとして何も起きてくれない。といっても武沢はテトリスをやったことなどなく、テツがスマートフォンでやっているのを何度か覗いただけだが。

「おお、さすがプロだなあ。いえうちのスタッフもみんなプロですけどね、自分から積極的に商品を売ることはしないから」

「どうです店長さんも一台。健康のために」

冗談めかして言ってみた。四十代半《なか》ばくらいだろうか、武沢よりもだいぶ若い店長は、手のひらを大仰に振り、ついでに首も振った。

「タキ沢さんに言われたら、ほんとに買っちゃいそうだからやめてくださいよ」

「いやどうも、ははは」

頭をひとつ下げ、バックヤードのドアを出た。

目の前に一階の駐車場とつながっている集荷用エレベーターがあり、その手前に台車が置いてある。「ＨＢ」と鉛筆みたいなアルファベットが書かれているのは、武沢が働いている実演販売士派遣会社「ヒューマンブラッサム」の略称だ。台車の上には売れなかった「健康サポート！　スロージューサー」の箱が十三個も積んである。

エレベーターが到着するまでのあいだ、武沢は胸に提げた身分証をぼんやり眺めた。いまよりも若い顔写真。その下に「武沢竹夫」の四文字。ついさっき店長には名前を間違えられたけれど、本名で生活できるというのは素晴らしいことだ。

かつての武沢は、いつだって偽名をぶら下げて生きていた。名前を偽り、職業を偽り、気持ちを偽り、生活の中で本当のことなんて何ひとつつなかった。

——詐欺師《さぎし》なんて、人間の屑《くず》です。

昔、ある男に面と向かってそう言われた。

もちろん言われる前から知っていた。必死に知らんぷりをして生きていたのだ。そんな武沢を、あの男はどん底から引っ張り上げ、立ち直らせてくれた。

恩はいまだに返せていない。

何が恩返しになるのかもわからない。

詐欺師から足を洗ったあのとき、武沢はまっとうに生きることを決めた。たくさんの人を欺《だま》してきた罪は、絶対に消えないとわかっていたが、自分を立ち直らせてくれた男の気持ちに報《むく》いるため、嘘のない人生を生きはじめた。

はじめは肉体労働で日銭を稼《かせ》いでみたが、身体がついていかなかった。へとへとになって帰り道をたどっていた夕間暮れ、商店街で浄水器を売っている実演販売士を見かけた。漫談を気取ったような喋りは、よどみなく、聞き心地も悪くなかったが、商品はまったく売れていなかった。自分ならもっと上手《うま》くやれるのにと思った。思ったのがきっかけだった。

自分には、口の上手さくらいしか長所がない。

ならばそれを使える商売《しごと》をはじめればいい。

そこで武沢は、まひろに電話をかけて調べ物を頼んだ。まひろは実演販売士を派遣する業者をいくつかインターネットで見つけてくれ、武沢はその中で一番名前が気に入った「ヒューマンブラッサム」の説明会に申し込んだ。当時もう四十代半ばだったので、参加者の中では年齢がいっているほうだったが、何故か人事課長に気に入られ、翌日からさっそく実演販売への同行がはじまった。やり方はその日のうちに憶《おぼ》えてしまい、翌週からは一人で卓を打っていた。給料は基本給＋歩合《ぶあい》の形式と、完全歩合形式のどちらかを選べたが、前職での慣れもあったので、迷いなく後者を選んだ。

以来、商店街やデパートやショッピングセンターやホームセンターで、健康枕や足マッサージ器や強力ボンドやスロージューサーを売ってきた。二年前に売っていた「魔法ブラシ！　ゴムシュッシュ」という、ゴムの力で風呂場《ふろば》のタイル目地を掃除するブラシはとくに印象深い。というのも、つい最近、ヒューマンブラッサム経由で客から手紙が届いたのだ。二年前に買った商品がいまだに重宝していると、感謝の言葉がそこには綴《つづ》られていた。人の役に立てたことが心底嬉しかった。返信の葉書に、自分の住所氏名を正々堂々と書きつけたときは、生き直している、という気がした。この十数年で一枚だけもらったその礼状は、通勤鞄《かばん》のポケットにいつも入れている。

エレベーターのドアがひらく。

作業服を着た若い配送員たちと入れ替わりに、武沢は台車を押して乗り込んだ。一階のボタンを押し、売れ残った「健康サポート！　スロージューサー」の箱を眺める。今日のように、どうしても商品が売れない日は、これまでだってなかったわけじゃない。勝ったり負けたり引き分けたり。収入《かせぎ》は月によって大きく変わる。実演販売士の中には、どんなときでも商品を売りまくり、年に一億円を稼ぎ出す者もいると聞く。武沢はその域までこそ達していないが……まあ、暮らしぶりは悪くなかった。

歪《ゆが》んだスライドドアに自分の姿が映っている。ワイシャツやズボンには、しっかりと糊《のり》をきかせてあるので、一日動いてもまだしゃきっとしているし、袖口《そでぐち》から覗く高級腕時計も品よく光ってくれている。疲れた身体で帰り着く「シャトーＡＫＡＳＡＫＡ」の自室では、上等なブルゴーニュの赤ワインが武沢を待っている。

（三）

駐車場で営業車に荷物を積み終え、ハッチを閉めようとしたところで人影に気づいた。

すぐそばに駐められた車と車のあいだ、自転車のハンドルを握って立っているのは、あの中学生だった。

「まだなんか文句あんのか？」

ぶっきらぼうに呟き、荷台のハッチを閉める。どこかで会ったことがあるという奇妙な感覚が、やはり気になったが、暗いので顔がよく見えない。

「文句なんて最初からありません。気づいたことを指摘しただけです」

「TPOって知ってるか？」

「タイム、プレイス、オケージョンですよね」

そうなのか。

「そのとおりだ。時と場所とあれを、ちったぁ考えてくれ。こっちはこれでメシ食ってんだから」

車の脇を回り込み、運転席のドアに手をかけた。開ける前に相手の顔を振り返ってみたが、やはり暗くてよく見えない。

「……ところでお前、俺と会ったことある？」

「これまで何度か実演販売を見ていました」

「それは知ってるけど、その前」

「どう思います？」

すっと相手が自転車を押して近づいてきた。武沢の顔を真《ま》っ直《す》ぐに見上げ、いくぶん唇《くちびる》の端《はし》を持ち上げながら、はっきりとした声で言う。

「武沢竹夫さん」

思わずぎくりとしたが、胸にまだ身分証をぶら下げていることを思い出した。からかわれたのだ。悪態《あくたい》を口の中で嚙《か》み殺し、武沢は身体の正面を相手に向けた。

「お前の名前は？」

「キョウです」

憶えがない。

「どんな字だ？」

「それはちょっと」

「苗字《みようじ》は？」

「むやみに名前を教えてはいけないと幼稚園の頃から言い聞かされてきたので」

「そういう時代だわな」

だぶついたジーンズに、ボーダーのTシャツ。キャップのへりから飛び出した髪が、首の後ろと左右で跳ねている。顔に生気がないせいか、その髪は、頭よりもキャップに付属しているようで、キャップを取り上げて地面に置いたらサワサワと歩きはじめそうだった。瘦せた両手に支えられている自転車は、T字形のハンドルに、思い切って太いフレームの、あまり見ないタイプで、いかにも値が張りそうだ。色はクリームだろうか。前カゴにはスポーツバッグのようなものが無造作に突っ込んである。

「実演販売のやり方を教えてほしいんです」

いきなり言われた。

「……へ？」

「実演販売を教えてください」

両手をぴんと伸ばして頭を下げる。

「……何で？」

「これに出たいので」

キョウは自転車のカゴに突っ込んであったバッグから、Ａ４判の紙を一枚取り出し、武沢に差し出した。受け取って顔を近づけ、遠ざけ、近づけてみるが、なにしろ暗いので、カラフルなことくらいしかわからない。舌打ちしつつ運転席のドアを開けると、あ、とキョウが声を上げた。

初めて素直な感情が飛び出たような声だった。

「乗らねえよ。ライトつけて読むだけだ」

天井のルームライトをたよりに、紙を見てみる。どうやらインターネットのページを印刷したものらしい。一番上に『発掘！　天才キッズ』とあり、その横に並んでいるのは、言わずと知れたキー局のロゴ。タイトルとロゴの下にイメージ写真があり、中年ベテラン人気タレントの瀬谷《せや》ワタルが、いかにもウェルカムといった感じで両手を広げて笑いかけている。その隣には、いくぶん小さなサイズで写った女性アナウンサー。名前は思い出せないが有名な女子アナだ。目と口を盛大に広げ、両手をチューリップのようにひらき、とても驚いたというポーズをとっている。

「その番組を知っていますか?」

「知らねえ」

「名前の通り、天才キッズを発掘する番組です。たとえばピアノやバイオリンの演奏、暗算、スイーツづくり、ほかにもいろいろ、中学生までの子供たちが自分の得意なパフォーマンスを披露し、その中から一人が勝者に選ばれます。勝者は投票により決められ、出演タレントたちのポイントがそれぞれ三点、四十人ほどの観覧客はそれぞれ一点。応募は動画送付で行われ、選考に通れば番組に出られるのですが、出られなかった人でも番組内で応募動画が紹介される場合があります」

異様によどみのない口調だった。

「出演するだけで一万円をもらえ、もしトーナメントで優勝したら二十万円分の商品券がプレゼントされます。商品券はもちろんチケットショップで売ることも可能なので現金みたいなものです。じつはある事情がありまして、自分の手でお金を稼がなければならないのですが、中学生ではアルバイトができないので、この番組に目をつけました」

「何でわざわざ実演販売なんだよ」

「そうしたパフォーマンスで応募する人なんて、きっとほかにいないので、勝ち目があるんじゃないかと思いまして」

「誰を相手に実演販売すんだ？　スタジオのタレントか？」

「おそらくそうなるのではないかと」

「そんなん、本物の実演販売じゃねえだろ。馬鹿《ばか》言ってねえで帰れ。もう遅《おせ》えんだから」

「楽器の演奏だってスイーツづくりだって、べつにプロのパフォーマンスではないので同じことではないですか？」

すぐには切り返しが思いつかなかった。

「口の上手さには自信があります。逆に言えばそれくらいしか自信がないので、実演販売で応募しようと考えたんです」

「口の上手さだけでできる商売じゃねえ」

自分自身、口の上手さという長所だけをたよりにこの仕事を選んだことは、いったん棚に上げた。

「俺たちはな、客を言いくるめてるわけじゃなくて、誘導してんだ。誘導ってわかるか？」

「何ですか？」

キョウは眉《まゆ》を寄せて首を突き出す。

「ゆーどーだよ。その、コントロールっていうかさ」

近くを車のエンジン音が通り過ぎていく。

「すみません、ちょっと……」

キョウは両目の目頭にそれぞれ人差し指を押し込み、瞼《まぶた》をひらいたまま眼球を上に向け、数秒経《た》ってから下に向け、また上に向けてから武沢の顔を見た。

「……何だそれ」

「聴力のツボを。エンジン音でよく聞こえなかったので」

「押したの、目じゃねえか」

「ここに耳のツボがあるんです」

ためしにやってみた。人差し指を目頭に突っ込み、上を見て、下を見て、上を見る。耳をすます。よくわからない。声を出してみる。

「あー、あー……何も変わらねえぞ」

「そうですか?」

「そもそも目に耳のツボぅお!」

両目を猛烈な痛みが襲った。内股《うちまた》になって両膝《りようひざ》をこすり合わせ、無意味に顔を両手で叩きながら武沢は悶絶《もんぜつ》した。目頭が燃え、涙がいっせいに湧《わ》き出して消火活動に入りはじめていた。いったい何が……いや、トウガラシだ。カプサイシン入りのジュースをつくるため、昼から実演販売でさんざんいじくってきたトウガラシの辛み成分が指先に残っていたらしい。

へっぴり腰のまま、武沢は顔だけ上げた。

「……誘導なら、自分にもできるってわけか」

「ジューサーがたくさん売れ残っているので、あれから時間ぎりぎりまで何度も実演販売をしつづけたんじゃないかと思ったんです。さっき紙を渡したとき、爪がまだ食材のカスで汚れていたので、手も洗っていないんじゃないかと」

手の甲で涙を拭《ふ》き拭き、武沢は頑張って上体を伸ばした。伸ばしすぎて、強がっている子供みたいになってしまったので、少し戻した。

「でも、駄目だ。その暗い顔と声じゃ無理だ。実演販売は喋りだけじゃねえ」

「明るい顔と声もできます」

「へえ、やってみな」

キョウはやってみせた。

にこっと笑われ、どきっとした。

「武沢さんに実演販売を教えてもらって、どうしても番組に出てお金を稼ぎたいんです、ほんとに」

なんとも嫌みのない、ころころとテンポのいい声だ。

「いや、駄目だ」

詐欺師から足を洗ったその日から、自分はもう妙なことには絶対に巻き込まれまいと決めたのだ。静かに暮らしていれば、誰も哀《かな》しませない。誰も死に追い込んだりしない。

「どうしてですか？」

キョウの顔と声がもとに戻った。

「むかついたから駄目だ」

「ずいぶん大人げないですね」

「いいから家帰れ。パパとママが心配すんぞ」

「お父さんもお母さんもいません。お祖父《じい》ちゃんとお祖母《ばあ》ちゃんと三人で暮らしているのですが、二人ともいま四国《しこく》へお遍路《へんろ》に行っているので、一ヵ月ほど帰ってきません」

「お遍路？」

「一人娘が飛び降りたもので」

「飛び――」

いや駄目だ。

「よくもまあ祖父さん祖母さん、こんなガキんちょ一人を置いて一ヵ月も家を空けるもんだ。おかげでこっちは迷惑だ」

「合宿のしおりをつくったら信じました。夏休みのあいだ、孫はずっと学校の勉強合宿に行っていることになっています。あの二人は何でも信じるんです。そのせいであんなことになったわけですが」

「あんなこ――」

いやいや駄目だ。

武沢が後退して距離をとった拍子《ひょうし》に、営業車のルームライトがキョウの顔を照らした。その顔を見た瞬間、頭のどこかがカチリと鳴った。

胸の中で年月を数えてみる。

あれは、いまから何年前だったか。

「……一つ教えてくれるか」

「はい」

「お前、いくつだ？」

「十四歳、中学二年です」

しばし考えてから武沢は訊《き》いた。

「話、聞いてほしいのか」

「ほしいです」

「いまから出すなぞなぞに、お前が答えられたら、考えないでもない。タイムリミットは三秒だ。やってみるか？」

キョウはぐっと顎《あご》を引いた。

「どうぞ」

あのなぞなぞを、まさか十五年経って自分が誰かに出題することになるとは思わなかった。

「五人家族の中で、ほかの全員と円満な関係もつくれればダメな関係もつくれてしまうのは誰だ？」

（四）

座卓を挟んでキョウと向かい合っていた。

ファミーゴの駐車場を出たあと、武沢は会社に営業車を戻し、報告書を書き上げてから電車に乗って自宅の最寄り駅まで戻ってきた。約束したとおり、キョウは改札口を出たあたりで待っていた。武沢の自宅は足立《あだち》区なので、ファミーゴからは十五キロ以上離れていたが、自転車で長距離は走り慣れているということで、駅で待ち合わせたのだ。

「飲み物も出さねえで、悪《わり》いな。いまちょっと、冷たいお茶が切れてて」

「水筒があるので大丈夫です。麦茶ですけど、武沢さんも飲みますか？」

「いいのか」

「コップか何か――」

「待ってろ」

洗って伏せたままになっていた湯吞《ゆの》みとグラスを、流し台の上から取ってきた。キョウはきちんと正座をしたまま、バッグから水玉模様の水筒を取り出して麦茶を注いでくれた。

「夜分にお邪魔してしまい、すみません」

「約束だからな」

武沢が出したなぞなぞに、キョウはものの一秒ほどで正解してみせたのだ。

「なんか……あれですね」

グラスの麦茶をひと口飲み、キョウは部屋を見渡す。家具は少ない。実演販売の練習に使うサンプル商品が壁際にごたごたと並べられ、その隣にはアイロンがぽつんと置いてある。アイロンはズボンやワイシャツの皺《しわ》を伸ばすときだけでなく、料金滞納でガスを止められたとき、肉を焼くのに使うこともあった。

「実演販売士の生活は意外と大変そうだなって思っただろ？」

キョウは素直に頷く。やわらかそうな髪が、脱いだキャップのかたちにへこんでいる。

武沢が暮らしているのは駅から離れた場所にある、時代に取り残されたようなぼろアパートの一階だった。「シャトーAKASAKA」と名前だけは気取っているが、単に大家の苗字が赤坂《あかさか》というだけだ。

「いつも腕にはめている、その時計も高そうですし」

「中古の月賦《げっぷ》払いだ。ハッタリだよ。浮き世は衣装七分なんて言うけどな、人はなにしろ見かけに弱い。貧乏くさいナリをした人間から商品を買いたいとは誰も思わねえだろうから、この商売をはじめるとき、無理して買ったんだ。でも実演販売士の中には、年収一億円も稼ぐ奴だっているんだぞ」

もちろん、武沢とは才能が違うのだろう。自分に才能がまったくないとも思わないが、せいぜい腕時計のローンを支払いながら、なんとか食っていける程度のものだ。それでも武沢は、いまの暮らしに満足している。生きていければそれでいい。人間、金を欲しがってもきりがない。千円の肉は五百円の肉の二倍美味いわけじゃないし、百万円のテレビは十万円のテレビの十倍楽しめるわけでもない。払った金と得るものの差は、金額が高くなるほど大きくなっていく。金持ちたちは首をかしげ、いつまでも手に入らない満足を求めて、また金を使う。そうしていつまでも不満の中で生きていく。その一人になるつもりなんて、最初《はな》からない。

「玄関の脇に置いてあったあのワインもハッタリですか？　ものすごく高級なやつですよね」

「わかんのか？」

「まあ、ちょっと」

何故かキョウは視線をそらす。

「二年前かな、会社で売り上げ強化月間があってさ、俺、まぐれで優勝したんだ。あのワインは、そんときもらった賞品」

電動アシスト自転車とノートパソコンと赤ワインから一つを選べたのだが、自転車は持っていたしパソコンは面倒だし酒は好きなので、ワインにしたのだ。が、ほかの二つと同じくらいの金額かもしれないと思うと恐くて開けられず、ああしてずっと玄関の脇で熟成させているというか、単に置いてある。しかし置いてあるだけでも充分に意味はあった。仕事から疲れて帰ってきたとき、「成功の証《あかし》」に迎えられるというのは気分がいいものだ。ほかに迎えてくれるもののない生活なので、なおさらだった。

「もしかして、ブルゴーニュって何だかわかったりするか？　ブルゴーニュの、いいワインだって言われたんだよ。フランス語だとは思うんだけど」

「さあ。メーカーの名前じゃないですかね。調べます？」

キョウはバッグから可愛《かわい》らしい巾着《きんちゃく》袋を出し、そこからスマートフォンを取り出したが、武沢はやっぱり断った。

「知ったら、余計飲めなくなっちまうかも」

「〝世界一〟とか、そういう意味かもしれないですね」

「うん」

そのとき玄関で物音がした。新聞受けに何かが入れられたらしい。

「なんだこんな時間に」

「夕刊ですかね」

「朝刊しかとってねえよ」

新聞受けを開けてみると、派手なチラシが一枚入っていた。

新台入替！　パチスロ　海鮮物語
「いらね……」

チラシを適当に折りたたみながら振り返る。キョウは首を丸め、ぼんやりとスマートフォンを覗き込んでいる。こうして玄関から部屋を見たとき、そこに誰かがいるというのはなかなか珍しい光景だ。

もしも娘の沙代《さよ》が生きていたら、もうすぐ三十二のはずだから、ものすごく早い結婚をしたと考えると、キョウは自分の孫でもおかしくない年齢だった。こんなふうに孫と二人で向かい合って会話するシーンを、世の中のほとんどの父親と同様、武沢も昔は思い描いたことがある。妻の雪絵《ゆきえ》が生きていた頃も、彼女が肝臓癌《がん》で亡くなったあとも。

家族三人――途中からは娘と二人で暮らしていたあの借家は、いまもあるだろうか。西側にちょっとした丘があって、家はちょうどその斜面の裾《すそ》に位置していた。だから、夕日が当たることは一度もなかった。当たるのは、いつだって朝日か、昼の日差しだった。反対に、いま暮らしているこのアパートは、西側にしか窓がない。仕事から帰ってくるのは日が沈んだあとなので、部屋に太陽が射《さ》し込んでいるところは、たまの休日にしか目にしない。でも、それがじつのところ武沢にはありがたかった。部屋に太陽が射し込むと、余計にがらんとして見えてしまう。だから武沢は、休日の夕刻になると、いつも部屋を出て、近所をぶらついたり、まひろややひろ、貫太郎、そしてテツが暮らす隣町まで足を伸ばし、たまたま自分を見つけてくれないだろうかと期待しながら、足が疲れるまで歩き回る。飯でも食おうかと連絡することは、いつだってできた。しかし、こちらからはなるべく干渉しないと決めているのだ。

「……で？」

座卓に戻ってキョウと向き合った。

「話、聞いてほしいんだろ？」

（五）

「そんで、父親とはいまも音信不通なわけか。……お、すまねえ」

空になった武沢の湯呑みに、キョウが水筒から麦茶を注ぐ。

「どこの誰だかも知りません。……あ、すみません」

武沢も相手のグラスに酌《しゃく》を返した。

座卓の上の皿には、武沢が台所から持ってきた煮干しが盛られている。骨が弱くならないよう、ちょくちょく食べるようにしているのだ。

――お母さんには、昔、結婚を約束した人がいました。

そんなふうに、キョウの話ははじまった。

母親はその男と交際をつづけ、やがて子供を身ごもった。ところが男は彼女から妊娠の事実を知らされると、とたんに態度を変え、堕胎《だたい》するよう言った。彼女のほうは、妊娠をきっかけに結婚の話を具体的に進めるつもりでいたので、ひどく驚いた。

——驚いたというのは、かなり事実を薄めた表現だったのではないかと思います。そのとき母親が、子供を産んで一人で育てることを決めたのは、意地や悔《くや》しさもあったのかもしれないが、何より祖父母が経営している会社が順調だったからなのだという。経済的に充分可能だと考えたらしい。

「出産の前に誓約書が交《か》わされました。父親が子供の認知をしないこと、一切の責任を負わないことが、そこには明記されていました。弁護士を通した、ちゃんとした書類です。だから、いまさら父親が誰だか知ったところで何にもなりません」

「ひでえ話だな」

「でも実際、父親のことなんてどうでもいいんです」

そのあとキョウがつづけた言葉を、武沢は後に何度も思い出すことになる。

「人間、どこから来たかより、どこへ行くのかが大事ですから」

母親はそれから半年ほど経ち、早産だったが、無事にキョウを産んだ。キョウは港《みなと》区にある大きな家で、経済的にまったく不自由することなく、祖父母と母親によって育てられた。

「というわけで、いまこうして中学生をやっています」

まるですべての説明が終わったかのように、キョウは皿から煮干しを取って口に入れた。ここからいよいよ、ファミーゴの駐車場でほのめかされた不穏な話——母親が飛び降り自殺したとかいう話になりそうなのに、言葉をつづけようとしない。武沢に促《うなが》されるのを待っているのかもしれないが、こっちから聞き出してしまうと、あとあと妙な責任を感じてしまいそうだ。いや、案外相手はそれを狙《ねら》っている可能性もある。武沢も煮干しを一つ口に入れて黙ってみた。するとキョウもまた煮干しを口に入れた。負けじと武沢も皿に手を伸ばした。すぐに応戦された。もう一つ。もう一つ。互いに飲み込むよりも口に入れるペースのほうが速く、どちらもハムスターのような頬になったとき、武沢が根負けした。

「で、母親がといおいたってのは？」

喋りにくいので口の中の煮干しを麦茶で流し込むと、咽喉《のど》を抜けていく麦茶はダシがきいていた。

「今年の春のことです」

「ついこないだじゃねえか」

母親に新しい交際相手ができたのが、すべてのきっかけだったのだという。

「お母さん、子育てをしながらずっと独身を通してきたのですが、一年ほど前にちょっとした変化がありまして」

夜、母親が夕食をつくったあと、人と会うからと言って出かけていくことが多くなったので、恋人でもできたのかもしれないとキョウは思った。母親の服装や顔つきからピンときたらしいのだが、その勘《かん》は当たっていた。

「あるときお母さんが出かけて、お祖父ちゃんとお祖母ちゃんも寝たあと、一人でコンビニに行ったんです。そしたら家のそばで、お母さんが誰かといっしょにいました。暗くて見えなかったけど、男の人だということはわかりました。夜に一人で出歩いてるところを見られるとお母さんに怒られると思って、路地の角に隠れていたら——」

キョウは眉を互い違いにした。

「人がキスするところを初めて見てしまいました」

「そうかい」

「もちろんドラマや映画では見たことがありますし、友達の中にしたことがあるという人もいましたが、自分ではもちろんしたことがないですし、誰かの結婚式に呼ばれたこともなかったので、まったくの初体験でした。二人はそのあと身体をくっつけ合いながら、すごく仲よさそうに何か小声で喋っていました。だから安心したんです。お母さんには、恋人でもつくって、女性として幸せになってもらいたいと常々思っていたので。——ところがですね」

キョウは急に麦茶をあおり、大きく息を吐《は》きながらグラスを置いた。

「そいつのせいで、こんなことになってしまいまして」

その男にまつわるすべての話を、キョウが母親から打ち明けられたのは、GEOS《ゲオス》のフードコートだったという。GEOSは江東区の木場《きば》にある三階建ての大きなショッピングセンターで、武沢も何度かエレベーター脇で卓を打ったことがある。

「日曜日の朝、そこの三階にあるフードコートのテラス席で、お母さんにうどんとアイスを食べさせてもらって、そのあと聞かされたんです。普段は外食なんてまったくしなくなっていたので、最初から変だなとは思っていたのですが」

母親は唐突《とうとつ》に話をしはじめたらしい。

「お母さんが付き合っていた男の名前はナガミネマサト。ただしこれは本人がそう名乗っただけで、本名はいまだにわかりません」

キョウの母親がナガミネマサトと初めて会ったのは、自治体が運営しているカルチャースクールの受付だった。簿記《ぼき》の資格取得を目指すため、彼女は全二十四回の講座に申し込み、その一回目が終わったとき、ヨウコさん、と呼びかけられたのだという。

「ん、お前のお袋さんはヨ、ヨ、コってのか？」

思わず遮《さえぎ》ると、

「いえ違います」

キョウは首を横に振った。

声の主は、小綺麗《こぎれい》なスーツ姿の男だった。まわりに人もおらず、どう見ても自分に呼びかけているようだったので、違います、と母親は答えた。すると相手はさっと恥ずかしそうな顔をし、大仰な仕草《しぐさ》で謝った。大人の男が単に人違いをしただけにしては、違和感をおぼえるほどの恥ずかしがりかただったらしい。

「そのときはそれで別れたそうなのですが、翌週、お母さんが簿記の講座に行ったら、また受付でその人と会ったんです。先週のことを謝られた上で、〝ヨウコさんかどうか自信はなかったんですけど……〟って、心から申し訳なさそうな顔をされたそうです」

自分はいったいあのとき誰と見間違えられたのだろうと、母親は興味がわいたので訊《たず》ねてみた。するとナガミネは困り果てた様子を見せたが、やがて、ひどく恥ずかしそうな顔で、「小学校時代に好きだった人です」と答えた。

「それを聞いてお母さんのほうも慌《あわ》ててしまったのですが、慌てながらも、この前の恥ずかしがりかたがやけに大げさだったことにも納得がいったそうです」

ナガミネいわく、彼は同じカルチャースクールで別の講座を取っていた。一人暮らしなのに料理がまったくできないので、栄養学の勉強をすることにしたのだという。

「さらにその翌週、お母さんが簿記の講座を終えて受付の前を通ったら、今度はナガミネの姿はなかったのですが、ビルの出口に向かったとき、出ていこうとしている背中が見えました」

少し迷ったが、母親はその背中に声をかけた。

「その日のことはよく憶えてます。家で、お祖父ちゃんとお祖母ちゃんと四人で晩ご飯を食べながら、お母さん、いつもと感じが違っていました。単純に言えば、嬉しそうでした。それで、友達と今度ご飯を食べることになったから、来週のカルチャースクールのあとは帰りが遅くなると言っていました」

以後、母親とナガミネの仲は急速に深まった。母親が受けていた簿記の講座はつづいたが、栄養学の講座は先に終了し、二人は互いの予定を合わせて会うようになっていた。

「といっても、ナガミネのほうは、栄養学の講座なんて最初からとっていなかったのでしょうけど」

ナガミネの仕事は投資ファンドのマネージャー——少なくともそれが本人の説明だった。企業や個人から預かった金を、株や債券《さいけん》などに投資して運用管理する仕事だ。ナガミネの実績は社内でも高く、年収もかなりの額であることが、彼の話の端々《はしばし》から想像された。

「お母さんがナガミネを家に連れてきたのは、さっき言ったキスシーンから一ヵ月ほど経った頃のことでした」

「どんな印象だった？」

　キョウは首を横に振る。

「会っていないんです。当時通っていた塾のテスト日と重なっていて、お母さんがそれを忘れてナガミネと約束をしてしまったので。でも、またいつでも機会をつくれるからということで、お祖父ちゃんとお祖母ちゃんを含めて四人だけで会うことになりました。もしかしたらお母さんとしては、思春期の子供のことを思って、初回はむしろそのほうがいいと思ったのかもしれませんが」

「かもな」

「もし会っていたら、自分なら何かを感じていたと思うんです」

　つぎの言葉をつづけたとき、キョウの両目は灰色に濁《にご》って見えた。

「祖父母やお母さんと違い、疑《うたぐ》り深いので」

　いまお付き合いをしているナガミネマサトさんだと、母親は両親に紹介し、その夜は四人で食卓を囲んだ。キョウが塾から帰宅したのは夜遅くで、すでにナガミネは家を辞し、母親もナガミネを送りに出ていたため不在だった。祖母がニコニコしながらキョウに語ったところによると、ナガミネは気さくで誠実、ちょっと不器用なところがあるが、話しぶりは終始穏《おだ》やかで、嫌みのない気遣《きづか》いを見せ、それでいて相手には気を遣わせないという「もうほんとに理想的な人」だったという。長野県の出で、父親はナガミネが就職で東京に出てきた直後に死に、母親も七年ほど前にガンを患《わずら》って入院した。ガン保険に入っていなかったので、母親の治療費を稼ぐため、ナガミネは我武者羅《がむしゃら》に仕事を頑張った。ナガミネのスマートフォンに入っていた母親の写真を、祖父母は食事をしながら見せられた。「信州ガン治療センター」のベッドに横たわる母親は、とても和やかな顔で笑っていたらしい。しかし、その母親が三年前にとうとう亡くなった。それからというものナガミネは、仕事ばかりの毎日に虚《むな》しさをおぼえるようになり、栄養学の講座に通ってみたのも、その虚しさをどうにかしたいという気持ちからだった。

「――らしいです」

「なるほどな」

もちろん武沢は、さっきからナガミネのエピソードをカッコつきで聞いていた。

「ここで、祖父母がやっていた会社について説明します」

二人が経営していたのは「じょうはな」という、呉服の仕入れ販売をやっている会社だった。もともとは富山で城端織物《じょうはなおりもの》を売る小さな店だったらしい。

「富山には、五年生のときに一度だけ家族旅行で行ったことがあります。かつてお店があった場所にはコンビニエンスストアが建っていましたが、店員さんにお願いして、その建物の前で家族の記念写真を撮ってもらいました。目の前に立山連峰《たてやまれんぽう》が広がって、町はすごく静かで、平和そうで……お祖父ちゃんもお祖母ちゃんもお母さんも、ずっとここで暮らしていればよかったのにと思いました」

そう言ってから、キョウはつけ加えた。

「いまは、もっと思います」

祖父母が東京に会社を移したのは十七年前のことだった。つまりキョウが生まれる三年ほど前だ。新天地での経営は、祖父母の不安をよそに軌道《きどう》に乗った。従業員も、最初はキョウの母親が事務をやっていたが、キョウが生まれて以降は外から雇うようになり、やがてその数も二人三人と増え、住居に使っていた店の二階はオフィスに改造され、一家は近くに大きな家を建てた。

会社の経営が上手くいったのは、なにより祖父母の人柄《ひとがら》のおかげだったのではないかとキョウは言ったが、

「人柄だけではやっていけない時代になっちゃったみたいで――」

数年前から急速に経営が傾きはじめたのだという。

「着物を着る人はいまでもけっこういますし、観光旅行に来ている外国人なんかも和服を買ったりしているようなのですが、すごく安く売るお店がたくさん増えてしまって。それでお母さんは、子供も大きくなってきたし、自分も経営を手伝ってなんとか会社を立て直そうと思い、簿記の勉強をはじめたんです」

あるとき母親は、それらの事情をナガミネに打ち明けた。

「自分にもずるい心があったんだって、お母さんは言っていました。会社の悩みをナガミネに打ち明けたとき、もしかしたら力になってくれるかもしれないという気持ちが、自分の中にあったんだって」

その気持ちに、ナガミネは喰《く》いついた。

「何日か経った頃に電話が来て、自分が『じょうはな』を助けることができるかもしれないと言われたそうです」

会って説明を聞いてみると、誰にも言わないという約束で、株式投資の話をされた。

「まだ発表されていないことだけど、ある農機具メーカーが近々新商品を出す。その会社の株を買おうという話でした」

株式公開はされていないので、一般の人は買うことができないが、自分ならツテを使って個人的に売買できるとのことだった。

「プリントアウトされた資料を、ナガミネはお母さんに見せたそうです。何という会社の、何という新商品だったのかは、お母さんから説明がなかったので知りません。知ったところで、どうせ会社も商品も存在しないし、意味はありませんが」

「そういうことか」

読めてきた。

いわゆる未公開株詐欺だろう。ありもしない会社の未公開株を買うため金を出させ、丸々それを奪う。素人相手の詐欺《シロサギ》の中では比較的被害額がでかい手口だ。電話でのランダムな勧誘が一般的だが、ナガミネがやったのはどうやら恋愛詐欺《アカサギ》とのコンビネーションらしい。「誰にも言わない」と約束させるのは、嘘の儲《もう》け話に真実味を持たせるために詐欺師が使う手段の一つだが、相手との恋愛関係があれば、その効果はより高くなる。自分だけに秘密を教える根拠が、そこにあるからだ。

しかし実際にはそんな儲け話など存在するはずがない。逆説的だが、未公開株だろうが公開株だろうが、もし本当に株価が跳ね上がるほど画期的な商品であれば、それが発表されるずっと前に会社の株価は上がっているものだ。株価には企業の商品開発努力などがすべて反映される。新商品が出るからといって急に値上がりするようなケースはほとんどない。実際にはその逆で、新商品が発表されることで投機の材料がなくなり、株価が下がってしまうこともあるくらいだ。

「はじめは、十万円という少ない額だったんです。それはお母さんが個人的に出しました」

十万円を「少ない」と表現したことで、最終的な被害額の大きさが想像された。

「二週間ほど経ったとき、ナガミネはその十万円を二十万円にしてお母さんのところへ持ってきました」

「見せ金か」

今後の成功を確信させるため、わざと相手に見せる金だったに違いない。

ナガミネはその金を母親には戻さず、別の、もっと大きな投資話を持ちかけてきた。似たような未公開株の話だったが、今回は提案された額が百万円と大きく、母親が個人的に出せるものではなかった。しかし、なにしろ前回、実際に儲かったと思い込んでいたので、彼女は容易《たやす》く説得され、インターネット経由で会社の口座からナガミネが指定した銀行口座に金を振り込んでしまった。

「そのときにはもう、雇っていた事務員さんたちは、給料が払えず辞めてもらっていたので、お母さんが一人で経理の事務を担当していました。だから、誰にも気づかれずにお金を引き出せたんです」

「いちおう訊くけど、振り込んだ口座はナガミネ名義じゃねえよな」

キョウは頷いた。

「コバヤシヤスオという名義の口座で、ナガミネによると、その人は手数料なしで株を買える立場にあるから、取引をいつも代行してもらっているとのことでした」

おそらくは架空口座だろう。詐欺師たちは、金に困った連中に自分名義の銀行口座をつくらせ、それを一万円ほどで買い取る。この架空口座はいつ凍結されるかわからないので、振り込まれた金はすぐに引き出すのが鉄則だ。キョウの母親が振り込んだ金も、すぐさま引き出されて現金に変わり、ナガミネのふところに入ったに違いない。

それから数日に一度、ナガミネは資料を用意してキョウの母親に見せた。資料によると、元手の百万は倍になり、三倍になっていた。ナガミネは投資の上乗せを提案した。母親は会社の口座からコバヤシヤスオの口座に、百万単位で五回、六回、最終的には合計九百八十五万円もの金額を振り込んでいた。ナガミネの資料によると、売れば三千万近くになる株を保有しているはずだった。

「そんなとき、お祖母ちゃんが、会社の口座からお金がなくなっていることに気づいて、お母さんを問い詰めたんです。お母さんは、ナガミネから受け取った資料を見せて、ぜんぶ打ち明けました。お祖母ちゃんも、お祖父ちゃんも、口座からお金がなくなっていたことで最初は青ざめていたけど、話を聞いたら安心して、大喜びしたそうです」

馬鹿ですよね、とキョウは呟く。

「いや……」

カラスが相手では仕方がない。ここまでの話を聞いたかぎりだと、ナガミネはおそらくカラス――プロの詐欺師だろう。

出会いのシーンからして上手いものだ。まず大仰な恥ずかしがりかたで違和感を持たせる。そのあと、ヨウコというのが誰だったのかを自分から教えず、相手に質問させる。それに対する答えは短く、細かい説明はつけ加えない。相手は自分なりの解釈で背景を想像し、納得することになる。料理を勉強したいというのに栄養学の講座を受講するという、ちょっと間抜けな真面目《まじめ》さ。後ろ姿を見せ、自ら声をかけさせるという流れ。どれも相手をコントロールするテクニックだ。もちろんやり方を知ってさえいれば、そのテクニック自体は誰にでも使える。肝心なのは、すべて成功しているという点だった。恋愛詐欺師は、異性に近づき、気持ちと身体を奪い、最終的には金を奪う。武沢はやったことがないし、そもそもやれと言われてできるツラじゃないが、この手の詐欺被害は、じつは世の中で大量に起きている。表面化してこないのは、被害者がほとんど訴えないからだ。大金を奪われて姿を消されたあとも、相手に対する気持ちを忘れられず、自分は欺されたわけではないと信じつづける人も多く、中にはそれが詐欺だったことに気づきさえしないケースもある。「欺」すという字は、左側が農具の箕《み》——作物を集める道具を表し、右側は人が口をあけて驚いている様子を表すという。自分の思い描いていたものが得られず、あいた口がふさがらないというわけだ。しかしこの手の詐欺においては、被害者はあけたその口をすぐに閉じてしまったり、あけることさえしなかったりする。

どうしてキョウの母親がターゲットにされたのかはわからない。しかし、おそらく事前に「じょうはな」の経営状態や家族構成を調べ、彼女を選んだのだろう。興信所を使ったのか、自分で調べたのか、あるいは情報屋から情報を買ったのか。詐欺師時代、武沢もそうした情報屋の存在は把握《はあく》していた。

「お祖父ちゃんとお祖母ちゃんとお母さんで相談して、返ってくるお金がもう充分に増えていたので、現金化してもらおうということになったそうです。それで、お母さんがナガミネと会ってその話をしました」

ナガミネは、まだ株を手放す時機ではない、もう少し資金を上乗せしようと母親を説得した。母親が首を縦に振れずにいると、その場で彼女の両親に電話をかけて説き伏せようとした。

「人が変わったような、強い口調だったそうです」

「そっちが本性だったんだろうな」

けっきょく、母親は資金の上乗せを断った。

するとナガミネは唐突に姿を消した。母親がいくら電話をかけても繋《つな》がらず、名刺にあった会社の電話番号にもかけてみたが、番号は使われていなかった。

「そこで初めて……ぜんぶ気づいたそうです」

奪われた金が決定打となり、「じょうはな」は倒産した。以前に資金繰《ぐ》りのため借金をした際、家が抵当に入っていたので、一家はそれを手放さなければならず、古い借家への引っ越しを余儀なくされた。

「GEOSのフードコートでお母さんから話を聞くまで、単にお客さんが来なくなって会社がつぶれたのだと思っていました。もちろん、詐欺に遭わなくたって、いつか倒産して、同じように家を手放していたかもしれません。実際に経営は傾いていましたし、だからこそ嘘の儲け話に引っかかったわけですし」

しかし、それとこれとはまったく別の話だ。欺されたほうが悪いと言う人も、世の中にはいるかもしれない。だがそこには、会社が人間だとすれば、寿命で死ぬか殺されるかの違いがある。殺人者の嘘にまんまと欺されたからといって、殺されたほうが悪いことにはならない。

「警察には？」

「言えない理由があるんです」

キョウが話してくれたその理由を聞いたときが、武沢にとって今日一番の驚きだった。

音信不通になったナガミネを、キョウの母親は必死で捜した。自宅の場所はわからなかった。交際中、あれこれと理由をつけ、ナガミネは自宅に来られることを避けていたらしい。品川《しながわ》区のマンションだということは聞いていたが、そんなものはいくらでもあるし、そもそも嘘に決まっているので、母親は途方に暮れた。

しかし、やがて思い出したことがあった。以前にタクシーで自宅前まで送ってもらい、ひらいたウィンドーごしに互いに手を振り合ったあと、ナガミネが運転手に、ある駅名を告げるのが聞こえたのだという。

「それが北千住《きたせんじゅ》駅だったんです」

「ここから近《ちけ》えな」

同じ足立区内。十数年前に新しい路線が走るようになってから、駅前がずいぶんひらけはしたが、まだ都会という印象まではない町だ。

「お母さんは、そこがナガミネの自宅がある場所じゃないかと考えて、北千住駅で待ち伏せをしました」

朝から晩まで、毎日。彼女は一度だけナガミネとドライブをしたことがあり、所有しているセダンの車種と、色が黒であることを憶えていたので、近辺の駐車場をいくつも回ってそれを捜しもした。

「四日目の、土曜日の夜に、お母さんはとうとうナガミネを見つけました。スーツを着て駅から出てくるところでした。それで、お母さんはナガミネのあとをつけて、自宅を突き止めたんです。マンションではなく二階建てのアパートだったそうです」

その夜、母親は家に帰ってこなかった。

もちろんキョウや祖父母は母親が北千住にいることなど知らず、みんなで心配し、何度も携帯に電話をかけたが繋がらなかった。

「翌朝早くに帰ってきたんですけど、何を訊いても答えなくて、部屋にこもってしまいました。そうかと思えば、しばらくするとふらっと出てきて、GEOSに行こうって誘われて――」

キョウは天井を見上げ、自分が話した内容に思いをめぐらせるように黙り込んだ。

そして、うんと一つ頷いた。

「フードコートのテラス席で、ぜんぶ打ち明けられたというわけです」

煮干しを一つ取り、もぐもぐと嚙む。

つられて武沢も一つ食べた。

「お袋さん、ナガミネのアパートを突き止めて……そのあとどうしたって？」

「殺したって言いました」

その言葉をキョウは、煮干しを嚙みながら、まるで食事中に報告する日常の出来事のように口にした。つづく言葉も煮干しを咀嚼《そしやく》しながらだった。

「ドアを開けて中に入って、問い詰めたらしいです。相手は嘘ばかり並べて話をそらそうとして、でもお母さんは食い下がって、朝までずっと話がつづいて、怒りで頭がぼうっとして、だんだんわけがわからなくなってきて、気がついたら台所の包丁を摑んでナガミネのお腹を刺していたそうです」

ナガミネは腹に食い込んだ包丁を両手で摑んだまま床に倒れ込み、ワイシャツの腹にはどんどん血が広がっていった。

それが、ナガミネの部屋にいたときの、最後の記憶なのだという。

気がついたら母親は自宅のそばを歩いていた。そのときも、ナガミネの部屋で起きたことは断片的に思い出されるばかりで、何があったのかは理解できていなかった。しかし、自宅に戻り、部屋にこもって座り込んでいるうちに、自分がやったことが鮮明に思い出されてきた。

「……そのあとは？」

「それだけです」

母親の話は、そこで終わったのだという。

「それ以上の話を聞こうにも、聞けなくなってしまいました」

フードコートのテラス席で、すべてをキョウに打ち明けたあと、母親は放心したように言葉を途切れさせた。キョウも言葉が出てこなかった。やがて母親がふと立ち上がり、テラス席と屋内席を仕切る大きなガラス窓に身体を向けた。そして上を見た。そこにはツバメの巣があった。キョウも立ち上がり、隣に並んでそれを見上げた。できかけの巣の中には、雄のツバメと雌のツバメがいた。

「見ちゃ駄目よって、お母さんが言ったんです」

何のことか、最初はわからなかった。

しかしすぐに、ツバメたちが交尾をはじめるかもしれないからという意味で、母親が冗談を言ったのだと思った。思って笑った。笑いながら、たったいま聞かされた話もぜんぶ冗談だったのではないかと考えた。

懸命に、そう考えようとした。

「考えようと、あまりに頑張りすぎてしまって、隣にいるお母さんが動いたことにまったく気づきませんでした」

どこか遠くで、硬いもの同士がぶつかり合う音がした。

何だろうとまわりを見ると、母親の姿が消えていた。

「テラスの下が騒がしくなっていました」

柵《さく》の向こう側で、大きな声が飛び交っていた。キョウはそちらに近づき、柵ごしに下を覗いてみた。母親がコンクリートの上で寝ていた。どうやってお母さんは一瞬であそこに移動したのだろう。そんなふうに、はじめは見当違いのことを考えたらしい。

「そのときの実況動画があります」

「は？」

キョウはさっきの巾着袋からスマートフォンを取り出し、何か操作してから武沢に渡す。画面には縦長の静止画像が映っている。見憶えのある景色だ。ＧＥＯＳの駐車場から店の方向を撮影したものらしい。

「真ん中の再生ボタンをタップすると見られます。トイレを借りるので、そのあいだに」

「え、いやお前――」

キョウは立ち上がり、トイレに入ってしまった。

「まじか……」

白いスマートフォンを左手に握り直し、武沢は顔の前に持ってきた。しばらくそうしていた。トイレからは物音が聞こえない。武沢が見終わるまで出てこないつもりか。

おそるおそる真ん中の▷マークを押す。動画が再生され、曖昧《あいまい》なノイズとともに、画面に映っていた光景が小さく揺れはじめる。

撮影者がいるのは建物から少し離れた場所――おそらくは駐車場の中ほどだろう。建物は一階から三階まで画面におさまっている。上側の左端に映っているのが、三階にあるフードコートのテラス席だ。柵が灰褐色の帯になって横向きに延びている。

《飛び降りりんじゃね？》

冗談まじりの、若い男の声。まだ子供かもしれない。言葉の終わりに向かってだんだんと音程が上がっていくという、昔にはなかった喋りかただ。もう一人の、ひどく似た声が、中途半端《ちゅうとはんぱ》な返事を聞かせる。画面が左上に動く。中心にフードコートのテラス席が映る。髪の長い女性がこちらを向いて立っている。

と、彼女が柵に両手をかけた。もたれかかるような様子ではなく、柵を押し下げようとしているように、両肘《りょうひじ》が上になり――。

それからは一瞬だった。

女性の上半身が柵のこちら側へ滑り出し、まるで引っかけておいた洗濯物が自分の重みで落ちるように、彼女は落下した。ただし洗濯物のようにふわりとした落下ではない。彼女の白いブラウスは一直線に画面の下まで移動して消え、直後、カメラがそれを追いかけた。

《……まじで？》

さっき聞いたどちらの声かはわからない。驚きと興奮で上ずり、それらの感情の奥に、嬉しさのようなものも聞き取れた。女性が落下した場所は、並んだ駐車車両の向こう側になっていて見えない。

《見にいこ》

《まじで？》

声に込められた嬉しさが程度を増していた。画面は大きくぶれはじめ、騒ぎに気づいたらしい人々の姿や、駐車車両の部分部分が、つぎつぎ現れては消えていく。彼女が落ちた、その場所が近づいてくる。混じり合った人の声がどんどん大きくなる。武沢は再生を止めようとしたが、やり方がわからない。右手の人差し指が画面の上を無意味に動く。

すんでのところで、武沢は動画を止めることに成功した。

どうやら最悪のものが映ってしまう、ほんの直前だったらしい。静止画面の中では、ぶれて輪郭《りんかく》が曖昧になった人々がまばらに立ち、最も手前に映った人物の、右肩の脇から、靴を履《は》いた足先が地面に投げ出されているのが見えていた。

身を投げる、という言葉がある。しかし実際には、人はこうして力なく、滑り落ちるようにして、命を絶《た》つ。昔、武沢のせいで手首を切り裂いたあの女性も、力なく刃物を握り、力なく肌の上に滑らせたのだろうか。いままたふたたび自分が人を死に追いやってしまったような思いで、武沢はスマートフォンを置いた。そのまま動けなかった。指先が小さく震えていた。

トイレから出てきたキョウが、脱衣所の洗面台で水を使う。

「中のタオル掛けに、タオルないんですね」

「ああ……必要ねえからな」

「動画は最後まで見ましたか？」

「いや……」

キョウは座卓の向かい側にふたたび正座し、首を伸ばしてスマートフォンを覗いた。さっきの静止画像と重なって、画面には四角い枠がいくつも並び、その上に小さな文字で「おすすめ動画」と表示されている。

「そこが最後です。もともとはその先も映っていたのを、さすがにまずいと思って編集したのかもしれません。その動画はあるサイトにアップされていて、そのアドレスが学校のグループラインに貼《は》りつけてありました。ステアカだったようで、誰がリンクを貼ったのかはわかりません」

使われた単語はよくわからなかったが、なんとなく状況は理解できた。

「たくさんのサイトに拡散していて、見つけたものはみんな削除依頼を出したのですが、少し経つとまた別のルートでアップされて、完全に消すのはもう無理です。〝ホームセンター〟〝自殺〟などで検索すると、いまでもすぐにこの動画がヒットします」

「これは……お前の学校の生徒が撮ったのか？」

「それもわかりません。駐車場にたまたま居合わせた人が撮影してアップして、それを学校の誰かが見つけたのかもしれませんし。いずれにしても、知ったところで意味はありません」

知っても意味がないという言葉を聞くのは、これでもう何度目だろう。

「とまあそういうわけで、お母さんはフードコートのテラス席から飛び降りました。まさかそれを動画に撮られ、その動画を不特定多数の人に再生されることになるとは思ってもみなかったでしょうけど」

このあと、母親は救急車で病院に搬送され、キョウも同乗したのだという。

「お祖父ちゃんとお祖母ちゃんも病院に駆けつけて、いったい何があったのかを訊かれました。だから、ぜんぶ話しました」

ナガミネが母親に対してやったことについては、すでに祖父母は知っていた。しかし、母親がナガミネに対してやったことについては、もちろん知らなかった。

「お母さんがナガミネを殺してきたことを話すと、お祖父ちゃんもお祖母ちゃんも、心がなくなっちゃったみたいに、ぼんやりした顔になって、声とか言葉も忘れたみたいに、ずっと黙っていました。でも、ずいぶん時間が経ってからお祖父ちゃんが急に口をひらいて言ったんです。お母さんから聞いたことを、誰にも話すなって。警察にも話すなって」

その隣で祖母も、まるで祖父と二人で長いこと相談し合ったように、頷いたのだという。

「でもお前……黙ってたところで、警察は捜査するだろ。人が刺し殺されてるわけだから」

キョウは首を振り、バッグから何かを取り出す。それはクリアホルダーに挟んだ新聞の切り抜きだった。座卓ごしに手渡された記事に、武沢は目を通した。ほんの短い記事だったが、読み進めるほどに頭が疑問符で満たされていった。


三月八日午前五時過ぎ、足立区千住二丁目で自営業の男性が自宅アパートの前で何者かに腹を刺され全治一ヵ月の重傷を負った。助けを求めるような声を聞き、一階の住人が確認したところ、男性が腹を押さえて倒れていたのを見つけ一一〇番通報した。男性を刺した人物は身長一七〇センチから一七五センチ、黒っぽいスウェットの上下を着た五〇代から六〇代と思われる小太りの男で、被害者と面識はないらしく、警察は通り魔の可能性もあるとみて捜査を進めている。


「詐欺師って、すごいもんですね」

記事を見下ろしながらキョウが言う。

「場所も時間も合っているし、間違いなくそいつがナガミネです。刺されて怪我《けが》をしたことはしたのでしょうが、お母さんの前では咄嗟《とっさ》に死んだふりをして、お母さんが出ていったあと、アパートの外へ出て助けを呼んだのだと思います」

「……で、警察には嘘を話した」

「詐欺のことがばれないように、そうしたのではないかと」

なるほど、ナガミネなら嘘の証言で警察を欺すなど容易いことだったに違いない。

「警察は五十代から六十代で小太りの男を捜して、いまだに見つからないで苦労していると思います」

馬鹿すぎますよね、とキョウは呟いた。警察のことかと思ったが違った。

「つぶれそうになった会社をなんとかしようとして、簿記の勉強はじめて、せっかく勉強したのに、嘘みたいな嘘の儲け話に欺されて……欺した相手を刺し殺したと思ったら、また欺されて。しかも最後のやつなんて、死んだふりって、虫じゃないんだから」

声に色があるとすれば、狭いアパートの部屋に響くキョウの声は、完璧なモノトーンだった。

「でもキョウ、ひょっとしたら死んだふりされたわけじゃなくて、ナガミネが倒れたのを見て、死んだと勝手に思い込んじまったのかもしれねえだろ。お前のお袋さんが」

「だったら、もっと馬鹿じゃないですか」

言葉を返せなかった。

「お母さんはたぶん、自殺で保険金が出ると思っていたんです。それでテラスから飛び降りたんです。もちろん、何もかもが嫌になったというのもあるんでしょうけど」

「自殺で、保険金は出ねえだろ？」

「いえ、いろいろ調べてみたら、出ることもあるようで」

キョウの説明によると、保険に入って三年以内、あるいは明らかに保険金目当ての自殺でなければ、支払われる場合が多いらしい。たとえば人間関係など仕方のない事情で悩み、自ら命を絶った場合など。

「なら……やっぱり出ねえわな」

「出ませんね」

家族経営の会社が倒産したばかりで、家も手放した状態では、保険金目当ての自殺だと判断されても仕方がない。いや、実際にそうだったかもしれないのだ。

「祖父さん祖母さんに、この記事は？」

「見せました。お母さんが人殺しじゃなかったことは、二人とも知っておいたほうがいいと思ったので」

「どうなった？」

キョウは力ない仕草で首を横に振る。

「お祖父ちゃんもお祖母ちゃんも、相手が生きていたことには安心したようですが、お母さんが人を刺したことに変わりはないって」

祖父母の中では、娘がナガミネの腹に包丁を突き立てたという事実は、ナガミネに欺されたことや、金を奪われて会社を倒産に追い込まれたことと同等か、それ以上の重さを持っていたのかもしれない。

言葉を探しあぐね、武沢はさっき折りたたんで卓上に置いたパチンコ屋のチラシを、意味もなくひらき、折りたたみ、またひらいた。その動きをつづけながら訊いた。

「そんで、お前……どうしたいんだ？」

「ナガミネを見つけたいです」

「見つけてどうすんだよ」

「わかりません」

本当にわからないという顔だった。

「自宅は引っ越した可能性が高いと思っています。お母さんがナガミネを刺したことで、お祖父ちゃんやお祖母ちゃんが詐欺の件を警察沙汰《ざた》にしないことは、おそらく向こうも承知しているでしょうけど、お母さんがもう一回刺しに来るんじゃないかという心配はあると思うので。お母さんが飛び降りたことなんて、きっと知らないでしょうし」

「知らねえかな」

「知るわけないですよ。あんなのニュースにもなりませんから」

だとすると、たしかに自宅の場所を変えている可能性は高い。

「お袋さん、携帯電話とかスマートフォンとか持ってただろ？　その中に、電話番号だのメールアドレスだの、ナガミネのやつが残ってなかったか？」

「それがお母さんのです」

まだ武沢の前に置いてあるスマートフォンを、キョウは目で示す。大事に巾着袋に入れていた理由は、どうやらそこにあったらしい。

「中をいろいろ調べてみましたが、メールもメッセージも電話帳も、すべて消してありました。ナガミネを刺したあと、お母さんが自分で消したのかもしれません」

そうなると、もう素人《しろうと》が追跡するのは難しい。

「だから、探偵を雇うしかないと思いまして」

それを聞いて武沢はようやく腑《ふ》に落ちた。

「それで金を稼ごうと思ったわけか？　その、天才キッズコンテストだか何だかで」

「『発掘！　天才キッズ』です」

探偵に人捜しを依頼するには、けっこうな額が必要になる。通常は着手金＋成功報酬が、安くてもそれぞれ三十万円＋五十万円、難易度によってはさらなる金額がプラスされる。要するに人捜しというのはそれだけ難しく、素人には困難だということだ。

卓上の白いスマートフォンを、武沢は手に取った。画面にはまだ同じものが表示されている。並んだ四角い「おすすめ動画」。その向こうに、ぶれた人影と、地面に投げ出された足。

「これ……巻き戻しとかできんのか？」

「再生するんですか？」

キョウはわずかに腰を浮かせた。たぶんトイレに入るためだった。

「静止画のまま動かせりゃ、それでいい」

「それなら下の赤いバーで動かせます」

キョウはまた腰を落とした。

人差し指をバーに置いてみる。バーの中心あたりにふれたので、静止画が動画の中盤に飛んだ。ちょうど、もう一度見たかった映像だった。フードコートのテラス席。母親の姿はすでに画面の下に消えている。この直後、カメラがそれを追いかけて下へ動く。テラス席の柵の向こうに、黄色い服を着た少女の後ろ姿があった。首元にフードのようなものが見えているので、たぶんパーカだろう。後ろ髪がフードを越え、下へ向かって伸びている。

「髪、けっこう長かったんだな」

「腰くらいまでありました」

答えてから、キョウはすっと武沢の顔を見た。

哀しそうな目をしていた。

「驚かないんですね」

嘘の説明を、武沢はひねり出した。

「男の子は、母親に恋人をつくってほしいなんて思わねえもんだ」

実際には、隠せるものではない。単に道で行き合ったり、実演販売中に短い会話を交わした程度であれば気づかないかもしれないし、事実、武沢も気づかなかったわけだが、こうして二人きりで話していれば容易にわかってしまう。

キョウが座卓の向こうから手を伸ばしたので、武沢はその手にスマートフォンをのせた。彼女はそれを操作すると、画面を上にして卓上に置き、武沢のほうへすべらせた。

壁紙と呼ぶのだったか、起動させて最初に出てくる画面がそこに表示されていた。楽しそうに笑った、いまよりも少しだけ幼《おさな》い顔立ちのキョウ。真っ直ぐな長い髪が、セーラー服の両肩を撫《な》でて下へ垂れている。

「髪は、お母さんが飛び降りた二日後に自分で切りました。服も、学校の制服以外はこういう、男の子みたいなのを選んで着るようになりました。理由はよくわかりません」

キョウの母親は男に恋をし、欺され、あげくに命を絶った。それがキョウに髪を切らせ、男の子のような服を着させた。想像できるのはせいぜいその程度だ。しかし、人の感情はそんなに短い言葉で説明できるものではない。それを「わかった」と思い込んでしまうことから、多くの間違いがはじまる。

「わからねえよな」

これだけ二人きりで長く喋っていながら、キョウが一度も自分の人称を口にしないことにも武沢は気づいていた。「わたし」とも言えず、かといって自分を「僕」とも「俺」とも呼べないのだろう。

昔、あの男が言っていた。

——人間は一人じゃないんですからね。一人だけを殺すことなんてできませんよ。

あれはやはり正しかったのだろう。ナガミネはキョウの母親に自殺という道を選ばせただけでなく、キョウの一部も殺した。

「ところでよ」

武沢はスマートフォンから目を上げてキョウを見た。

「ここまで話したんなら、ついでに正体も明かしたらどうだ？」

「正体って何ですか？」

「お前、寺田未知子《てらだみちこ》の娘だろ」

　そのとき玄関のドアが勢いよくひらき、人間がどやどやと入ってきた。あまりに突然だったので、武沢もキョウも身構える暇さえなかった。

「はい、これが自宅にいきなり人が入ってきたときのリアルな反応です。なんか意外と驚かないですね。怒りもしないし。いや、これから怒るのかな」

　スマートフォンを顔の前にかざし、実況しながら動画を撮っているのはテツだ。鉄《てっ》平《ぺい》という、小学六年生にしては古くさい名前だが、武沢たちはテツと呼んでいる。テツの後ろにいるのはその両親である貫太郎とやひろ。さらにその後ろで猫のケージを抱えているのが、やひろの妹のまひろ。ケージの中にいるのはチョンマゲだ。まひろとやひろは今年で三十一歳と三十八歳。十年と少し前に出会ったときはそっくりな顔をしていた二人だが、いまはずいぶん違っている。いや、顔の造作だけを比べてみると、やはり似ているのだが、やひろの表情が変わったのだ。これが母親の顔になるということなのだろうか。

「さっき言いましたけど、ここは僕ら家族が昔から仲良くしてるおじさんの家です。この人がそのおじさんで、ミスターT。なんか知らないけどショッピングセンターとか路上でいろいろ物を売ってます。で、この人が――」

テツはキョウにカメラを向け、スマートフォンの横から顔を出した。

「……え誰？」

「あらまジャニーズ系」

やひろが眉を上げる。その後ろでまひろが首を伸ばす。

「ほんと。学園もので主人公の女の子が好きになる相手。吹奏楽部」

貫太郎が贅肉《ぜいにく》で包まれた身体を接近させ、大福のような頬を持ち上げてうっふっふと笑った。

「タケさん、美少年が好きだったんですか？」

「美少年じゃねえよ。っていうか少年じゃねえ」

「じゃ、若く見えるけど美青年？」

「性別のほうだよ」

「え！」と一同驚き、まひろが抱えたケージの中でチョンマゲも「ナ！」と鳴いた。

チョンマゲはまひろが飼っている猫で、全身真っ白だが、頭頂部にだけ黒い毛が生《は》えているので、そう名付けられた。もう十歳以上になるはずだが、顔も身体も、いつまで経っても子猫みたいで、体重もたぶん巨峰一房くらいしかない。

「こ、これ、は、予想外のことが起きましたよ」

テツがスマートフォンを構えてキョウに近づく。

「男だと思ったら女。え、ほんとに女の人？　浮気相手といっしょにいるところを彼女に見られて、〝これ妹〟とか、そういうあれじゃなくて？」

「ちょっとデリケートな問題だから、やめろ」

そうでもなさそうに言ってしまったことを後悔しながら、武沢はテツのスマートフォンを腕でブロックした。

「そんで、勝手に撮るな。いつも言ってんだろうが」

「え、いくつ？」

やひろがキョウに訊く。

「中二です」

「おっぱいどうしてんの？」

「ナベシャツで」

「馬鹿、変なこと訊くな。いいよお前も答えないで。……ナベシャツって何だ」

「胸を押さえるシャツです。おナベのシャツでナベシャツ。Tシャツの中に着ています」

「いいなそれ、僕も着ようかな」

貫太郎が自分の胸を両手でもむ。

「前にスーパー銭湯に行ったら、小さい子供がお父さんに〝あの人なんで男なのにおっぱいあるの？〟って――」

「痩せりゃいいだろうが、鏡餅《かがみもち》」

貫太郎は「We♥Children」とプリントされたTシャツの腹を、ぺし、と叩いた。今日のような白いTシャツを着ていると、貫太郎はいっそう鏡餅に見える。肥っているが巨大なわけではなく、大兵《だいひょう》肥満の人物を縮小コピーしたみたいな男だった。顔面だけは逆に小学生を拡大コピーしたようだ。

「蚊が入るから、そこほら、ドア閉めてくれ」

まひろが玄関のドアを閉め、ケージの扉を開けてチョンマゲを放つ。チョンマゲはびゅんと飛び出し、さっきから目を付けていたのか知らないが、まっしぐらに座卓へ飛び乗って煮干しにかぶりついた。幸せそうに目を細め、首を斜めにしてかくかく突き出しながら噛み砕《くだ》く。

「やひろさん、ジャニーズ系とか好きなの？」

貫太郎がいまさら真顔になって訊いた。

「好きじゃないわよ。好きなのは貫ちゃんのお尻《しり》みたいな顎」

貫太郎の顎をたぷたぷと持ち上げる。二人は結婚して十年以上経つし、テツという子供もいるが、関係性というか、いちゃつきぶりは相変わらずで、変わったといえば貫太郎がやひろに敬語を使わなくなったことくらいだ。

「で、この子誰なのよ?」

まひろが座卓の脇に胡坐《あぐら》をかき、煮干しを取って口に入れる。

「キョウだ」

「出会った日とかどうでもいいんだけど」

「名前だよ。俺がホームセンターで仕事してたら近づいてきた」

テツがスマートフォンをキョウに向けた。

「何で近づいたの?」

なんとかという動画投稿サイト用のネタを、テツはこうしていつも撮っている。小学六年生ながら一部では有名な投稿者のようで、広告費でけっこう稼いでいるらしい。古い頭の武沢には少々受け入れがたいことだが、母親のやひろは「お小遣いいらないから助かる」などと能天気だった。

「おいテツ、撮るなっての」

「いいじゃん――あ」

キョウが素早く手を伸ばして録画を止めた。テツは子供らしいすねた顔を見せたが、すぐに表情を変え、冷蔵庫に近づいて勝手に開けた。

「お腹《なか》すいてるんだけど」

しかし中には何もない。大根とポン酢と焼き肉のたれと、身体にいいと聞いて最近意識して食べるようにしているチーズだけだ。テツはあからさまな舌打ちをして振り返った。

「ミスターT、いつものとこにラーメン食べに行こうよ」

INDEX FINGER／Go this way

（一）

ドアが閉じる音で、武沢は目を開けた。

「……どっか行ってきたのか？」

枕の上で首をねじり、玄関を見る。真っ暗だが、そこに誰もいないのはわかった。どうやらキョウは入ってきたのではなく出ていったらしい。枕元に寝かせた腕時計を探り当て、顔の前に持ってくると、まだ朝の四時前だ。

ゆうべはキョウ、まひろ、やひろ、貫太郎、テツと、ケージに入れたチョンマゲを連れて「ラーメン今市《いまいち》」で晩飯を食べた。あの連中が訪ねて来たときによく行く、小さな店だ。店主の髭《ひげ》と店の雰囲気は濃いが、髪とスープの出汁《だし》は薄い。チョンマゲを連れて行くのは、店頭に紐《ひも》で繋がれている年寄りの看板猫と仲良しだからだ。いつものようにチョンマゲのケージをじいさん猫の脇に置き、二匹でふにゃふにゃ挨拶《あいさつ》を交わしているのを聞きながら店に入った。

店を出たあとは、やひろが「宅飲み」を提案して譲らず、みんなでコンビニエンスストアに寄ってこの部屋まで戻ってきた。交わした話題はいろいろだ。まひろが勤務しているファストフード本社のこと、貫太郎が働いているマジックグッズ製造メーカーのこと、やひろの専業主婦ぶり、テツが小遣いを稼いでいる動画投稿サイトのこと、英語で年齢をoldと言うが、あれは何故子供でもoldなのかという疑問など。

ラーメン屋でもこの部屋でも、キョウはほとんど喋らず、静かにうつむいているばかりだったが、突然現れた四人と一匹を嫌がっている様子でもなかった。

武沢はみんなにキョウの素性を話していない。しかし、さすがに何も言わないわけにもいかないので、「発掘！　天才キッズ」のことだけを説明し、たまたまホームセンターで見かけた武沢に弟子入り志願してきたのだということにした。

――たとえばの話だけどよ。

部屋でわいわいやっている途中、こっそりテツに訊いてみた。

――インターネットに、どうしても消したい動画が出回ってるとして、その動画をすっかり消すことってのはできるもんなのか？

――それって、人が見たがるような動画？

――まあ、見たがる連中はいるかもしれねえ。

無理無理ぜったい無理とのことだった。

——個別には消せても全体では不可能だね。病原菌みたいなものだから。

四人が帰っていったあと、キョウはこの部屋に泊まった。普段使っている奥の部屋にキョウを寝かせ、武沢は居間に冬用の掛け布団を敷いて寝た。家に帰れと言っても聞かず、そもそも自転車で来ていたので、無理やり追い出すのもどうかという時刻になってしまっていたのだ。もちろん女子中学生を部屋に泊めるのもどうかとは思ったが。

「気持ちわり……」

ラーメンで胃がもたれ、酒も少し残っている。水でも飲んでこようと身体を起こすと、関節がぱきぱき鳴った。流し台の水切り籠《かご》には、ゆうべ使ったプラカップが並んでいる。コンビニエンスストアで買ってきた使い捨てのカップだが、もったいないからと、まひろが最後に洗ってくれたのだ。床に置かれたゴミ袋には、缶と瓶《びん》とペットボトルがごたごた詰め込まれている。ビール、ジュース、ウーロン茶、酎《ちゅう》ハイ、日本酒、ワイン——武沢は目を剝《む》いた。

「まじか」

売り上げ強化月間で優勝したときにもらった高級ワインのボトルが、空っぽになって捨てられている。呆然《ぼうぜん》とそれを見つめながら武沢は、ゆうべみんなで酒を飲んでいるとき、やひろが「美味しそうなのあったよー」と声を上げていたのを思い出した。ちょうどチョンマゲがつまみの皿をひっくり返し、その後始末をしているところだったので、何のことだか考えもせずに聞き流してしまったのだが、あのあと確かにやひろは赤ワインを飲んでいた。やひろだけでなく、まひろも貫太郎も、もっと言えば武沢も、プラカップに注がれたやつを飲んだ。飲んだばかりではなく、コンビニのワインはやっぱし美味くねえなと苦笑いさえしたのではなかったか。

「やっちまった……」

布団に身体を投げ出し、溜息《ためいき》とともに目を閉じた。

頭の下に枕を押し込み、腹に指先で「の」の字を書いているうちに、ふたたびまどろんだ。

まどろみながら昔のことを思い出した。

いや、じつのところ、ゆうべキョウの打ち明け話を聞いているときから、何度も思い出していた。

あれは十五年前だから、墓の下にいるあの男と出会う、もっと前のことだ。冬だった。当時の武沢は、中村《なかむら》という名前で暮らし、チンケな詐欺で食いつないでいた。

深夜、荒川《あらかわ》をまたぐ扇大橋《おうぎおおはし》の真ん中で、女と出会った。長い髪を垂らし、欄干《らんかん》に手を添えて、彼女はぽつんとそこに立っていた。空気が澄んだ夜だったので、街灯のそばに佇《たたず》むその姿は、ずいぶん前から見えていた。しかし、死のうとしている人間の顔だと気づいたのは、ほんの数メートルまで近づき、彼女が武沢の足音に気づいてこちらを振り向いたときのことだ。

人の顔をつくるのは目鼻立ちばかりではない。橋の真ん中に立つ彼女の顔は、一人娘の沙代が火事で焼け死に、武沢が詐欺師に身を落としてから、鏡の中で数え切れないほど見てきた自分の顔と、ひどく似ていた。そのまま彼女の後ろを通り過ぎようとしたが、どうしてもできなかった。

——何ですか？

当たり前だが訊かれた。

かける言葉など用意していなかったので、咄嗟にひねり出した。

——ちょうど、中間だなと思いまして。

彼女は眉をひそめ、自分の左右に目をやった。年齢《とし》は三十代に届くか届かないか、そのくらいに見えた。

——いえ、橋の真ん中って意味じゃなくて……昔ちょっと、自殺について書かれた本を読んだことがあったもんで。

アメリカ人が書いたその本によると、日本の自殺はこっそり隠れてやるもので、アメリカの自殺は他人に見せつけるものなのだという。日本で自殺の名所といえば青木《あおき》ヶ原樹海《はらじゅかい》だが、アメリカではゴールデンゲートブリッジ。前者は隠れた自殺にぴったりで、みんな自分自身を責めながら死んでいく。後者は誰かに見せつけるのにぴったりで、自殺者たちは他人を責めながら「これを見ろ」とばかりに飛び降りる。

そんな話を、地味なロングコートの背中に向かって、なるべく長々とつづけた。

——だから、ここ、ちょうど中間だなと思いまして。森でもないし、大きな橋だけど誰も見ていないし。

彼女は無反応だった。

武沢は隣に立ち、欄干に手をかけて下を覗いた。川が黒く太っていたのは、前日に降った雨のせいだ。川下に身体を向ける格好だったので、夜を映した真っ黒な水は前方に向かって流れ、自分がゆっくりと落ちていくように見えた。

——落ちても、死ねないんじゃないですかね。

——わたし、泳げませんから。

言葉を発するのにも努力がいるというような、息で薄まった声だった。

——硬いところに落ちるのは、痛そうですし。

——自殺は安楽死の一つのかたちだって、言いますもんね。

彼女はしばらく黙り込んだあと、武沢に顔を向けた。

——理由とか、訊かないんですね。

——いま初めて会った相手から、そんなもの説明されたところで、上手いこと説得できる自信はないですよ。そっちだって、赤の他人に説得なんかされないでしょ。

彼女は中途半端な角度で首を揺らした。

——でもまあ……死なないほうがいいとは思いますがね。

——どうしてです？

——この先、なんか、あるような気がするんで。

あのとき武沢が思いを向けていたのは、自分自身だった。彼女に向かって口にした曖昧な言葉は、半分以上が自分に対してのものだった。妻は死んだ。娘も殺された。自分も一人の女性を死に追いやった。それらに対する思いに胸を埋め尽くされながら、他人《ひと》が懸命に稼いだ金を卑怯《ひきょう》に奪って食いつないでる。それでも、この先に、もしかしたら何かあるかもしれない。生きていてよかったと思えるようなことが、一つくらい起きてくれるかもしれない。そんな目くそほどの希望を、まだ捨てることができずに持ち歩いていたのだ。

——なぞなぞを、出していいですか？

女がいきなり言った。

——はい？

なぞなぞです、と彼女は繰り返した。

——三秒以内に答えられたら、わたし、死ぬのをやめます。

両目が初めて真っ直ぐに武沢を見ていた。

——それは……よくあるなぞなぞですか？

——わたしが考えました。

——答えられなかったら？

——いま死にます。

——じゃあお断りします。

——それでも死にます。

困り果てた。

彼女が考えたオリジナルのなぞなぞで、制限時間がたったの三秒。しかし断ると死ぬという。コインの表が出れば彼女の勝ち、裏が出たら武沢の負けというわけだった。この場で立ち止まってしまったことを、いまさら後悔しつつ、武沢は仕方なく頷いた。

——やってみますか。

彼女がすっと息を吸い、痩せた首もとがへこんだ。

もしなぞなぞに正解できず、彼女が欄干の向こうへ飛ぼうとしたら、摑みかかって引き剝《は》がすつもりだった。もちろん、たとえ引き剝がしたところで、いずれ彼女はまた同じことをするだろう。どこかの橋の欄干に立ち、それを乗り越えて水の中に消えるだろう。しかし、知ったことではない。自分の目の前でなければ構わない。そもそも自分は他人の人生に口出しできるような人間ではない。

とはいえ、出題されるなぞなぞに対しては全力で身構えていた。正解できればそれに越したことはないのだから。

長い沈黙のあと、彼女が口をひらいた。

——五人家族の中で、ほかの全員と円満な関係もつくれればダメな関係もつくれてしまうのは誰でしょう？

頭をフル回転させたが答えは浮かばなかった。わからない。まったくわからない。

彼女が視線を下げて自分の指を見たときにはもう二秒ほどが過ぎていた。あの仕草は無意識だったのだろうか。それともヒントのつもりだったのか。

——父親？

武沢の声を吸い込んだように、相手の両目が広がった。

——理由は？

武沢が自分の親指を見せると、彼女は静止したまま何秒間も動かなかった。

——正解です。

五本の指のうち、お母さん指とも、お兄さん指とも、お姉さん指とも、赤ちゃん指とも、○も×もつくれるのは親指だけという、まったくわかりやすくない、ノーヒントではまず解答不可能のなぞなぞだった。

――じゃあ、約束どおり。

武沢が言うと、彼女は顎を引きつけるようにして頷いた。

――死ぬのは、やめます。

そう決めてくれたからには長居は無用と、武沢は背中を向けた。しかし後ろから上着を摑まれた。

――帰れないんです。

帰り道がわからないという意味かと思ったら、違った。

――両親には、学生時代の友達の家に泊まってくると言ってあります。こんな時間に帰ったら、どうしたのかと訊かれるに決まってます。でも上手く答える自信がありません。

――そんな、子供じゃあるまいし……。

しかし、街灯にうっすらと照らされた彼女の顔は、実際のところひどく幼く見えた。不自由のない暮らし。そこにある、大切という不自由の中で生きてきた娘。なんとなくそんな想像をさせられる、行き暮れた子供のような顔だった。

――俺の部屋に、寝る場所くらいならあるけど……。

よく考えもせず口にした、苦し紛《まぎ》れの言葉だった。提案というよりも、犬のおまわりさんのワンワンワンに近かった。

なのに、彼女はほっと安心した顔で頭を下げた。

——助かります。

互いに黙ったまま、アパートまで歩いた。

部屋に入ってあたたかいお茶を淹《い》れると、彼女は時間をかけてそれを飲んだ。そのあいだに武沢は彼女の布団を敷き、自分は炬燵《こたつ》に下半身を突っ込んで横になった。それから眠りにつくまで、彼女といろんな会話を交わしたように、ぼんやりと記憶している。でもそれは言葉による会話ではなかったので、実際にはほとんど声は出していない。

早朝の別れ際、まだ薄暗いアパートの外廊下で、初めて名前を訊かれた。笑われるから教えないと武沢が言うと、彼女は絶対に笑わないと約束してくれた。しかし武沢竹夫というフルネームを聞いた途端、彼女の痩せた頰にぐっと力がこもった。明らかに笑いを堪《こら》えた顔だった。それでも武沢は、何年ぶりかに本名を口にして心地がよかった。当時もうどこにもなかったはずの、実家にでも帰った気分だった。

——そっちは？

寺田未知子という名前を、彼女は教えてくれた。

——この先、なんかありそうな名前じゃないですか。

彼女は小さく頷いた。

——そうなるように、頑張ります。

早朝の町はまだ動き出しておらず、まったくの無音で、遠ざかる寺田未知子の足音は長いこと聞こえていた。彼女は一度も振り返らなかった。

あの夜、扇大橋の欄干に手を添えていた寺田未知子は、十五年経った今年の春、テラス席の柵を乗り越えた。冷たい川へ落ちなかった身体は、怖がっていたはずの硬い場所に激突し、彼女の人生は断ち切られた。

玄関のドアが鳴った。

その音で武沢は、自分がすっかり眠っていたことを知った。

「何してきたんだよ……こんな早くから」

ドアの向こうは明るいが、枕元の腕時計を見ると、まだ六時前だ。

「ゴミ拾いです」

「嘘つけ」

「ほんとです」

キョウは片手に持ったレジ袋を持ち上げてみせた。上半身を起こして覗いてみると、なるほど酒瓶《さかびん》が何本も入っている。どれも空っぽだ。

「小遣い稼ぎのつもりか？　アルミ缶なら買い取ってもらえるけど、瓶なんて売れねえぞ」

「だから、ゴミ拾いです」

そう言うと、キョウは奥の部屋に入って内側から襖《ふすま》を閉めた。

「あんまし寝てねえだろ」

「そうでもありません」

「なんか食うか？」

「お腹はべつに」

「お前、何で俺んとこ来たんだ？」

ゆうべから訊きたかったことが、襖ごしだったおかげでようやく訊けた。

「……俺はお前の母親と、十五年前に会ったことがある。それは知ってるんだろ。知らなきゃ、俺んとこに現れるわけねえもんな」

キョウの声が返ってくるまで、ずいぶんかかった。

「責任をとってもらおうと思いまして」

「何の責任だよ」

「生まれてきた責任です」

すっと襖がスライドした。

「武沢さんがいたから、自分はこの世に生まれてきたので」

キョウはすぐそこに正座していた。

「武沢さんのことは、小さいときから何度も聞かされてきました。命の恩人だと、お母さんはいつも言っていました。自分の命をつないでくれただけじゃなくて、あなたに命をくれた人でもあるんだよって。武沢さんが橋の上でお母さんに会ったとき、お母さんは結婚するつもりだった例の男に逃げられて、心の底から絶望して、お腹の子供といっしょに死のうと思っていたそうです。でも武沢さんがあのなぞなぞに答えたことで、死ぬのをやめました」

「ああ……そういう事情だったわけか」

あの夜、武沢は何も訊ねなかったし、彼女のほうも何ひとつ説明しなかった。

「で、お前が生まれたと」

キョウはこくりと頷く。

「だから、責任をとってもらおうと思いまして」

「でもお前、そりゃちょっと違わねえか？　俺がいなきゃ生まれてこなかったってんなら、責任というよりもむしろ——」

「生まれてきたくなかったです」

囁《ささや》いても聞こえるほどの距離なのに、強い声だった。キョウの両目は唐突に色を変え、まるで恨みの相手を見据えるように武沢を睨んでいた。

しかしその目は、すぐに襖の向こうへと消えた。

「こんな考え方をする人間で、すみません」

ふたたび閉じられた襖ごしに、声だけが聞こえた。まったくそのとおりだと思いつつも、武沢はその声に胃袋を摑まれたような気分で、寝間着の上からのろのろと腹をさすった。

「俺の居場所は、何でわかったんだ？」

自分も襖の前に座る。まるで平安時代の人が偉い相手と簾《すだれ》ごしに話しているような格好だ。

「とある方法で住所を知りました」

「どんな方法だよ」

「秘密です」

「教えろ」

「言いません」

母親が生前にメモでも残していたのだろうか。しかし十五年前に彼女を泊まらせたのは、いまとは別のアパートだ。しかも偽名で借りていたので、そこから現住所までたどるのは探偵でも難しい。

「とにかく、その住所をたよりにここへ来ました。武沢さんはちょうど出かけるところだったので、あとをつけて、それで武沢さんの仕事を知ったんです。それからは、放課後に商店街やショッピングモールやホームセンターをぐるぐる回り、武沢さんを捜すようになりました」

そして、実演販売をする武沢を見つけては、いつも遠くから眺めていたのだという。

「そうしているうちに、あのテレビ番組のことを考えるようになりました。武沢さんに実演販売を教えてもらい、番組に出てお金を手に入れて、そのお金でお母さんを欺したナガミネを見つけ出そうと決めたんです」

「そうすれば、ついでに俺にも責任をとらせることができるって？」

「まさにそのとおりです」

「申し訳ねえけど、実演販売を教えることについては断るよ。そもそも、そんなに簡単にマスターできるもんじゃねえんだ」

「そこをなんとか」

「悪いけど無理だ」

「無理でもお願いします。自損事故みたいなものだと考えていただけるとありがたいです」

膝が床を擦る音が、襖の向こうで遠ざかった。

「やっぱり眠いので、寝ます」

それっきり声も途切れた。

武沢はしばらくその場に座り込んでいたが、やがて溜息まじりに立ち上がった。

「自損事故か……」

玄関脇の通勤鞄を探り、へろへろになった封筒を取り出す。いつもそこに入れている、「魔法ブラシ！　ゴムシュッシュ」を買った客からの手紙だった。二年前に買った商品が、いまも重宝していると、手紙の送り主は喜びの言葉を書き綴ってくれていた。人生で初めて受け取ったこの礼状を読んだとき武沢は、自分が人の役に立てたことが心底嬉しかった。以来、栄養剤が必要なときに、こうして読み返しているのだが――。

「自損事故ねえ」

玄関脇にしゃがみ込んだまま、今日ばかりは手紙を読むというよりも、ぼんやり眺めることしかできなかった。

（二）

翌日の仕事帰り、駅からアパートへ向かっているところで、後ろから歩いてきた二人の男が両脇に並んだ。

「先に言っとくけど、声出したら殺すから」

時刻は八時半過ぎ、アパートまであと三百メートルほどの、人けのない路地だった。こうした場所で、こんなふうにいきなり男たちに挟まれたのだから、たとえ声を出さなくてもあまり良いことが起きないのは予想できた。

しかし、結論から言うと、その予想もだいぶ甘かった。

一人の男が慣れた動きでヘッドロックを決め、もう一人の男が武沢の腹を拳《こぶし》で突き上げた。全身が瞬時に激痛のかたまりと化し、両足が地面に引きずられ、そのまま建物の中に引っ張り込まれた。真っ暗な場所で、見えない足がつづけざまに飛んできた。一人が蹴《け》りつけ、もう一人は踏みつけ、途中からは二人が妙にタイミングを合わせ、餅つきみたいに交互に攻撃を加えた。一発一発が、それで死んでしまってもおかしくないくらいの衝撃だった。あまりに突然の展開に、意識が追いつかず、武沢はただ断続的に大きくぶれる暗闇ばかりを見ていた。ようやく攻撃がやんだと思うと、おまけのように頭を蹴り飛ばされ、耳が肩にふれるほど首が曲がった。

この唐突な暴力について、最後に少しくらい説明があるものと思った。しかし男たちは無言のまま立ち去り、その場に放置された武沢は、踊っているような格好で寝そべったまま、あまりに非現実的な出来事に、気づけば頬をひくひく持ち上げて笑っていた。

「何だよ……」

動かせるのは表情筋くらいで、腕にも足にも力が入らない。

「何だよこれ……」

身体を起こそうとすると、内臓を抉《えぐ》られるような痛みが走り、武沢は動くのをあきらめて天井を仰いだ。

どうやらここは、通勤の際にいつも目にしている、建設途中の民家らしい。背中に感じるのが硬い土なのは、まだ床板を張っていないからだろう。目玉を動かし、微《かす》かな明かりのほうを見る。街灯だか月明かりだかわからないが、縦長の四角い光が薄く浮かんでいる。将来、玄関ドアが取りつけられる場所に違いない。口いっぱいに血の味が広がっている。これを味わうのはいつ以来だろう。子供の頃から暴力は苦手で、喧嘩は一度もしたことがない。詐欺師をやっていた頃、何度か相手にばれて激高《げきこう》されたことはあるが、いつも口先で誤魔化してその場から姿を消していた。そもそも血の気の多そうな相手は最初からターゲットに選ばなかった。こんなふうに口の中が血だらけになったのは、たぶん、小学校時代に父親から灰皿を投げつけられたときが最後だ。昔よくあった、重たいガラス製の灰皿で、あれは痛かった。

男たちの人相は確認できなかったし、服装さえわからない。休みなく武沢を蹴りつづけた体力からして、ある程度の若さは感じられたが、最初に耳にした声だと、十代や二十代といった印象ではなかった。いったい何者なのか、見当もつかない。

しかし、どうして自分が襲われたのかはわかる気がした。

いまの武沢は、かたぎの仕事で食っている、まっとうな人間だ。誰にも恨みを買った憶えなどなく、そんな生活を、もう十数年もつづけてきた。つまり原因は自分ではない。

（三）

「ほんとにわかりません」

嘘をついている様子ではなかった。

両足を引きずりながら帰宅した武沢を見てキョウは驚き、急いで洗面器に水を用意したあと、冷凍庫を探って氷を見つけようとしたが、武沢はとにかく訊きたいことがあると言ってそれを止め、三和土《たたき》に座り込んだまま問い質《ただ》したのだ。

「見当もつかねえってのか？」

「つきません。だってそんな、何も悪いことなんてしてないし、悪い人の知り合いになった憶えも——」

口もとを叩かれたように、キョウはそこで言葉を切った。武沢に向けられていた両目の焦点がぼやけ、すぐにまた結ばれた。

「ナガミネの仲間かもしれません」

「どういう意味だ」

「ナガミネは一人で詐欺師をやっていたんじゃなくて、何かグループみたいなものの一員で、そのナガミネをお母さんが刺したから、仲間が仕返しを——」

「何で俺に仕返しすんだよ」

寺田未知子がナガミネを刺したことと、武沢は、無関係もいいところだ。つい一昨日まで、まったく知らなかったくらいなのだ。そもそもあの件については、連中が仕返しすること自体がおかしい。ナガミネは全治一ヵ月の怪我で、寺田未知子は建物の三階から身を投げている。仕返しする側とされる側が逆だ。

いや、待て。

——お母さんが飛び降りたことなんて、きっと知らないでしょうし。

キョウが言っていたとおり、寺田未知子がその後どうなったのかを、連中が把握していなかったとしたらどうだろう。

「仲間が刺された仕返しをしようとして、家にやってきて……でもお祖父ちゃんもお祖母ちゃんもお遍路に行ってていないし、お母さんはもちろんいないし……」

「一人娘であるお前のあとをつけてみたら、俺のアパートに入っていった？」

「はい」

だとしても、相手は武沢をいったい何だと思ったのか。ここまで痛めつけるのであれば、せめて理由くらい説明してくれてもよさそうなものだ。

「お前、金を稼いでナガミネの居場所を突き止めようとしてること、俺以外の誰かに喋ったか？」

「喋るわけないです」

「俺とお前しか知らねえわけか」

すると、それをやめさせようとして脅しをかけてきたわけでもなさそうだ。

アスファルトのようにでこぼこになった頬の内側を、舌先で探りながら、武沢は考えた。もしかしたら、理由の説明など、そもそも不要だったのかもしれない。キョウいいいいいが原因で痛めつけられたということを、武沢が理解しさえすれば、それでよかったのかもしれない。まさにいまの状態がそうであるように。

「よくわからねえけど、要するに……お前に関わるなってことか」

おそらく、それが正解なのだろう。

ある程度長いこと生き、世の中のあれやこれやを目にしてきた武沢には、いくつかの確信があった。その一つが、暴力は時と場合によっては非常に有効な手段になるということだ。具体的に言えばそれは、誰かの行動を止めたい場合だった。逆に、誰かに何かの行動を起こさせるには、暴力よりも言葉が有効で、だから世の中には強盗や恐喝よりも詐欺のほうがずっと多い。

「どうしましょう……」

「どうもこうもねえだろ」

が、どうやら連中は大事なことを知らなかったらしい。

肉体的な苦痛がとうてい敵《かな》わないほど激しい心の痛みを経験したことのある人間には、暴力なんてまったく効かないときがある。行動を止めるどころか、そこで生まれた怒りが、さらに行動を加速させることもある。武沢はキョウの顔を見た。両目は怯《おび》えに満ちていたが、その怯えの奥に、いま武沢の腹の中にあるのと同じ、見間違えようのない怒りがあった。

それが確認できれば、もうやることは一つしかない。

「お前、祖父さん祖母さんがお遍路から帰ってくるまで、ここで寝泊まりしろ」

「え」

「俺はしばらく仕事を休む。こんなグロテスクな顔の男から誰も商品を買っちゃくれねえしな。そのかわり朝から晩まで猛特訓だ」

キョウの両目がふくらんだ。

「実演販売をマスターしてコンテストで金稼ぐぞ」

（四）

「動物は四本足で歩きますから、いつも頭を持ち上げていなければならず、首の後ろの筋肉がとても発達しています」

四人の客を相手にキョウは喋っていた。

「でも人間は二足歩行になってしまったので、頭を支える必要がなく、首の筋肉がとても弱いんです。だからどうしても首に負担がかかってしまい――」

「憶えた台詞《せりふ》を喋るんじゃなくて、九割アドリブでいけって言ったろ。実演販売は押し売りじゃねえ、客とのコミュニケーションだ。共同作業だ。まんま憶え込んだ言葉なんて誰も聞いちゃくれねえ。ただしアドリブとはいえ大事なポイントだけは言い忘れるな」

「動物はほら、四本足で歩くじゃないですか、だからいつも頭を持ち上げてないと――」

「ジェスチャー」

「動物はほらこうやって、四本足で歩くじゃないですか、だからこんなふうに、いつも頭を持ち上げてないといけないんですよ。それでどうなるかっていうと、この、首の後ろの筋肉がですね――」

台所に設置した売台の向こうで、キョウは類人猿のような動きをしながら生き生きと喋りつづける。売台といっても即席で、座卓の上にスーパーでもらってきた段ボール箱を載せ、そこに布団から奪ったシーツを敷いてあるだけだ。四人の客も本物ではなく、まひろ、やひろ、貫太郎、テツだった。武沢は四人の後ろに立ち、ここ四日間の指導の成果をチェックしつつ声を飛ばしていた。全身の打撲《だぼく》はだいぶよくなっていたし、顔の傷も、酔って転んで怪我をしたという古典的な言い訳をみんなが信じるくらいにまでは回復していた。

二人組の男に襲われた翌日、キョウの家までいっしょに宿泊用の荷物を取りに行った。以来四日間、必要最低限の外出以外は部屋にこもりきり、実演販売の練習に打ち込んできた。

「そちらのお姉さん、ちょっとこれ持ってみてください。ね、軽いでしょ？　このマッサージ器、これだけの機能がついていて、しかも軽いんですよ」

「だけど軽いんですよ」

「だけど軽いんですよ」

キョウが言い直すと、やひろが納得いかない顔で振り返った。

「タケさん、さっき台詞を憶えるなって言ってたじゃん」

「しかもとだけどは大違いだ。だけどという言葉を使うことで、客に〝あれ？〟と思わせる。〝どうしてだろう〟って小さな疑問を持たせるんだよ。人間、わからねえことがありゃ気になる。気になりゃつづきを聞こうとする。トークの途中で相手の頭ん中にハテナをぶつけるのは、実演販売の基本テクニックだ」

おおお、と客の四人が揃《そろ》って声を上げた。キョウは手にしていたマッサージ器「首ったけEX」を売台に置き、ポケットからスケッチブックの赤ん坊のようなノートを取り出して素早く書き込みを入れた。ページはもうメモでいっぱいになっている。

「首ったけEX」は首を後ろからマッサージする器械で、輪郭だけ見るとズボンに似ている。股《また》の部分に二つの玉が内蔵されており、それがぐいぐい首を揉《も》み込む。しかも「あったかモード」を発動することで玉が熱を持ち、冷え性や血行不良の改善にも効果があるし、冬場は単純にあたたかくて気持ちがいい。さらに左右の脚にあたる部分を両手で引っぱることで、玉が押しつけられる強さを調節できるので、痛みを感じることなくマッサージをつづけられる。

実演販売を行う商品としてこれを選んだのはキョウだった。ここのところ武沢が方々で売っている「健康サポート！　スロージューサー」や、これまで売ってきたオーガニック洗剤「ナチュクリーン」、簡単包丁研ぎ器「あっちゅうMAX」、安眠枕「ドリー夢《む》」など、数々の商品の中から自分で選ばせたのだ。中学生がマッサージ器を勧めても信憑性《しんぴょう》がないのではないかと武沢は反対したが、祖父母が昔から首のこりで悩んでいたので、それをトークに使えるからとキョウは主張した。たしかにいい作戦かもしれないと武沢も思い直し、〝祖父母が悩んでいる首のこり〟を交えたトークの流れを組み立ててやり、その流れに沿って二人で練習を重ねてきたのだ。

「この『首ったけEX』、軽いのにすごく玉の動きがパワフル。しか――」

キョウはちらっと武沢を見て言い直した。

「だけどコンセント不要なんです」

「そう」

ヒューマンブラッサムにも、もちろん番組に応募する許可はもらっている。親戚の子が実演販売の練習をして番組に出たがっているのですが、と武沢が電話で説明すると、老社長はむしろ喜び、実演販売という仕事を広く認知してもらえるチャンスかもしれないねえ、優勝できるといいねえと、快《こころよ》く応じてくれた。

「キョウちゃん別人みたい。こないだ会ったときは、喋るっていうよりお経となえてるみたいだったのに。疲れきった小坊主《こぼうず》のお経」

やひろの感想はいつも少々正直すぎるが、なかなか的確だった。

「別人になりきる技術やテクニックは、タケさんが誰より心得てるから、それを伝授したんじゃない？」

僕の冗談どうですかみたいな顔で貫太郎が振り向くが、とても冗談にはなっていなかった。かつて詐欺師をやっていたことは、キョウには話していないし、話せるはずもない。なにしろキョウは詐欺師に母親を奪われているのだ。

「技術とテクニックは同じだろうが。頼むから余計なことは喋らないでくれ」

事前に口止めしておかなかったことを後悔しつつ、武沢は言葉の後半に力をこめた。まひろ、やひろ、貫太郎、テツは揃って「？」という顔になったが、察しのいい連中なので、すぐに目を細めて「なるほどね」といった感じで頷いた。

「お前たちは……客なんだから」

四人はそれぞれ仕事や学校が終わったあと、武沢の頼みでここに集まり、晩飯も食べる前に、こうして練習に付き合ってくれている。まひろはいつものようにチョンマゲといっしょで、そのチョンマゲは、キョウの実演販売がはじまるなり「首ったけEX」の玉に飛びついて攻撃を加えはじめたので、いまはケージの中でいじけていた。みんなをここへ呼ぶにあたっては、武沢をリンチにかけた連中を警戒する必要があったので、アパートに来るとき周囲をよーく確認し、人がいないことを確かめた上で入ってくるよう言っておいた。もちろん理由を訊かれたが、「公共料金をちょっとあれしてるもんだから」と適当に言ってみたら、みんな簡単に納得してくれた。

「もっと〝首のこり〟を悪者っぽく言ったほうがいいな。話の中に悪者を登場させて、それを退治するっていう流れに仕立ててやると、商品がヒーローっぽく感じられる。人は勧善懲悪《かんぜんちょうあく》の物語に惹かれるから、それを意識して話すと効果的だ」

「タケさんはコーチも向いていますね」

貫太郎が丸い頬をさすりながら振り返る。

「コーチのほうが向いてるのかもよ」

テツが貧乏くさい部屋をわざとらしく見回した。

ヒューマンブラッサムに登録したその日から、武沢は実演販売士が書いた本を何冊も勉強した。実演販売を行うことは「卓を打つ」、客をつかせるのは「陣付け」、その客を自分のほうに寄せるのは「陣寄せ」——そうした専門用語を一から憶え、本に書かれているトーキングテクニックをすべて頭に叩き込んだ。だから実際のところ、知識ならいくらでも頭に入っているし、さっきから喋っているのも実はほとんどが本の受け売りでしかない。それらのテクニックをすべて自分で実践できているかといえば、明確にノーだが、少なくとも読んだ内容を忘れずにいてよかった。

「テツ、ちゃんとビデオ撮れてるか？」

「動画の撮影なんて毎日やってるんだから心配いらないよ」

テツがスマートフォンで練習を撮影し、あとで余計な部分を編集でカットしてキョウに送ってくれることになっていた。キョウはそれを見て復習することができるし、テツのほうも、番組に応募する動画を撮る際のアングルなどを検討できるというわけだ。

（五）

練習が一段落すると、事前に買ってきていた食材で、まひろが六人分の晩飯をつくってくれた。身がジュクジュク鳴っているサワラの塩焼き、大根おろしを添えた出汁巻き卵、油揚げをなんかした甘辛い料理、葉も刻んで使ったカブの味噌汁《みそしる》。

「……美味えな」

みんなで座卓を囲みながら、思わず唸《うな》り声が洩《も》れた。なるべく外出しないよう、毎日キョウと二人で台所に立って食事をつくっているのだが、キョウは料理未経験だったし、武沢は筋金入りの料理下手だ。

「タケさんといっしょに暮らしてた頃が懐《なつ》かしいね」

やひろが出汁巻き卵に大根おろしを山盛りにのせて口に入れる。

「短かったけど、あたしあれけっこう楽しかったな。まひろがこうやって毎日ご飯つくってさ、座卓囲んでみんなで食べて」

まひろ、やひろ、貫太郎とは、その昔いっしょに暮らしていたことがある。武沢ともう一人の男が住んでいた借家に、三人で転がり込んできて、合計五人での奇妙な共同生活を送っていたのだ。

当時のまひろはスリで日銭を稼いでいた。やひろは何もせずに自堕落《じだらく》な日々を送っていた。貫太郎はマジシャンだったが仕事がなく、おまけにインポテンツだった。そのインポテンツは、五人での共同生活を解消したあと治りかけたらしいのだが、すっかりよくなったわけではなかった。しかしあるとき何故か一夜限りの完全復活が起き、そのときできたのがテツらしい。貫太郎とやひろはそれを「奇跡の夜」と呼んでいるが、その後、貫太郎の下半身がどうなったのかは知らない。

「まひろさんってこんなに料理上手いのに、結婚しないの？」

テツが指でサワラの骨をむしりながら、なかなか無遠慮なことを訊く。

「あたし、そもそも恋愛できないんだよね」

全員がそれとなく動きを止め、つぎの言葉を待った。ケージの中で煮干しを囓《かじ》っていたチョンマゲも、ふと頭を立てた。それに気づいているのかいないのか、まひろは味噌汁をすすってつづける。

「会社の人とか取引先の人とか、いいなと思う男の人はいたし、その人と仲良くなったりもするんだけど、いざ相手が自分のこと好きになると、なんか冷めちゃうというか、急にその人のことが嫌になっちゃうというか……まあ、はっきり言うと、気持ち悪くなっちゃって」

カエルカ現象じゃないでしょうかとキョウが言う。

そのあと妙な間ができたのは、たぶん、誰も言葉の意味がわからなかったのと、実演販売以外でキョウが口を利いたのが本日初だったせいだろう。

何それ、とまひろが顔を向ける。

「カエルに化けると書いて蛙化《かえるか》現象です。グリム童話の『カエルの王子様』ではカエルが最後に王子様になりますが、その反対に、王子様に見えていた人が気持ち悪いカエルに見えてしまうという現象があるそうです」

練習が終わったいま、キョウの口調は、やひろが言うお経のようなものにまた戻っていた。ついさっきまで見せていた明るい笑顔も、まるで売台に置いてきたように消え失せている。

「それって何で起きるの？」

テツが訊く。

「原因はいろいろあるようです。たとえば自己肯定感の低さとか、自分の女性性に対する抵抗とか、恋愛に対する理想が高すぎて現実を見るのを怖がっているとか、過去の恋愛に対するネガティブな記憶とか」

「キョウさん、よく何も見ないでそんなこと喋れるね」

「こんな自分を好きになるなんて気持ちが悪い、自分を女性として見られたくない、恋に恋するあまり恋愛の現実を見たくない、昔の恋愛に対するネガティブなイメージがよみがえる――そういう理由で起きる現象だそうです」

ぴんと来た。

まひろ本人も、やひろも貫太郎も、三人から昔話を聞かされているテツも、たぶん同じことに思い当たったのだろう、顔つきからそれがわかった。

武沢と出会った十数年前、まひろは男相手のスリで生活費を稼ぐ、十八歳のカラスだった。自分の容姿を利用して男に近づき、相手が油断したところで財布をスッてトンズラする。その金で、自分だけでなく姉のやひろも、その彼氏の貫太郎も食わせていたのだから大したものだ。しかも貫太郎は当時からデブだった。

昔の自分がやっていたことを、まひろはいまも許せないでいるのかもしれない。だから、男性から好意を向けられることに対して嫌悪感を抱いてしまうのかもしれない。

それを思ったとき武沢は、キョウが、長かった髪を自分で切り、男の子が着るような服を身につけるようになった気持ちが、また少し理解できた気がした。母親が死んだのは、金銭苦のせいでも、ナガミネを刺し殺したと思い込んだせいでもなく、つまるところ、女性であったせいだ。だからナガミネに欺された。だから最後にナガミネを刺した。キョウにはそんな思いがあるのではないか。

「教えてもらっといて悪いけど、子供が偉そうに言わないでくれる」

まひろが目も合わせずに言い放ち、茶碗《ちゃわん》を手に取った。キョウは言葉を返さず、ただ咽喉だけがかすかに動いた。

どうしてか、まひろはキョウに厳しいというか冷たいというか、いかにも好かないという態度をとりつづけている。さっきまでやっていた実演販売の練習でも、喋るキョウを腕組みして眺めながら、ときどき首をひねったり、息だけの笑いを洩らしたり――実際の現場ではそういった客が多いので、まひろがその演技をしてくれているのかとも思ったが、いまの様子を見ると、やはり違ったようだ。

食卓が静まり、やひろが麦茶を飲む音や、貫太郎が腹を掻く音が聞こえた。

「なんだよおい、そういう言い方やめろよ。せっかくみんなであれしてんだから、楽しくすりゃいいじゃねえかはははははは」

ぎこちない空気が流れたとき、こうしてわざと下品でぶっきらぼうに振る舞ってしまうのは武沢の悪い癖《くせ》だ。たいがい誰も笑い返さず、いつも武沢は、いっそう野卑《やひ》な顔つきをこしらえるしかなく、今回もまたそうだった。食器が小さく鳴る音と、貫太郎が腹を掻く音が聞こえた。何でこいつは腹ばかり掻くのか。

「……テレビでもつけるか」

床に放り出してあったリモコンを拾い、正面に置かれている二十六型の古いテレビをつけた。

「お、これ例の番組じゃねえか？　なあキョウ、ほら司会者」

なんともありがたい偶然で、画面の中では「発掘！　天才キッズ」の司会者である瀬谷ワタルが喋っていた。

「違うんじゃない？　この人、たくさん番組やってるし」

やひろが言い、その直後に武沢は、たくさんの番組の中で最悪のものが画面に映っていることを知った。

「あほら違うよやっぱり。これ詐欺のやつだよ。欺された人が番組に相談してきて、瀬谷ワタルが弁護士とかといっしょに詐欺師を追い詰めるやつ。あたしこれ面白くて好き」

番組のことは知っていても、キョウがいまここにいる経緯を彼女は知らない。武沢が慌ててテレビを消そうとしたとき、画面がスタジオから別の場所に切り替わり、顔にモザイクの入った男が映った。それと同時にキョウが横から手を伸ばして武沢からリモコンを奪い、画面の中ではそのまま番組が進行した。

（六）

　翌朝、キョウが起きてこなかった。

「……もう行くけど」

　顔の傷が絆創膏《ばんそうこう》で隠せる程度になったので、今日は久しぶりの出勤だった。しかし武沢が出かける時間になってもキョウは部屋から出てこない。

「俺がいないあいだ、誰が訪ねてきても、玄関のドア開けるなよ」

　わかってますと、襖ごしに小さく返事があった。

「体調悪いのか？」

「悪くないです」

「帰りになんか買ってきてやろうか？」

「何もいりません」

「熱、計ってみる？」

「ほんとに平気ですから」

　ゆうべ武沢がうっかりつけてしまったテレビのせいだろう。

　詐欺師が登場するあの番組をつけてしまったあと、武沢はテレビを消そうとしたが、キョウはリモコンを返さなかった。何も知らないほかの面々も、見よう見ようと盛り上がるので、武沢は仕方なく、画面に顔を向けないようにしながら料理をぱくついた。しかし、なにしろテレビは正面にあるので、嫌でも内容が目に入った。顔にモザイクがかかり、声も加工されている男は、詐欺師だった。会議室のような場所に座らされ、正面には弁護士バッジをつけたスーツ姿の男がいた。

——わかりました。

弁護士は重々しく頷いた。

——実は今日、ご本人もお呼びしてあるので、お入りいただいてもよろしいですか？

部屋のドアが開き、痩せた女性が静かに入ってきた。彼女も詐欺師同様、顔にモザイクがかけられ、声も加工されていた。

連絡が途切れて三ヵ月、ついに直接対決へ！

画面下に派手なテロップが現れ、詐欺師と被害者と弁護士、三人での話し合いがはじまった。主に言葉を発していたのは弁護士だ。被害者と詐欺師の名前は、字幕やナレーションではそれぞれ「中谷《なかたに》さん」、「長崎《ながさき》」となっていたが、弁護士が喋る音声の中では名前の部分が無音処理されていたから、どちらも仮名だったのだろう。話し合いの進行に合わせ、的確なタイミングで画面にテロップや再現映像が流れたので、だいたいの事情が摑めた。最近のテレビ番組は、どのタイミングでテレビをつけても、それまでの内容が把握できるように上手いこと編集されているからやっかいだ。

その詐欺の内容は、キョウの母親がナガミネに欺されたケースと、ひどく似ていた。

被害女性は独身で四十代後半の事務職員。彼女は婚活パーティで長崎と出会った。長崎が登録シートに書いていたプロフィールによると、彼は有名大学卒の有名企業勤め、大学時代は陸上に打ち込み、八百メートル走の県大会で準優勝した経験もあった。話しぶりは真面目で、ユーモアにも長《た》け、気遣いができて優しさもあり、すらりとした高身長。まさに理想的な男性だと、被害女性は思ったらしい。彼女の話やナレーションから、モザイクの向こうにある長崎の顔が、けっこうなハンサムであることも窺《うかが》えた。

――ころっといくよねー。

やひろが呟き、貫太郎が驚いた顔をした。

婚活パーティのあと、被害女性は長崎と何度か食事をした。三度目の食事の席で、長崎は彼女に、結婚を前提に付き合ってほしいと申し出た。彼女はそれを承諾した。

――するよねー。

やひろが言い、貫太郎がさっきとまったく同じ反応をした。

交際しはじめてすぐに、長崎は病気の母親の話を打ち明けた。ガンに冒されて高額な治療費が必要となり、親戚中に借金を頼んで回ったのだが、まったく足りないのだという。被害女性はその治療費として、数回にわたり、合計二百万円近い金額を立て替えた。その後も彼女は何度か長崎に金を渡した。母親の治療にさらなる費用が必要になったり、仕事の失敗で生じた大損害の一部を負担せねばならなくなったり、弟が車で事故を起こして多額の損害賠償を請求されたりと、理由は様々だった。その総額がじつに四百万円以上にまでふくれ上がったとき、彼女は遅ればせながら、何かおかしいのではないかと考え、長崎を問い質した。長崎はのらりくらりと質問をかわし、けっきょくその場は別れたのだが、以後まったく連絡が取れなくなった。そこで彼女は初めて詐欺だったことに気づいて番組に相談し、番組は長崎について調べ上げ、住所を特定して弁護士とともに調査、尾行、突撃、そしてあのシーンに至ったものらしい。

画面がスタジオに切り替わり、瀬谷ワタルの怒りに満ちた顔がアップで映った。

――ね、とんでもない奴でしょ？　許せないでしょ？

テーブルの左右に並んだゲストたちが一様に頷いた。

――というわけで、私もこのあと被害女性といっしょに対決してきました。VTRどうぞ。

ふたたび画面は会議室に戻り、片眉を上げて渋面をつくった瀬谷ワタルがドアを入ってきた。彼は長崎の正面に座り、意外と常識的な初対面の挨拶をしたあと、普段テレビで見ている通りの自信に満ちた物腰で、長崎に懇々と説教をした。その後、弁護士が横からアシストしたり、被害女性が言葉を添えたりしながら、最終的には長崎が借金の返済を約束する書類にサインをし、深々と被害女性に頭を下げて話し合いは終わった。イメージとしては、瀬谷ワタルによる手厳しい言葉と説得がとうとう長崎を反省に導いた、というような流れになっていたが、あれも上手く編集されていたのだろうか。

画面はまたスタジオに戻り、瀬谷ワタルが相談募集の告知をして番組は終わった。

――詐欺師なんて、みんな……。

テロップが流れる画面を見つめたまま、そのときキョウが低く呟いた。

――殺しちゃえばいいのに。

武沢にはその言葉が、まるで脳みそに直接囁かれたようにはっきりと聞こえたが、ほかの連中にはどうだったのか。顔を見て確認する勇気さえなく、ただ顎に力を入れて、箸《はし》を持つ自分の手を睨みつけるばかりだった。

晩飯を食べ終えたあと、武沢は駅までみんなを送った。

――キョウさん、さっき何であんなこと言ったのかな。

やはり聞こえていたらしく、夜道を歩きながらテツが首をひねった。

――詐欺師は全員殺しちゃえーなんて。

――べつにそんな言い方じゃ……。

武沢が言いかけたとき、まひろが顔を向けた。

――過去に家族が欺されたことがあるとか？

かなり的確に言い当てられた。ほかの三人もうんうん頷きながら武沢の反応を窺った。言葉を返せず、誰かが別の話をはじめてくれるのを待ちながら夜道を歩きつづけていると、まひろがとうとう立ち止まって武沢のシャツを摑んだ。

――タケさん、そろそろ白状したら？

吐けば楽になるぞといった感じの、圧力がこめられた声だった。

――あの子、ただの弟子入り志願者じゃないでしょ。

そして実際のところ、吐けば楽になるような気がした。ちらりとほかの面々を見ると、みんなして武沢がゲロする瞬間を待っていた。

――俺が喋ったこと……あいつに言わないか？

全員同時に頷いてくれたので、駅までの道をふたたび歩き出しながら、武沢はキョウが自分のもとへやってきた経緯を話した。十五年前、寺田未知子と出会った夜のこと。ナガミネという詐欺師。寺田未知子の自殺。キョウがその娘であること。そして「発掘！　天才キッズ」で優勝を狙い、手に入れた金で探偵を雇ってナガミネを捜そうとしていること。ただし、自分が二人組の男に襲われたことだけは喋らなかった。

四人は黙って話を聞いてくれた。それぞれ真剣に受け止めつつも、意見のようなものは口にしなかった。当人たち以外が口を出すべきことではないと、きっと誰もが、テツさえも、わかってくれていたのだろう。最終的に四人は、ただ頷き、今後も実演販売の練習に付き合うことだけを約束して、駅の改札口を抜けていった。それから武沢はUターンしてアパートに戻ったのだが、そのときにはもう奥の襖が閉じられ、隙間からは明かりも洩れていなかった。

以来いままで、キョウの顔を一度も見ていない。

「……いけね、水曜か」

玄関を出たところで、ガラガラと空き缶がぶつかり合う音が聞こえ、資源ゴミの日だったことを思い出した。武沢は部屋に取って返し、流し台の前に放り出してあったゴミ袋を摑んだ。ふたたび玄関を出て、アパートの裏にある集積所まで走り、中身をそれぞれのコンテナに移していく。まずはペットボトル。つぎに缶。そして瓶。朝も早いので、なるべく音を立てないように、一つ、二つ、三つ――。

「ん」

あれがない。

「んん？」

ゴミ袋とコンテナをもう一度よく確認してみたが、やはりない。

キョウが早朝のゴミ拾いに行っていた謎が解けたのは、そのときのことだった。

（七）

「……入っていいか？」

仕事から帰宅してすぐ、襖ごしに訊いた。

返事を待って襖を開けると、キョウは母親のスマートフォンを手に、壁際で体育座りをしていた。

「お仕事、お疲れ様でした」

「まあそんなに疲れちゃいねえけど……」

もやもやと答えながら部屋の中を見回す。視線はキョウが座っているのと反対側の壁際をいったん行き過ぎ、しかしすぐに引き戻された。スーパーでもらってきたのだろうか、食品メーカーのロゴが入った段ボール箱が置かれ、ガムテープでぴっちり蓋《ふた》が閉じられている。

「それは、何が入ってんだ？」

「洋服とかです」

「閉じてあったら取り出せねえだろ」

「すぐには着ないので」

「開けるぞ」

あ、とキョウが声を上げたときにはもう、武沢はガムテープの端に爪をかけていた。一気に剝がすと、中に詰め込まれていた新聞紙のせいで蓋が浮き上がった。その新聞紙を摑んで脇へ放る。中に並んでいたのは空き瓶だ。「OPUS ONE」「ROMANÉE-CONTI」「Dom Pérignon」……武沢でさえ名前を知っている高級酒の空き瓶たち。例の高級ブルゴーニュの瓶も、やはりそこにあった。

「わかってると思うけど」

振り返ってキョウの顔を見た。

「お前がやってることは、犯罪だ」

キョウは膝立ちになったまま、中途半端に両手を持ち上げていた。何か言い訳を考えようとしたのだろう、その表情がこまめに変わり、しかし最後には顔をそむけた。

「べつに……ゴミを売っているだけですけど」

「いくらで売ってる？」

キョウはしばらく黙り込んでから、二千円だと答えた。

「全部でか？」

首を横に振る。どうやら一本二千円らしい。

高級酒の空き瓶はインターネットのオークションで高く売りさばくことができる。それを買い取り、別の酒を入れ、泥酔客を相手にボロ儲けをする飲食店があるからだ。早朝の繁華街で高級酒の空き瓶を集めれば、けっこうな商売になるというわけだった。玄関にあったワインをキョウが初めて見たとき、どうりで高級酒だとすぐにわかったはずだ。高い酒の瓶を見分ける知識があったのだろう。

「これは詐欺だ。お前の母親がやられたのと同じ犯罪だ」

かつて詐欺師として暮らしていた自分に、こんな説教をする資格などないことはわかっていた。わかっていても、言わずにはいられなかった。

――詐欺師なんて、人間の屑です。

十年と少し前、あの男が死ぬ間際に吐いた言葉は、いまも鮮明に憶えている。

――そんな生活を長くつづけていると、尻尾《しっぽ》を咥《くわ》えた蛇みたいに、自分で自分を追い込んで、いつかは一人で干涸《ひか》らびて死んじまいます。

「今回が初めてか？」

訊くと、キョウはこっちを見ずに、何度かやりましたと答えた。

「どうやって売ってる？」

「以前にお母さんが、家の生活費がなくなったときに服や家財道具を売れるサイトに登録していたので、そのアカウントを使っています」

「金の受け取りは？」

「それもお母さんの口座をそのまま」

そむけられていたキョウの顔が、ようやくこちらを向いた。

「でも、べつにいいじゃないですか。その瓶の中身を飲む酔っ払いは、いいお酒を飲んでると思い込んでいるんですよ。価値があると思ってお金を払って、その価値を飲んで満足してるんだから、何も問題ないと思います」

どうやら口でやり合うつもりらしい。

「焼きサンドと同じですよ」

「焼きサンド？」

「アメリカで女の人が焼きサンドをつくったらパンの焦げ目《こめ》がマリア像に見えた話を知りませんか？　その人、それをネットオークションにかけたら、三万ドルくらいの値がついたんですよ。こっちがただの空き瓶なら、あっちなんてただの焦げ目じゃないですか」

「そりゃお前、相手もただの焦げ目だって知ってて買うんだから、詐欺じゃねえだろ。でもこっちは中身が安酒だとは知らずに飲むんだ、明らかに客を欺してることになる」

「だとしても、この空き瓶を買い取るお店が客を欺してるだけです」

「お前も同罪だろうが」

「お金がほしいんです」

声に力がこもって上ずった。

「実演販売を猛練習しても番組のコンテストに勝ってお金が手に入るかどうかなんてわからないし、そもそもナガミネを捜す探偵料以外のお金だって、ぜんぜん足りてないんです。家にお金が必要なんです。ないと困るんです。たとえお母さんがやられたのと同じことをやってたとして、それのどこがいけないんですか？　正直に生きていた人が、そのせいで損をして、最後にはフードコートのテラスから飛び降りて、それを目の前で見せられた人間が、自分も正直に生きようなんて、逆にどうやったら思えるんですか？　欺してたとしても、相手が欺されたと思ってないんだから誰も被害者になってないじゃないですか。世の中そんなのたくさんあるじゃないですか」

心を斬《き》りつけてくるようなキョウの声だったが、引っ込むわけにはいかなかった。

詐欺に手を染めた人間が――正直者が馬鹿を見るこの世界を、悪党になって生き抜いてやろうと決めた自分が、その後どうなったかを知っているからこそ。

「まあ……たくさんあるわな」

たしかに昔から、被害者の存在しない欺しの手口はいくらでもある。子供時代に見た饅頭《まんじゅう》屋の屋台では、オヤジの後ろに大量の卵の殻が積まれていたが、実際には饅頭に卵なんてほとんど入っていなかった。でも客はすっかり欺されて、卵たっぷりの饅頭を食っているつもりになっていた。いまも街でよく見かける不動産屋の電柱広告は、実在もしない激安物件をしょっちゅう載せて客の問い合わせを誘っている。温泉の中で小便をすれば法に触れる立派な犯罪だが、すました顔をしていれば誰も気づかない。沙代が初めて読んだ絵本は『泣いた赤鬼』だったが、あれも二匹の鬼がやったのは、人間を相手どった詐欺みたいなものだ。

武沢が思いつく例を立てつづけに並べていくと、キョウは少々戸惑《とまど》ったような顔になった。

「……ほら」

「もう一つ言うと、偽札づくりも同じだ」

あれも、偽物の金をみんなが本物だと思い込んでいるかぎり被害者は出ない。通貨偽造であり、詐欺でもあるが、気づかれなければ誰も損をしない。たとえ全国で流通している金の一割が偽札に変わったところで、経済への影響もまったくない。

「お前のやってることが、どれに一番近いか考えてみろ」

言われたとおり、キョウは腕を組んでしばらく考えた。

「まあ……偽札づくりに近いかもしれません」

「だろ。だから――」

もういいです、と遮られた。

「もうやめます。売りません」

「そっか？」

「でも、説得されたわけじゃないですから」

「いいよ、どっちでも」

武沢は空き瓶の入った段ボール箱を持ち上げた。

「これ、来週の資源ゴミの日に捨てるぞ」

「嘘がほんとになっちゃいましたね」

「嘘って……ああ」

ゴミ拾いか。

どんな顔をすればいいのかわからないまま振り返ると、キョウは少し笑っていた。

あとで考えたら、それが実演販売の練習以外で見せた初めての笑顔だった。

「腹減ってるか？」

「腹減ってますね」

「晩飯どうする？」

「つくりましょう」

二人で台所に立ち、すごく適当なチャーハンをつくって食べた。ちょっと余ったので、朝飯にとっておこうと思い、皿にラップをかけて冷蔵庫に仕舞おうとしたらキョウに叱《しか》られた。

「しっかり冷ましてからじゃないと、ほかの食材が悪くなっちゃいますよ」

「じゃあ、なんか扇《あお》ぐもの——ああそれでいいやチラシ」

さっき武沢が郵便受けから取ってきたチラシの束《たば》を、キョウが座卓から持ってきてくれた。何枚か重ねてチャーハンをぱたぱた扇いでいるあいだ、キョウは脇で残りのチラシをぱらぱら捲《めく》った。窓の外からはどこか別の部屋の風鈴が聞こえてきて、食事で温まった身体に汗がにじみ——そのとき不意に、懐かしい記憶がよみがえった。死んだ娘と二人で暮らしていた頃も、たしかこんなことがあった。夏の台所で、自分は何かの残りを冷蔵庫に入れる前に、何かでぱたぱた扇いでいた。ああ、うちわだ。近所の夏祭りで配っていたうちわがあったので、それを使った。料理のほうはチャーハンの可能性が高い。いまも昔も、武沢はチャーハンくらいしかまともにつくれない。

チャーハンといえば、娘は具の中に混ぜ込んだ紅ショウガが好きで、それを見つけると、いつも前歯でちびちび囓りながら時間をかけて味わっていた。小学生にしては、変わった食べ物が好きな子だった。

「お前、紅ショウガって好きか？」

訊いてみたが返事がない。

「なあ、紅ショウガ」

見ると、キョウは脇に立ったまま、一枚のチラシに見入っていた。

「……どした？」

「武沢さん」

くるりと顔を向ける。

「見切り発車してもいいですか？」

（八）

新宿《しんじゆく》というのはしかし、相変わらず見通しの悪い街だ。

道行く人々が視界を遮り、行く手がまったく見えない。歌舞伎町《かぶきちよう》に近い路地を抜けながら、武沢はさっきから上ばかりに目を向けていた。いつも商売相手《カモ》を探し歩いていた詐欺師時代とは、完全に逆だ。

「看板とか、出してますかね」

隣を歩くキョウも上を眺め、細っこい首を汗がつるつると流れ落ちた。まだ午前中なのに、二人の脳天には遠慮のない夏の日差しが照りつけてくる。

「出してても、これじゃわかんねえな。そこらじゅう看板だらけだ」

ゆうべキョウが見つけたチラシは、一風変わった探偵事務所のものだった。探偵事務所というものについて、キョウはこれまで何度もインターネットで検索をし、依頼や調査の流れ、料金について調べていたらしく、だからこそ、そのチラシに目を引かれた。

これから訪ねようとしている「TSUGAWAエージェンシー」は、マキグチビルという建物の五階にある。チラシによると、浮気調査、企業信用調査、家出調査、人捜しなど、請け負う業務は一般的なそれだが、珍しいのは人捜しについての料金システムだ。通常の探偵事務所で人捜しを依頼した場合、着手金が三十万円ほど、成功報酬が五十万円ほどかかり、難易度によってはさらに額が増える。しかしTSUGAWAエージェンシーは着手金が一万五千円と激安で、成功報酬も、基本額が十万円。難易度や移動距離によって、そこに金額がプラスされていくシステムらしいが、十万円を超えそうな時点で必ず連絡をくれ、調査を継続するかどうかを確認してくれるのだという。しかも分割払いが可能ときている。どの業界も不景気なので、そうしたシステムにでもしないと、客を摑むのが難しくなってきているのだろう。

今回の依頼については、人捜しのプロならばそう難しい仕事ではないのではないかと武沢は踏んでいた。ナガミネマサトというのはまず間違いなく偽名だとしても、なにしろ相手には「今年の春に北千住のアパート前で刺された男」という大きな目印があるし、おそらくはいまも都内近郊で暮らしている。成功報酬は最終的に、十万円におさまってくれるのではないか。

この十万円に関して武沢は、なんとか自分が工面《くめん》してやろうと考えていた。着手金の一万五千円は、キョウが貯《た》めていたお年玉の残りでまかなえるとのことだが、もし「発掘！　天才キッズ」で結果を出せなかったら、キョウにはそれ以上の金を払う術《すべ》がない。

——責任をとってもらおうと思いまして。

キョウを家に寝泊まりさせ、実演販売を教え込むことで、ほんのりと感じていた程度の責任は果たしているつもりだった。

——生まれてきたくなかったです。

しかし、これまでたった一度しか笑わず、疲れきった小坊主のお経のように平坦《へいたん》な抑揚で話すキョウを見ているうちに、いつのまにか気持ちが変わっていた。

「まさかとは思いますけど、もし番組で優勝できなかったら自分が探偵の成功報酬を払ってやろうなんて考えてないですよね」

「馬鹿、考えるかよ」

「ぜったい優勝しますから」

「当たり前だ。やるからには勝つ」

周囲を埋め尽くす人混《ひとご》みの中には、夏休み中の中学生と思われる少女たちもいた。かかとの高いサンダルを履き、お洒落《しゃれ》に着飾って、爪はカラフルに塗られ、歩きながら数人で同時に喋り合っている。わざとのように気だるそうな少女もいるが、それでも全身を包み込む、これが若さだとでもいうような、弾力のある高揚《こうよう》は隠しきれていない。

「ちゃんとしたところだといいんですけど」

キョウの声は、周囲のざわめきの中に吸い込まれて聞き取りにくかった。

「行ってみりゃわかるさ」

これから会う探偵には、寺田未知子がナガミネを刺したこと、フードコートのテラスから飛び降りたこと以外はすべて説明しようと、二人で事前に相談をまとめていた。ナガミネと寺田未知子が出会った時期、場所、欺しの手口。一度だけドライブをしたときに憶えた、車種と色。そして今年の三月八日早朝に、北千住で通り魔に刺されたこと。

「あ、ここです」

キョウが立ち止まったのは、細長くて古いビルの前だった。壁にはたしかに「マキグチビル」と文字プレートが貼られている。いや正確には、プレートの一部がどこかへ消え、「マキグチ　ル」となっていた。その下にいくつかのテナント名、五階に「TSUGAWAエージェンシー」とある。

「これ……信用できんのかよ」

掃除もされていないエントランスを眺めた。隅《すみ》のほうに、ぜったいに走らないと言い切れる原付バイクが放置され、埃《ほこり》をかぶったシートに、何故かビールの空き缶が三つ並んでいる。

「とにかく行ってみましょう」

エレベーターは設置されておらず、二人して大汗をかきながら五階まで階段を上った。クーラーもない部屋で、いかにも探偵能力がなさそうなツガワ氏が登場し、薄い麦茶を出され、キョウの依頼に弱り切った顔をするところが鮮明に想像できた。しかし実際には、それからほんの数分後、武沢とキョウは小綺麗で涼しいオフィスのソファーに座り、氷の入ったアイスコーヒーとアイスティーを吸い付くように飲みながら、自信に満ちた顔の津賀和《つがわ》聖也《せいや》氏と対面していた。部屋の奥では、壁に取りつけるタイプの扇風機が回り、そのゆるやかな風が最高に心地よかった。津賀和はまだおそらく三十代半ばだろう。小柄で、顔がものすごくコリー犬に似ていて、ぱりっとしたスーツに包まれた身体全体から若々しいエネルギーが満ちあふれ、何かの企業ＣＭにでも出ていそうな雰囲気の人物だった。

「承知しました」

依頼内容を聞き終えると、津賀和は面長の顔を頬笑《ほほえ》ませた。まるで犬が笑ったようで、テツがいたら動画を撮りたがったのではないか。帰り道でキョウにそう言ったら、出会ってから二度目の笑顔が返ってきた。

（九）

「すっごいじゃん、見てるだけで買いたくなる！」

やひろが派手に手を叩く。客がそんなことをしてはいけないのだが、後ろから見ていた武沢も、それに文句をつけることも忘れ、すっかり誇らしい気分を満喫していた。

「ほら、昔から〝会社を首になった〟なんて言うじゃないですか。首って、それだけ重要だってことを日本人は知ってたんですね」

自分で考えたトークを交えながら、キョウは売台の向こうで滔々《とうとう》と喋る。「首ったけEX」を持ち上げる高さは、武沢が教えたゴールデンライン――百三十五センチにしっかりキープされていた。

「一番重要な首をやられたら、もうどうしようもないですよね。だからこういうものも開発されるし、みんな買ってくれるんです」

日曜日の朝だった。

まひろ、やひろ、貫太郎、テツはふたたびアパートへ集まり、練習の手伝いをしてくれていた。テツは番組に送る動画のアングルを考えつつ、さっきからスマートフォン片手に右へ左へ動き回っている。

「でも首って、素人が治療しようとすると危ないって聞いたことあるけど……」

まひろが自分の首をさすりながら言う。いかにも信用していないという態度なのは、客の役になりきってくれているわけでもなさそうだ。キョウに対するまひろの妙な冷たさは、いまだに理由がわからない。が、そんなことはお構いなしに、キョウはすかさず嬉しそうな顔をしてみせた。

「そうなんですよ！　ご指摘ありがとうございます」

相手の疑問に対して反論しないのは重要だ。すんなり同意することで安心感を引き出し、さらに礼を言うことで、自分に好意を持たせる。客が探しているのは商品のメリットよりも、「買わない理由」であり、それを目の前で一つ一つ消していくのが実演販売士の仕事だ。客の心に安心感と好意を注《つ》ぎ込み、なるべくなら一円も金を使いたくない相手を「商品の購入」まで連れていく。

「一つ面白い話があります。ほら、風邪を引いたときに食欲がなくなることがありますよね？　前に調べたことがあるんですけど、あれって脳がわざとそうしてるんですって」

ぱっと関係性がわかりづらいことを言い、相手に「？」と思わせて話に引き込む。これもなかなか上手い。

「食べ物を消化するには、じつはものすごいエネルギーを使うらしいんですね。風邪をひいたとき、人間の身体は、そこに使うエネルギーを本能的にセーブして、その分をウィルスの撃退に回そうとする。だから食欲がないときは無理して食べないほうがいいんですって」

ここで相手の頭には「？」と「へえ」が混じり合う。そこで素早く疑問のほうを解消してやる。

「要するに、身体によくないことは身体が一番よく知ってるんです。痛かったり、違和感をおぼえたりするんです。つまりどういうことかっていうと、一番気持ちいい強さで、一番気持ちいい場所を揉んであげればいい。でもそれって、人や症状によって違うんですね。だからこの部分があるんです。ここ見てください」

まひろに向かって「首ったけEX」の持ち手部分をビシッと指さしてみせる。この大げさな「指さし」も重要で、キョウはもはや完璧に身につけていた。

が、まだ甘い。

「利き五感を意識しろ」

武沢は声を飛ばした。

「相手の利き五感にトークを合わせるんだ」

人間の五感は、視覚、聴覚、触覚、嗅覚、味覚の順に、情報量が百分の一ずつに減っていくと言われている。下の三つをひとまとめにして「身体感覚」とすると、上から「目」「耳」「身体」。この三つのどれを重視するかは人によって違い、「利き腕」や「利き足」と同じように「利き五感」と呼ばれる。「目」の人は視覚情報を、「耳」の人は聴覚情報を、「身体」の人は身体感覚を、無意識のうちに重視している。実演販売だけでなく、この利き五感への対応は、どんなコミュニケーションにも利用できる。異性でも同性でも、「目」の人にはジェスチャーなどの視覚情報が、「耳」の人には言葉や音が、「身体」の人には香りや美味しい食事が、相手との距離を縮める際に有効となる。——という知識も、じつのところ有名な実演販売士が書いた本から得たものだが、実際これはかなり正しいことを武沢も実感していた。実演販売中、相手の利き五感に合わせた対応をすると、驚くほど反応が違う。そしてこの利き五感は、動作や言葉を注意深く観察することで見当をつけることができる。人の利き五感は、本人が気づかないうちに仕草や言葉で外に出ているのだ。

「まひろはさっき自分の首をさわったろ？　だからたぶん利き五感は〝身体〟だ。やひろのほうは〝見てるだけで買いたくなる〟って言ったから、〝目〟の可能性が高い」

つまり、まひろには「見てください」ではなく「さわってみてください」、やひろには逆に「見てください」が有効となる。もし相手の利き五感がわからないときは、何かを質問してみると、わかることがある。相手の目が上に動けば、その人の利き五感は「目」、横に動けば「耳」、こちらから見て左下に動けば「身体」だと言われている。経験上、これもかなり正しい。

「この持ち手部分、ちょっとさわってみてください。ね、すごく握りやすい。そちらのお姉さんも見てください。ほら、細かい起毛があるから、いかにも気持ちよさそうでしょ。ここを引っ張ったりゆるめたりして、マッサージボールが首にあたる強さを自由自在に調節できるんです」

やひろが「へええ」と素直な声を洩らすが、まひろは相変わらず納得いかないような顔で、ぞんざいに「首ったけＥＸ」をさわっていた。テツがスマートフォン片手に後ずさりしながら俯瞰《ふかん》でそれを撮影する。貫太郎はフグのように口を半びらきにして、さっきから目の前のやりとりをぼんやり眺めているばかりだが、たぶんこれは普段からやひろが財布を握っているせいだろう。

（十）

武沢は自転車を飛ばしていた。

暮れどきになってもまだ残っている蒸し暑さの中、ペダルをこぐだけでも大変なのに、久方ぶりに乗った自転車はタイヤの空気が足りないせいでひどく重たく、しかも走っているうちにサドルが一番下まで下がってしまった。前方を行くキョウはかなりの速さで自転車をこぎ、武沢は必死で膝を上げ下げしながらそれを追いかけていた。ただし追いついてはいけない。気づかれてもいけない。それが尾行というものだ。

――午後の練習が終わったら、ちょっと出かけてきてもいいですか？

まひろがつくってくれた昼飯の途中で、キョウが訊いた。

――なんか用事か？

――はい、ちょっと。

――一人で行かせんのはなあ……。

キョウ以外の四人が眉をひそめたが、謎の二人組に襲われたことは話していないので、何とも言葉の添えようがなかった。

――まだ明るいですし、人がたくさんいる場所へ行くので大丈夫です。

――どこだよ？

――いえ、ちょっと。

そして、午後の練習が終わった夕刻、キョウは玄関を出ていった。

――コンビニ行ってくる。

直後に武沢が腰を上げると、まひろが尖《とが》った視線を向けた。

――心配だから尾行するとか？

――馬鹿、女子中学生のあとつけちゃ変態じゃねえか。

玄関を出ると、自転車に乗ったキョウの後ろ姿が路地を遠ざかっていくところだったので、武沢は急いでアパートの駐輪場に回り、埃だらけの自転車を引っ張り出し、忘れかけていたチェーンキーの番号を思い出しながらダイアルをひねくり、すぐさま尾行を開始した。

が、まさかこんなに遠出するとは思わなかった。

もう三十分は走っているのではないか。

「……買い物かよ」

ようやくキョウが自転車を降りたのは、三階建てのショッピングセンターの駐輪場だった。大きな施設なので、いつか卓を打ってみたいと思っていた場所だ。キョウはちらりと周囲を見渡したあと、店の入り口のほうへ歩いていき、武沢はぜいはあいいながら自転車を置いてあとにつづいた。

入り口を抜けると、店内は客でいっぱいだった。日曜日で、しかも子供や学生が夏休みに入っているせいもあり、老若男女が入りまじって行き来している。キョウの姿はすでにどこかへ消えていた。この人混みの中、相手に見つかる前にこちらが見つけるのは、とてもじゃないが不可能だ。

それにしても、いったいキョウは何を買いに来たのだろう。

ショッピングセンターというのは、キョウにとって、できればあまり足を向けたくない場所ではないのか。母親が身を投げたGEOSを思い出してしまうのではないか。

入り口近くに、夏のレジャー用品が売られている一角があった。テント、タープ、ふくらんだゴムボート。武沢はそこへ移動し、キョウが戻ってくるのを待ってみることにした。浮き輪とはいわないのだろうが、巨大なゴム製のトウモロコシが壁に立てかけてある。その後ろに身を隠すと、不意に懐かしいにおいがした。ゴムのにおいだ。沙代と二人で暮らしていた頃、一度だけ区営プールに連れて行ったことがある。当時、娘は小学三年生だったが、泳ぎが得意な子ではなかったので、途中で浮き輪を買って持参した。自分でふくらますと言い、娘は炎天下のプールサイドに座り込み、汗だくになって浮き輪に空気を入れた。少しでもふくらみやすいように、武沢は屈み込んでせっせと浮き輪の皺を伸ばした。浮き輪はコンビニエンスストアで見つけた安物で、何の飾りもない月並みなデザインだった。いくら空気を吹き込んでも、のろのろとしかふくらんでくれず、途中から沙代の顔は汗びっしょりになり、コンビニエンスストアで隣に並んでいた空気ポンプをいっしょに買ってくればよかったと武沢は後悔した。

「ん、コンビニ」

急に思い出した。

もうすでに「コンビニ行ってくる」よりもずいぶん時間が経ってしまっている。アパートに残してきた連中に連絡をしておかなければ。武沢はズボンのポケットから旧式の携帯電話を引っ張り出し、少し迷ってから、まひろのメモリーに発信した。やひろは気分で電話に出たり出なかったりするし、テツはスマートフォンで動画を確認してくれている最中かもしれないし、貫太郎の番号は知らない。

数回のコールのあと、電話は伝言メモに切り替わった。

「あ、俺です、武沢。ごめん、ちょっと——」

店内のスピーカーから客を呼び出すアナウンスが流れ、武沢は内心で舌打ちした。

いかにもコンビニエンスストアの雰囲気ではない。

「コンビニがいろいろあれしてるから、遅くなります」

適当なことを言って電話を切り、ポケットに戻そうとしたところで着信があった。まひろが折り返してきたのかと思ったが、ディスプレイに表示されていたのは０３ではじまる番号だ。

「……はい？」

『お世話になっております』

第一声で、すぐに顔が浮かんだ。見た目と声が一致しているのは、新宿の事務所で初めて会ったときから抱いている印象だった。

『ＴＳＵＧＡＷＡエージェンシーの津賀和です。ご依頼いただいていた件についてのご連絡なのですが』

気遣わしげなその口調に、武沢は早くも天井を仰いだ。成功報酬が最低額の十万円を超えてしまったのかもしれない。しかし、依頼してからまだ数日しか経っていない。さすがにちょっと早すぎやしないか。もしやあの広告は詐欺のようなものだったのではないか。この探偵事務所は、ああして安い値段の広告を打って客を集め、依頼を受けたあとでどんどん金額を吊《つ》り上げ、最終的にはとんでもない大金を要求してくるのではないか。

しかし違った。

ナガミネマサトについての調査が終了したのだと、津賀和は言った。

『お手すきの際にご来社いただければと思いまして』

「ええ早々に。あでも、いま軽く教えてもらったりできないすかね？」

駄目もとで言ってみると、しばし迷うような間があったが、津賀和は答えてくれた。

その答えを聞いたとき武沢は、調査に時間がかからなかった理由がわかった。

通話を終えた携帯電話をポケットに戻すこともできず、長いこと右手に握ったまま、気づけば目を閉じていた。

こんな報告を、いったいどうやってキョウに伝えればいいというのだろう。

MIDDLE FINGER／F××k it off

（一）

八月下旬、午後一時過ぎ。

駅の入り口で、やひろがキョウの両手を握っていた。

「頑張って……あなたなら絶対に勝てる」

困り顔のキョウが中途半端に頷くと、やひろは満足げに「んんんー」と身をよじる。

「こういうの、やってみたかったのよね。うちテツがほら、スポーツとかぜんぜんしないから」

「僕だって体育とかやってるよ」

「そんなん誰でもやるでしょうが」

今日、とうとう「発掘！　天才キッズ」の収録が行われる。これから電車を乗り継いでスタジオに向かうキョウと武沢を、みんなで駅まで見送りに来てくれているのだった。

「でもほんと、キョウちゃん大したもんだよ」

貫太郎が汗まみれの顔でキョウを見下ろす。

「こんな短い期間でマスターして、選考に通ったんだもん」

貫太郎の隣に立つまひろは、日焼け対策らしいばかでかい帽子をかぶっていて、顔がよく見えない。彼女の胸にはケージから出されたチョンマゲが抱かれ、周囲を行き来する人たちを、さっきからいちいち目で追っていた。

「指導のおかげって言っとかないと、タケさんがいじけちゃうよ」

やひろが笑いながら貫太郎の腹を揉んだが、武沢の顔を見て笑いを引っ込めた。

「……あれ、ほんとにいじけてる」

「いじけてねえ」

「じゃあ何その顔」

「生まれつきだ」

人がまばらな構内では、小学校低学年らしい男の子が、生真面目な顔で自動改札を抜けていくところだった。振り返って老夫婦に手を振り、相手は寂《さび》しそうに手を振り返している。夏休み中、祖父さん祖母さんの家に泊まりにでも来ていたのかもしれない。男の子のリュックサックがぱんぱんにふくれているのは、着替えや洗面道具や、二人に買ってもらったオモチャが入っているのだろうか。

お盆が明けた締め切りぎりぎりに、半日かけてキョウの実演販売をアパートで撮影し、動画を番組に送った。実質三週間弱の練習だったが、さっき貫太郎が言ったように、キョウは猛烈に努力し、実戦に出せばすぐにでも商品を売りまくるのではないかというほどにまで成長していた。動画を送って一週間ほど経つと、番組のディレクターから連絡があり、是非とも収録に参加してほしいと言われた。キョウは見事に審査を突破したのだ。電話をかけてきた八重樫《やえがし》というディレクターは、キョウの実演販売パフォーマンスにかなり興味を持っているらしく、曰《いわ》く、ピアノや暗算やお菓子作りなどでの応募はたくさんあるが、こうした「変わり種」はなかなか見つからないのだという。

その八重樫が何人かのスタッフを連れ、アパートまで打ち合わせと紹介用の動画を撮りに来たのが先週のこと。そしていま武沢とキョウは、収録へ向かうべく電車に乗ろうとしている。

しかし。

――ご依頼いただいていた件についてのご連絡なのですが。

あの日、武沢は電話で津賀和から調査結果の報告を受けた。ナガミネマサトの本名は長澤正志《ながさわまさし》だと、津賀和は漢字の説明を交えて教えてくれ、その消息を武沢に伝えた。

――すでに死亡しています。

今年の春、路上で刺された腹部の傷が悪化し、入院していた病院で数日後に息を引き取ったのだという。

翌日、武沢はTSUGAWAエージェンシーに向かい、津賀和から正式な調査報告書を受け取った。二穴バインダーに綴《と》じられた書類には、長澤正志が入院した病院、死亡日時、葬儀が行われた場所や日取りなどが詳細に書き込まれていた。

武沢はその場で津賀和に、成功報酬の十万円を支払った。

――もし、キョウが……こないだいっしょに来た中学生が、ここに電話してきたりしても、まだ調査中だって言って誤魔化してもらえませんかね。

――はあ。

――俺から直接言いたいんで……どうかひとつ。

最終的に津賀和は承諾してくれた。武沢は深々と頭を下げて事務所をあとにし、アパートに帰ると、キョウに嘘を話した。

――いまTSUGAWAエージェンシーに寄ってきたんだけど、ナガミネ捜しはどうも難航してるらしいな。

キョウは疑いもせず、そうですか、と溜息まじりに頷いた。

――金額はまだ、十万円で？

――うん、十万円で。

――津賀和さんなら、きっともうすぐ見つけてくれますよね。コンテストではぜったい優勝しましょう。

――うん……優勝しよう。

寺田未知子はナガミネに怪我を負わせただけではなく、結果的に相手を殺してしまっていた。彼女が自分で勘違いしたとおり、ナガミネは本当に死んでいた。つまりあれは傷害ではなく殺人だった。そんな事実を、いったいどうやってキョウに伝えればいいというのか。毎日毎日、生き生きと実演販売の練習に打ち込むキョウを見ていると、武沢には事実を口にすることがどうしてもできなかった。できないまま今日を迎えてしまった。

「ミスターT、フジカミがほんとにフワフワしてるか見てきてね」

テツにこれを言われるのは三度目だ。藤村《ふじむら》佳波《かなみ》という十七歳のアイドルが、送られてきた台本の「ゲスト審査員一覧」に載っていて、テツ曰く「あのフワフワ系は演技」とのことで、武沢は確認を頼まれていた。

「ああ、見とくよ。……行くぞ」

キョウを促して改札口へ向かった。

今日の収録では、司会の瀬谷ワタルをはじめ、藤村佳波やたくさんのタレントたちを客に見立て、キョウが実演販売をすることになっている。ステージにはセットが組まれ、商店街の風景がかなりリアルに演出されるらしい。

（二）

「まあほんと、僕もびっくりしちゃったんすけど」

以前の打ち合わせ時に「ドウモトツヨシと同い歳《どし》なんです」と言っていた、じゃがいもに似た顔をした八重樫は、テーブルごしに頭を下げた。しかし表情のほうはそれほど申し訳なさそうでもなければ深刻でもなく、ひとコマ漫画ならタイトルは「まいっちゃった」といったところか。

「まあほんとすいません、どうかご理解いただければと」

スタジオに到着した武沢とキョウは、まず若い男性スタッフに案内されて大きな会議室のような場所へと通された。そこはどうやら〝天才キッズ〟たちとその同行者に与えられた、即席の控《ひか》え室らしかった。ディレクターの八重樫がそこへ顔を覗かせ、武沢とキョウを連れ出したのは、集合して五分ほど経ったときのことだ。武沢たちを近くの小部屋に連れていくと、八重樫は椅子《いす》をすすめた。そしてテーブルを挟んで向き合うなり「事情」を説明して頭を下げたのだが――。

「ええと、要するに……？」

武沢はテーブルごしに相手の顔を覗き込んだ。さっきから説明されている「事情」が、さっぱりのみ込めなかったのだ。いま八重樫が早口で説明したところによると――「発掘！　天才キッズ」は大手家電メーカーの一社提供で、そのメーカーの商品といえば液晶テレビや録画機器が有名だが、ほかにも非常に多岐にわたり、たとえば健康器具なども製造している。その健康器具の中にはマッサージ器も含まれ、それはべつに首のマッサージに特化した商品ではなく、全身をもみほぐすもので、いわゆるマッサージチェアである。しかし全身をもみほぐすということは首ももみほぐす。ところでテレビ番組というのはスポンサーの出資金で制作されている。世の中の人は番組の合間にCMが入るというのを嫌がるものだが、実質のところCMのほうがメインで、番組のほうがおまけのようなものである。スポンサーCMがテレビ業界にとってどのくらい重要かというと、以前ある人気絶頂の男性タレントが、生放送でのCM前に「トイレはいまのうちに」とうっかり口にしてしまったことを理由に、二年半ものあいだテレビ業界から干されたほどである。

「要するにですね、まあほんと、その今回は、まあほんと――」

事前の打ち合わせ時から耳にしていた口癖《くちぐせ》が耳につき、苛立《いらだ》ちがつのった。それでも辛抱強く相手の顔を見返していると、キョウが隣で口をひらいた。

「出られないってことですよね」

いよいよ意味がわからない。

「何に？」

「番組に」

「誰が？」

キョウは自分の顔を指さした。

「何でだよ」

「いまこの人が言ったとおりです」

「お前が番組に出られないなんて言ってねえだろ。言ってねえ……ないですよね？」

言ってるつもりでした、と八重樫はじゃがいも顔をへらりと歪めた。

「僕ら制作会社はオーケーだと思ったし、局のほうも問題ないって判断したんですけど、最後の最後にスポンサー担当が先方に確認したら、一発ＮＧで」

「そんな――」

今日のために、キョウはあんなに必死で練習してきたのに。メモ帳も書き込みで真っ黒になったのに。みんなも協力してくれたのに。

「まあほんと、よくあることですんで」

「よくあることって、そんなのないでしょうよ」

思わず立ち上がってテーブルの上に身を乗り出すと、八重樫は目をそらし、廊下のほうを気にした。ドアが開けっぱなしだったので、通り過ぎる数人の姿が見えた。ゆるいジーンズを穿《は》いた若い男性スタッフ。スマートフォンで誰かと話している女性スタッフ。その向こうを、知っている顔が一つ、こちらを向いたまま横移動していく。番組のMCである瀬谷ワタルだ。芸能人をこの目で見たのは小さいときに雷門《かみなりもん》のそばで萩本欽一《はぎもときんいち》を見て以来だったが、もちろん何の感慨もわくはずがない。

「いやあなた、八重樫さん、直前になってそりゃないですよ、こっちはずっと練習してきたんだから、そんな簡単に駄目でしたって言われても――」

横から手首を摑まれた。

キョウは、いままでいちばんの無表情で武沢を見ていた。両目はガラス玉のようで、唇は真横に結ばれ、言葉は何も出てこない。しかし、その唇の内側にたくさんの言葉がこみ上げているのがわかった。

「まあほんと、かわりにっていうわけじゃないですけど」

八重樫は椅子から半分立ち上がりながら、本当に何のかわりにもならないことを言った。

「観覧席に椅子を用意しときましたんで、よかったら収録を見ていってください」

（三）

じゃあ練習いってみますよーはい拍手ー！

周囲の観覧客が大雨のように手を鳴らす。

いいですねーもっと盛り上げましょーはい拍手ー！

ステージセットの手前では、どこの誰ともわからない若手芸人が収録前のスタジオを盛り上げている。整然と並べられた折りたたみ椅子に四十人ほどの観覧客が座り、そのちょうど真ん中あたりで、武沢は腕を組んでステージセットを睨みつけていた。

「帰ってもいいんだぞ……しつこいようだけど」

隣に座ったキョウは返事をしなかったが、視界の端で、前髪がゆるく横に揺れたのがわかった。

ステージセットの右手に設けられた豪華な雛壇《ひなだん》は、ゲスト審査員たちが座るためのものだろう。左手には細いマイクがついた演台が置かれているが、あれはＭＣの瀬谷ワタルが使うのか、あるいはアシスタントの女性アナウンサーが使うのか。

「幸福の非対称性って知っていますか？」

鳴りつづける拍手の中で、キョウが言った。

「いや、知らねえ」

「たとえばお金で言うと、百万円増えたときに感じる幸福度よりも、その百万円が消えたときに減る幸福度のほうが大きいらしいです。プラスマイナスゼロのはずなのに、人間はどうしてもそう感じてしまうんだそうです」

若手芸人が何か一発芸のようなものをやり、観覧客がいっせいに笑う。

「人間はみんな、幸せになれないようにできてるんです」

「そんなことねえよ」

「少なくとも、そう思っているのが、たぶんいちばん幸せなんです」

キョウは身を屈め、椅子の下に突っ込んであったスポーツバッグに手を伸ばす。ファスナーを開けて取り出したのは、白い封筒だった。四つの角が傷《いた》み、新しいものではなさそうだ。キョウがそこから抜き出した三つ折りの紙が、完全にひらかれる前に、印影らしい赤い楕円《だえん》が二つ見えた。その下に正方形の印鑑も捺《お》されている。

「何だそれ」

もしやと思いながら訊いてみると、やはりそのとおりだった。

「例の、誓約書です。お母さんがフードコートのテラスから飛び降りたあと、部屋で見つけました」

　十五年前、キョウの母親と、生物学上の父親とのあいだに交わされたという誓約書。二つの印影はそれぞれ「寺田」と「木本」。その下にある企業印は、篆書《てんしょ》なのでよくわからないが、おそらく弁護士事務所のものだろう。横書きの活字が並んだ誓約書の本文には、寺田未知子がこれから産もうとしている子供について、木本幸司が認知をしないこと、一切の責任を負わないことが、ひどくもったいぶった文章で書かれ、その下に直筆でそれぞれの署名があった。

「案外、普通の名前だな」

　右上がりの、せっかちそうな筆跡で記された「木本幸司」を、武沢はわざとぞんざいに指さした。

「名前じゃ、何もわかりません」

　はい、ではそのテンションのままでお願いします！　もうすぐお待ちかねの出演者たちが登場してきますんで！

「お前、この父親を捜し出そうとは思わねえのか？」

「捜し出したところで意味なんてありません」

「あるだろうがよ。ちゃんと責任とらせるべきだろ」

「何の責任ですか？」

「父親としての責任だよ」

言いながら、羞恥《しゅうち》がこみ上げた。

キョウが責任をとらせたがっているのは武沢だ。法律的なことも人道的なことも関係なく、キョウは、自分がこの世に生まれてきた責任を武沢にとらせるのだと言い、武沢はその気持ちを受け止めた。やってやろうじゃねえかという気になった。キョウをこの「発掘！　天才キッズ」で優勝させよう。手に入った金で、母親を欺したナガミネを捜させてやろう。――しかし、上手くいかなかった。コンテストには出られなかったし、ナガミネはすでに死んでいた。しかもナガミネの件については、いまだにキョウに話すことさえできずにいる。何もかもが上手くいかず、それを誤魔化そうとして、逃げようとして、しまいにはキョウの父親に責任をとらせるべきだなどと言い出している。それでも、言葉が勝手に口から出ていく。

「フルネームがわかるなら、居所を見つけられるかもしれねえぞ。帰ったら、ちょっと調べてやるよ。テツとかまひろも、インターネット使って、なんか手伝ってくれるかもしれねえし」

「ほんとにいいんです」

キョウは膝に置いた誓約書を手のひらで撫でた。

「いつも思ってきました。この誓約書が交わされたとき、もし自分がお母さんのお腹の中から意見を言えたとしても、反対はしなかったんじゃないかって。そのときは、お祖父ちゃんとお祖母ちゃんの会社も上手くいっていて、お金もあって……こんなものを書かせる父親となんて一切関係を持たないで、自分はお母さんと、お祖父ちゃんとお祖母ちゃんと生きていくって言っていたんじゃないかって」

剝き出しのうなじが、いまだに光に慣れていないように、白くて弱々しかった。

「未来がこんなふうになるなんて、予想できないですから」

「できないわな」

呟き返しながら、武沢はもう一度誓約書に目を落とした。

そのときふと妙な感覚をおぼえた。木本幸司――キモトコウジ。脳みその奥に、確信めいたものがあった。自分はこの名前を耳にしたことがある。それも、一度ではなく何度か。昔のことではない。いつだったか。どこだったか。記憶をさらってみるが思い出せない。

ふっとキョウの唇から吐息が洩れた。

「名前じゃ何もわからないって言いましたけど、武沢さんは名前も変で、中身も変ですね」

「そりゃ悪かったな」

「突然現れた中学生を部屋に泊まらせて、毎日毎日、実演販売の練習に付き合ってくれて」

「約束したことをやっただけだ、べつに変じゃねえ。名前のほうだって、最初から武沢竹夫だったわけじゃねえし」

「そうなんですか？」

両親は、生まれてきた子供に「竹夫」と名付けた。竹のように真っ直ぐ育ってほしいという願いを込めて。しかし、やがて父親が妻と子を捨てて家を去った。母親は旧姓の「武沢」に戻り、息子も同様に姓が変わり、「武沢竹夫」が出来上がったというわけだ。小学三年生のときだった。母はけっきょく独身のまま歳をとり、孫の顔を見る直前に病気で死んだ。死ぬ間際、母は病室のベッドで、変な名前にしちゃってごめんねと急に謝った。ベッドの脇に立っていた武沢は、わざと大げさに笑い飛ばした。笑い飛ばしながら、その名前のせいで小学校や中学校でさんざん級友にからかわれ、友達があまりできなかったことや、授業参観日にお腹が痛いと言って学校を休んだのが嘘だったこと、本当は休み時間に一人きりでいる自分を見られたくないだけだったことを、ずっと隠しておいてよかったと思った。思った途端に涙が出て、そのまま止まらなくなった。

収録準備が進むステージセットを眺めながら、武沢はそんな昔話をキョウに聞かせた。

「お前が経験したことに比べたら、屁《へ》ほどのもんでもねえけどさ」

カメラのついたクレーンが一台ずつ、右と左で生き物のように動く。ステージセットの手前に八重樫ら数人のスタッフが陣取っている。彼らの前には小型のモニターがいくつも置かれ、カメラが切り抜いた風景がそこに映し出されていた。それはまるで、子供の頃につくった箱眼鏡《はこめがね》のようだった。父親が出ていったすぐあと、近所のゴミ捨て場で拾ったベニヤ板と、学校で使っていた透明な下敷きでつくった、不格好な箱眼鏡。武沢はそれを荒川の水辺に持っていき、一人で水中を覗いた。川底が四角く切り取られ、まるでテレビ画面のようで、その光景は武沢を魅了した。ダイバーからの中継映像を見ているということにして、口の中で感想を呟いたりもした。一分もしないうちにベニヤの隙間から水が入り込み、画面は乱れてしまったが、それまでにザリガニを二匹と小魚を一匹見た。小魚の名前はわからなかった。でも、それがぱっと泥を散らして消えたときの様子は、いまでもはっきり憶えている。武沢は急いで家に帰り、自分がつくった箱眼鏡がどれだけ高性能だったか、どれだけたくさんのザリガニや魚を見たかを、かなり上げ底にして母親に話して聞かせた。小学三年生でこれだけすごいことができるのだから、将来は何も心配いらないよと、言葉にはしなかったけれど、母にわかってほしかった。父親がいない家庭で育つ息子の将来を、母がひどく不安がっているのを知っていたから。

思えばあの頃から自分はまったく変わっていない。口先だけで心配いらないと言い、大丈夫だと約束し、けっきょく何も上手くいかない。自分自身の人生も、キョウとの約束も、何ひとつ。

「こっちも打ち明け話をします」

キョウが顔を向けた。

「じつは武沢さんとは、いまから二年くらい前に会っているんです」

驚いた。

「まだお祖父ちゃんとお祖母ちゃんの会社が上手くいっていて、お母さんもナガミネと出会っていない頃に」

「……どこで？」

「夏の夕方、お母さんと映画を見たあと、二人で深川《ふかがわ》の商店街を歩いていたら、実演販売をやっている人がいました。お母さん、何も言わずに急にそっちに近づいて、じっとその人を眺めて、最後に商品を一つ買いました。買ったのは、お風呂のタイルを綺麗にするブラシで、売っていたのは武沢さんです」

ブラシの先端にゴムの粒子を吸着させることで摩擦力をアップさせた、「魔法ブラシ！　ゴムシュッシュ」。

「俺、気づかなかったか？」

「お母さん、眼鏡かけてましたから」

映画を見るときに使った眼鏡を、売台に近づく前に、またかけたのだという。

「武沢さんの顔を少しでもよく見たかったのか、照れくさかったのか、わかりませんけど」

「お前には、何て？」

何も、とキョウは首を横に振る。

「そのあと二人で電車に乗って、家に向かって歩き出したときになって、ようやく教えてくれました。さっきの人が武沢さんだよって。お母さん、すごく懐かしそうな顔してました」

そう言いながら、キョウもまた懐かしそうな表情を浮かべた。母親の話をしているときに、こんな顔をしたのは初めてだった。

二年前。夏の夕方。深川の商店街。

なんとなく思い出してきた。

「お前、もしかしてお袋さんが商品を買うの止めようとしてたか？」

やはりキョウは頷いた。

「家のお風呂、そもそもタイルじゃなかったので」

そう、あの深川の商店街で、母親らしい女性が「魔法ブラシ！　ゴムシュッシュ」を買おうとするのを、横から髪の長い少女が小声で何か言いながら止めていたのを憶えている。

「だからお前を見たとき、どっかで会ったことあるような気がしたんだな」

それを武沢は、寺田未知子に面立ちが似ていたからだと思った。しかし、本人と会っていたのだ。まだ幸せで、生まれてきたくなかったなんて考えもせず、髪も長く伸ばしていた頃のキョウに。

「武沢さんのこと、小さいときから何度も聞かされていたので、さっきの人がそうだよって言われて驚きました。どうしてその場で教えてくれなかったのって、すごく怒りました。お母さん、恥ずかしかったからって言いました。なにしろ自分の自殺を止めた相手だし、その気持ちはなんとなくわかりました。だから、こっちも怒るのをやめたんです。何日か、ずっと拗《す》ねてはいましたけど」

その後、祖父母の会社が経営不振に陥《おちい》った。母親はナガミネと出会い、欺されて大金を奪われ、会社は潰《つぶ》れた。母親はナガミネを刺し、自分はショッピングセンターの三階から身を投げた。

「十四歳で……人生がずいぶん変わっちゃいました」

「変わったな」

「たぶんそれが、武沢さんへの気持ちも変えてしまったんです」

「どういう意味だ？」

「ずっと、自分がこの世に生まれてきたのは武沢さんのおかげだって思ってきたのに、いつのまにか、武沢さんのせいだと思うようになっていました。こんな思いをしなければいけないのは、武沢さんのせいだって」

何かに原因を求めないと、どうやっても太刀打ちできないような苦しみが、この世には存在する。自分にだって憶えはある。

「だから、武沢さんのことを捜そうって決めたんです。捜して責任をとらせようって」

「お前、俺の住所を、どっかで手に入れたって言ってたよな」

どこで手に入れたのかについて、以前に訊いたときは教えてくれなかった。

「そろそろ教えてくれよ」

すると、今度は教えてくれた。ただしこれについては、訊かなければよかったと、武沢は猛烈に後悔することになった。

「商品のお礼を伝えたいと嘘をつきました」

「商品って？」

「あのブラシです」

以前に買った「魔法ブラシ！　ゴムシュッシュ」が大変重宝しているので、売ってくれた販売員さんに是非とも礼を伝えたいのですがと、キョウは深川の商店街振興組合に連絡したのだという。すると先方はヒューマンブラッサムという実演販売士の派遣業者を教えてくれた。キョウはそこへ連絡したが、さすがに販売士の住所までは教えてもらえなかったので、会社経由で武沢に礼状を出してみた。しばらくすると返信が届き、その葉書に武沢は馬鹿正直に自分の住所を書き込んでいた。馬鹿正直というのはキョウの言葉ではなく、武沢の実感だ。

「あれ……お前か」

人生でたった一度だけもらった礼状。いつも通勤鞄に仕舞ってある大事な手紙。まさかそれが偽物だったとは。

「その住所をたよりにアパートへ行って、そのあとは、以前にお話ししたとおりです。放課後に商店街やショッピングモールやホームセンターを回り、武沢さんを捜しては、遠くから眺めていました」

そしてとうとうあの日、キョウはホームセンター「ファミーゴ」の駐車場で武沢に近づいた。この世に生まれてきた責任をとらせるために。自分に実演販売を教えさせ、この番組に出て、勝って、ナガミネを捜す金を手に入れるために。

「出演者の皆様入られまーす！」

若い男性スタッフがステージセットの脇から声を飛ばす。観覧客が過剰な歓声を上げ、右手にある入り口に注目する。瀬谷ワタルさんよろしくお願いしまーす！　藤村佳波さんよろしくお願いしまーす！　男性スタッフは両手をメガホンにして、それぞれのタレントたちが入場するタイミングで声を張り上げる。ほかにも、お笑い芸人のコンビ、ベテランの演歌歌手、若手俳優。最後に女性アナウンサーが礼儀正しく頭を下げて入ってくると、細いマイクがついた演台の向こうに立った。

「ぜんぶ、何の意味もなくなっちゃいました」

断続的にわき起こっていた拍手が、そのときにはもうひとつづきの音になってスタジオを埋め尽くしていた。その音の中で、涙のまじったキョウの声が武沢の耳に届いた。

「実演販売の練習、すごく楽しかったです」

横顔が、内側から壊れるようにして歪み、涙が白い頰を滑り落ちた。キョウの涙はこれまで一度も見なかった。しかし、あれだけの哀しみと怒りと苦しみを味わった人間が、ほんの数ヵ月でそれを乗り越えられるはずがない。泣かずに過ごせるようになるはずがない。これまでキョウはどこで泣いていたのだろう。どこで声を上げていたのだろう。

「みんなの前で、やりたかったです」

タレントたちがそれぞれの位置につく。拍手がやみ、カメラが回りはじめる。

「本番五秒前、四、三、二──」

八重樫が収録開始のカウントダウンをはじめ、ステージセットの中央で瀬谷ワタルがネクタイを伸ばし、カウントゼロの合図とともに胸をそらす。

「子供の才能が未来をつくる！　発掘ゥ、天才キッズウゥゥー！」

ふたたびわき起こる拍手の中、武沢はキョウの横顔から目をそらすことができなかった。涙の跡が残るその横顔には、気がつけば、さっきまでと違う表情が浮かんでいた。それが何らかの決意であるということが、武沢には感じ取れた。しかし、まさかあんなことをするとは予想できるはずもなかった。

（四）

「まあほんと……大事に至らなくてよかったですよ」

別れ際のエレベーターホールで、八重樫がずんぐりむっくりの身体を武沢に寄せて呟いた。感情を抑えようとするあまりか、まるで泥酔《でいすい》したように、両目がどろんと濁っている。

「僕らがけしかけたりしたわけじゃないって、見てたらわかったでしょうし」

八重樫はエレベーターのボタンを押した。待っていたように扉がひらき、無人の箱の中にキョウと二人で乗り込んだ。八重樫は意図的なぞんざいさで頭を下げ、エレベーターの扉が閉まりきる前に背中を向けた。

一階へ降り、裏口の受付でそれぞれの入館証を返却した。

「……驚きましたよね」

キョウと二人でスタジオビルを出る。

「……ああ、さすがにな」

駅に向かうため、壁沿いに建物の正面へ回った。玄関に立っていた、やけに額《ひたい》の狭い守衛が、かっちりとした挨拶をしてきたので、二人で頭を下げ返した。数時間前にここへ来たときは、事前に言われていたとおりこの正面玄関を抜けて中に入った。一階の広いホールは一般客も出入りできるようになっていて、夏休みを狙ったイベントが開催され、クイズ番組の体験型アトラクションがあったり、アニメキャラクターのかき氷が売られていたりで賑《にぎ》わっていた。しかしいまは誰もいない。守衛の背後で、ホールは人が消えた世界のように静まり返り、天井の明かりに白々《しらじら》と照らされているばかりだった。

収録では、四人の子供たちが順番に登場し、タレントたちと観覧客の前でパフォーマンスを繰り広げた。本当は、キョウを含めて五人が競うコンテストだったのだが、もちろん何の説明もなかった。

ものすごいスピードでジャズピアノを弾《ひ》く小学五年生の少女。まったく種《たね》のわからないクロースアップマジックを見せる中学二年生の少年。二本の縦笛を同時演奏する小学三年生の少女。模造刀で目にもとまらぬ居合抜きを披露する中学三年生の少年。収録は休憩を挟んで三時間半ほどかかり、最後に投票により勝者が決められることになっていた。タレントたちのポイントがそれぞれ三点、観覧客は一点。武沢とキョウにも投票用紙が配られたが、白紙のまま戻した。優勝したのは縦笛同時演奏の少女で、彼女には商品券の目録と番組特製のトロフィーが手渡された。彼女はみんなの前でもう一度、今度は別の曲を演奏し、収録は終わった。

はっきり言って、みんなとんでもないレベルだった。

大人顔負けどころの話ではなく、まさに天才の技で、もしキョウが出ていても勝つのは無理だったのではないか。子供たちのパフォーマンスを見ながら武沢はそう思ったし、たぶんキョウも隣で同じことを思っていただろう。八重樫は事前にキョウの実演販売を「変わり種」と言っていたが、番組への出演依頼をもらえた理由は、まさにその一点のみにあったのかもしれない。だからこそ、出演の取りやめも、あんなに簡単に決まってしまったのかもしれない。もちろんキョウはこれまで必死に練習を積み、プロの武沢から見ても完璧な実演販売のパフォーマンスを披露できるようになっていた。が、それはけっきょく、才能さえあれば数週間ほどの猛特訓で習得可能な技術でしかなかったのだ。ほかの四人は、まだ子供だというのに、才能を身体の隅々まで行き渡らせ、さらにその全身を磨き上げてきたような印象だった。収録中、武沢はずっと悔しかった。しかし隣で収録を見ていたキョウが同じように悔しかったのかどうかはわからない。収録が終わったとき、どうして突然あんなことをしたのか。その理由が、悔しさだったのか、それともほかの何かだったのか、わからない。

優勝した縦笛の少女が演奏を終えて拍手を浴びたあと、瀬谷ワタルがほかのタレントたちにコメントを促し、カメラに向かって天才キッズたちの募集を呼びかけた。カメラが止められ、八重樫が立ち上がってお疲れ様でしたーと声を張り、その瞬間。

――突然すいませーん！

キョウが椅子の下から自分のスポーツバッグを掴み、並んだ観覧客のあいだを走り抜けてステージセットに駆け上ったのだ。練習でいつも見せていた、あの明るい笑顔と声で。

――じつは今日、実演販売のパフォーマンスで番組に出るはずだったんですけど、なんかスポンサーの関係で直前にNGもらっちゃったんです。でもちょっとだけやらしてください、ほんのちょっとだけ。ちょうどみなさん収録でお疲れでしょうから、これ試して気持ちよくなってもらいたいし。

そのときにはすでにスタッフたちが血相を変えて駆け寄っていた。キョウはそれが見えてさえいないように喋りつづけ、スポーツバッグから「首ったけＥＸ」を取り出した。

——いいじゃん、やってもらおうよ。

瀬谷ワタルが言い、収録中に自分が立っていたポジションまで戻ると、ほかの出演タレントたちにも呼びかけた。

——みなさんもほら、もうちょっとだけ。

ついさっきまで、MCである瀬谷ワタルの声を中心に動いていたからか、あるいは芸能界でのキャリアも関係しているのか、出演タレントたちはそれぞれ苦笑いしたり、素直に楽しそうな顔をしながら、いま下りてきたばかりの雛壇へと戻った。武沢はその光景を観覧席から呆然と眺めていた。しかし、呆然としていたのは最初だけで、すぐに腕を組んで座り直し、ステージに注目した。観覧客たちは困惑しつつもそれぞれの席に腰を下ろしたままで、番組スタッフはハラハラと互いの顔を見合い、瀬谷ワタルは興味津々の様子で、ほかの出演タレントたちもみんな、いつのまにか同じような顔になっていた。全員の視線が集まる中、キョウはステージで「首ったけEX」の実演販売を開始した。

パフォーマンスは完璧だった。練習の成果がすべて出ていた。いや、これまででいちばんよかった。まるで、まだ収録がつづいていて、本当にキョウの出番がやって来たかのようで、しかも、これなら案外優勝できるのではないかという、あり得ない期待までふくらんだ。

――藤村佳波さん、ここ見てください、ほらこの玉の動き！

彼女が間違いなく「目」の人であることは、武沢も収録中に把握していた。ジャズピアノでもクロースアップマジックでも居合抜きでも、彼女は「速くて見えない」といった感想を口にしていたし、優勝した少女に対しても、縦笛を二本同時に吹いているという、そのビジュアル的なインパクトにふれていた。

――司会の瀬谷さん、ちょっとさわってみてください、この玉。

彼は「身体」の人だ。収録中、子供たちのパフォーマンスを眺めながら、相手の動きにつられて無意識に指や腕を動かしていたことに武沢も気づいていた。

――おーこれ気持いいよ、すごいふわふわしてるけど、中はしっかり芯《しん》が入ってる感じ。

瀬谷ワタルの言葉に引っ張られ、ほかのタレントたちもそれぞれ雛壇を下りてくると、手を伸ばして商品にふれたり、顔を近づけて操作パネルを確認しはじめた。陣寄せは確実に成功していたし、観覧客たちもいつのまにか素直な興味を顔に浮かべて実演販売の様子を眺めていた。もちろん商品を本当に売るわけではないし、収録はとっくに終わっているし、どんな意味でも「本番」ではないのだが、それでも武沢は、いいぞいいぞと拳を握り、胸の中では心臓が高鳴っていた。

しかし。

――いって！

――あ……。

キョウの顔から表情が一瞬で流れ落ちた。

商品を試してもらうため、しゃがみ込んだ瀬谷ワタルの肩に「首ったけEX」をのせたあとのことだった。彼の背後で、マッサージボールの動きをジェスチャーたっぷりに説明しているとき、おそらくそのマッサージボールが後頭部にぶつかりでもしたのだろう、瀬谷ワタルは頭の後ろを押さえて急にキョウを振り返った。さっきまでとは別人のような顔つきになっていた。怒りの表情を浮かべていたわけではなく、咎《とが》めるような目つきだったわけでもなく、それまでの興味を一瞬で失ったような、完全な無表情だった。その様子に、ほかのタレントたちも無言になり、つぎの瞬間、スタッフたちはまるで一時停止を解除されたように素早く動いた。

瀬谷ワタルは商品を肩から外し、「首ったけEX」は、言葉を失ったキョウの手に残された。血の気が引き、いつもの何倍も白い顔をしたキョウの手もとで、二つの玉だけがぐりぐりと虚しく動いていた。集まってきたスタッフたちが大慌てで瀬谷ワタルに謝罪し、その中の一人が、何か言おうとしているキョウをその場から引き離した。キョウは動きつづける「首ったけEX」とともにスタジオの出口へと引っ張られ、そのときになって武沢はようやく我に返り、立ち上がって追いかけた。スタジオを出たあたりで追いつくと、キョウを引っ張っていったスタッフが、武沢と入れ替わるようにしてまた中に駆け戻っていった。キョウは無言でうつむき、「首ったけEX」を摑んだままの手が、関節が白くなるほど強く握られていた。

「あの野郎も、いい歳して大げさに痛がりやがってさ」

地下鉄の駅が近づくにつれ、暗い路地にだんだんと人影が増えてくる。

「あれは、ほんとに痛かったと思います。思いっきりぶつけちゃったので」

人影にまじって改札口への階段を降りた。逆行して階段を上ってくる人々の中には、アパートの近所ではまず見ない、完璧な服と化粧を身につけた若い女性もいた。全身から放たれる、気だるそうな、しかし張りつめた空気からすると、これから出勤なのだろうか。

「しかし……ゲリラ作戦とはな」

改札口を抜けながら笑ってみたが、ようやく言葉が返ってきたのは、並んでホームに立ってからのことだった。

「どうしてあんなことしたのか、訊かないんですね」

「なんとなくわかるよ」

本当はわからなかった。

「悔しかったんだろ？」

言ってみたが、違います、ときっぱり否定された。

「たぶん、武沢さんには想像できません」

やってきた電車が混んでいたので、会話はそこで終わった。それぞれ乗客のあいだに身体をねじ込み、武沢は吊革に、キョウは手すりに摑まって立った。やがてＪＲへの乗換駅に着いたので、二人で構内を歩いたが、周囲の足音と話し声がひどく賑やかだったおかげで、会話を交わさない言い訳にすることができた。

乗り換えたＪＲ線の混み具合は、地下鉄とどっこいどっこいで、二人の立ち位置もさっきと似ていた。吊革に摑まり、車輪が鳴らす平坦なリズムを聞きながら、武沢は乗客たちの頭ごしに暗い窓を眺めた。疲れた間抜け面が自分を見返した。離れた窓に映ったキョウの姿は、大人たちの中で、いつもよりずっと幼く見えた。

そのとき、キョウの顔がくるりとこちらを向いた。

口だけ動かし、武沢に何か言う。

首を突き出して訊ね返したとき、電車が減速して駅に到着した。ドアがひらき、キョウがほかの乗客にまじってホームに降りていく。アパートの最寄り駅まで、あと三つ。出ていく人たちの邪魔にならないよう、いったん車外《そと》へ出ただけかと思ったら、キョウはそのまま窓の向こうへ横移動してガラスごしに手招きをした。

「すんません、すんません降ります」

乗客たちに嫌な視線を向けられながら、武沢も慌ててホームに出た。ドアが閉まり、電車は走り去っていった。

「寄りたいところがあるんです」

（五）

そこは駅から十分ほど歩いた、静かな住宅地だった。

ある程度の金を持っている人が住んでいそうな注文住宅が、整然と並んでいる。キョウが立ち止まった家の玄関脇には、子供用の自転車が置かれていた。デザインからすると女の子のものらしい。

「見せておいたほうがいいと思いまして」

「何を？」

キョウは黙って表札を指さした。そこに書かれた「木本」という文字を、武沢が見た瞬間、キョウの手がいきなりインターフォンを押した。

「ちょっ――」

「適当な理由をつけて父親を呼び出してみてください」

『はい』

インターフォンから女性の声がした。慌ててキョウを見ると、顎で武沢を促し、自分はそそくさと離れて暗がりに隠れてしまう。

「待ておい――」

『はい？』

キョウは父親の居場所を知っていた。

い、い、いつから知っていたのだ。

「あ、夜分にすみません」

「お世話になっております、河合《かわい》塗装の河合です」

十数年ぶりに、武沢は身分と名前を偽った。

「ちょっとよろしいですかね。来週ご依頼いただいている施工見積もりについて、二、三、ご確認したいことがありまして」

『あ……ええと、見積もりって何ですか？』

「壁の塗り直しです」

『ねえ、壁の塗り直しだって。そんなのあたし知らない』

誰かと話す声。

「先日、木本幸司さんがご来社されて、こちらの住所でお見積もりのご依頼をいただいたんですが」

『主人がですか?……ねえ……』

声が小さくなり、言葉が聞き取れなくなった。男の声が何か答えている。そのまま武沢がわざと無言でいると、やがて玄関の鍵《かぎ》が回され、ドアがひらき、縦長の四角い光の手前に、ひょろ長い男が立った。

「すーいません夜分に」

近づいてみた。

「うちは壁の塗り直しなんて頼んでいませんが」

「……あっれ?」

上体を引きつつ相手の顔を確認する。なるほど似ている。とはいえキョウの顔は母親似なので、寺田未知子と木本幸司が八対二といったところか。痩せて骨張った顔に、中途半端な笑みが浮かび、しかし目はまったく笑っていない。

その目に武沢は見憶えがあった。

キョウに似ているというのではなく、別の意味で、知っている目だった。

詐欺師時代に行き会った、同業者たちの顔にあった目。一見すると人がよさそうなのに、覗き込むと、何かを吸い取られそうになる、がらんどうのような——底に水が溜まった、暗いドラム缶のような目。

「何かの間違いだと思います」

冷淡な声とともに、相手は素早く視線を上下させて武沢の全身を見た。一瞬で身体をスキャンされたような気分だった。本当はもう少し相手を観察していたかったのだが、これはまずそうだ。

「会社に戻って、すぐ確認しますね」

武沢は首をひねりひねり玄関先から後退した。

「いやすみませんでした……っかしいな……」

背中を向けてその場を離れると、すぐに背後でドアが閉じられ、鍵が回された。遠慮がちでもなければ、故意に大げさでもない、ひどく自然な、まるで何も起きなかったかのような音だった。

（六）

「ってことは、ずっと父親の居場所はわかってたんだな」

キョウがようやく説明してくれたのは、アパートに帰り着いてからのことだった。父親である木本幸司の現住所を母親がメモしていて、そのメモの存在を以前から知っていたのだという。

「話したことは？」

「ありません。お母さんが飛び降りたあと、一度だけあの家に行ったんですけど、呼び鈴は押していないんです。玄関先に可愛い自転車が置いてあったので」

あれは見るからに女の子用の自転車だった。サドルの高さからすると、小学校低学年くらいだろうか。

「どうして俺を、あの家に連れていったんだ？」

「父親を捜し出して責任をとらせるべきだと言われたので、それができないことを、はっきり示しておいたほうがいいと思ったんです。相手に家庭があって、子供もいるということを見せておけば、わかっていただけるんじゃないかと」

効果があったかどうかといえば、たしかにあった。キョウは父親の居場所を知っていながら、自分の意思で、会わずにいたのだ。それを知ったいま、武沢としてはもう余計な口出しはできない。父親に会いに行こうと思えば、キョウはいつでも自分で行けるのだから。

「初めて見る父親、どうだったよ」

キョウはグラスの麦茶をひと口飲み、まるでその味の中にヒントがあるように、じっくりと口を動かした。

「悪い人には見えませんね」

「いや――」

そんなことはない。

「近くに立つと、なんとなく、わかったよ」

先ほど玄関で目にした男の様子を思い出す。いまもあのぽっかりと空いたがらんどうのような目で、武沢を見返してくるような気がする。

「わかりましたか」

「ああ、申し訳ねえけど」

ぎこちない沈黙が降りた。会話の接《つ》ぎ穂《ほ》を見つけられず、武沢はテレビの脇に置いてあるペン立てから爪切りを取った。

「爪でも切るか……」

言わなくてもいいことを言いながら、畳にティッシュペーパーを敷く。手の爪を切ってみるが、どの指も大して伸びていなかった。つづいて足の爪に移る。こちらもまだ切る必要はなさそうだが、親指から順番に、のろのろと切っていった。

「お前、いつまでここにいる？」

番組の収録が終わってしまったいま、もうこのアパートで暮らす理由はどこにもない。キョウは祖父母の家に戻り、武沢はこれまでどおり、実演販売で商品を売りながら一人で気ままに暮らしていく。キョウの家は近所でも何でもないから、街で偶然行き会うこともないだろう。だからたぶん、もう二度と会わない。しかしその前に、やっておかなければならないことがあった。津賀和から伝えられた調査報告について、きちんと話さなければいけない。母親を欺したナガミネが、もうこの世にいないことを。母親が刺した傷がもとで死んでいたことを。

「可能であれば、もう一週間ほどいさせていただけると助かります。お祖父ちゃんとお祖母ちゃんがお遍路から帰ってくるまで」

ということは、あと一週間は猶予《ゆうよ》があるわけだ。

どんなタイミングで話すべきなのだろう。足の爪を切りながら武沢は考えた。朝か夜か。食事中か。テレビがついたりしているときのほうが、むしろいいだろうか。いずれにしても、時間はまだ充分にある。決断のときは、いずれ向こうからやってくるだろう。

それはいきなり来た。

「そういえば、TSUGAWAエージェンシーから何か連絡はありましたか？」

ぱちん……ぱちん。

「いや、どうだろ、ねえかな」

「どっちです？」

「ない」

ぱちん……ぱちん。

「番組に出られなかったので、ナガミネ捜しはいったん打ち切ってもらわなければいけませんね。いまなら実費だけですむかもしれませんし。それなら、分割にしてもらえば、なんとか払っていけると思います」

「たしかにそうだな」

ぱちん……ぱちん。

「いまちょっと津賀和さんに電話してみますね」

「遅いからやめたほうがいい」

「まだそんなに遅くないですよ」

「電話代も安くねえし、あとで俺がしとくよ」

「でも直接話を聞きたいので」

「俺が聞いとくって」

顔を上げると、キョウは真っ直ぐにこちらを見ていた。まるで、たったいま自分が行った実験の結果を確かめる科学者のように、両目がおそろしく冷静に武沢の顔を捉《とら》えている。いったいどのくらい前からこんな目を向けられていたのか。武沢は慌てて顔を伏せ、爪の切れ端が散ったティッシュペーパーを丸めた。

「ゴミ箱、ゴミ箱……」

立ち上がろうとした瞬間、キョウの手が鳥のような素早さでそのティッシュペーパーを奪った。

「捨てておきます」

「自分で捨てるよ」

手を伸ばすと、遠ざけられた。

「捨てておきますから、座ってください」

余儀なく武沢は畳に座り直した。キョウは丸めたティッシュペーパーを握ったまま、正座して武沢と向き合った。

「武沢さん、何か隠してますよね」

「えええ？　俺が？」

目と口を同時にひらいてみせたが、キョウは表情ひとつ変えてくれない。ダメもとで自分の鼻先を指さし、「俺がぁ？」ともう一度言ってみたが、静かに頷くだけで、冷徹な視線は武沢の顔を捉えたままだ。

もう、あきらめるしかなかった。

「うん……隠してる」

（七）

「しかし、いつまでも暑《あち》ぃな」

天井に向かって飛ばした独り言は、狭い部屋の四隅《よすみ》に虚しく消えていった。

寝そべったまま、咽喉をぐっとそらして壁際を見る。逆さになった部屋の奥には、「首ったけEX」が、透明人間のズボンみたいにぽつんと放置されている。武沢は仰向けの状態でそこへにじり寄った。死にかけた虫の動きに似ていた。慌ただしく去っていった夏の、名残《なごり》のようなマッサージ器。畳に背中をつけたまま、武沢はそれを手に取った。しばらく眺めたあと、上体を起こし、首にあてがってスイッチを入れてみた。二つの玉に首の後ろを揉ませながら、何もないところをぼんやりと眺めた。

九月上旬、キョウがいなくなってから最初の休日だった。

番組収録の一週間後、八月最後の日に、キョウはアパートを出ていった。その日は朝から、まひろ、やひろ、貫太郎、テツが自転車に乗ってアパート前に集まった。みんなでキョウを家まで送ろうと、やひろが提案してくれたのだ。

キョウが荷物をまとめているあいだ、武沢は自転車置き場へ行き、誰のだかわからない空気入れを借りて自転車のタイヤをふくらませた。ついでにサドルのクランプを締め直し、ずり落ちないようにした。錆くさい自転車を玄関先まで引っ張っていくと、ほかの四人はそれぞれの自転車にまたがって、キョウが出てくるのを待っていた。テツはそんな光景を、相変わらずスマートフォンで動画におさめていた。

キョウはなかなか出てこなかった。

――キョウさーん。

テツが呼んだが、返事がない。テツはスマートフォン片手に玄関のドアを入っていき、しばらくすると二人揃って出てきて、ようやく出発となった。

自転車六台で路地を抜け、川沿いの道へ入った。キョウが祖父母と暮らす街まで、夏の終わりのサイクリングだった。みじめったらしい自転車の武沢。オフロード用の自転車でぐんぐん飛ばすテツ。隣り合って喋りながら走るまひろとやひろ。丸まっちい手でハンドルを握り、巨大な赤ん坊が自転車に乗っているかのような貫太郎。真っ直ぐ前を見つめてペダルをこぐキョウ。風は心地よく、太陽は眩《まぶ》しく、しかし武沢の胸にあるのは後悔ばかりだった。

爪を切ったあの夜、武沢はキョウにすべてを話した。ナガミネマサト――本名長澤正志が、すでに死んでいたこと。キョウの母親に刺された傷が悪化し、病院で命を失ったこと。その報告を、ずいぶん前に受け取っていたが、どうしても言い出せなかったこと。キョウは、武沢の爪ごと丸めたティッシュペーパーを片手に握ったまま、終始黙って話を聞いていた。

やがて返ってきた言葉は、ほんの短いものだった。

——それは、さすがに言えないですよね。

ナガミネについて、あるいは母親のことについて、キョウと話したのは、それが最後だ。

その夜はほとんど会話もせず、どちらも晩飯さえ食べないまま布団に入った。翌朝からキョウは以前と変わらない様子に戻り、陽気でもなければ沈んでもいなかった。相変わらず抑揚のない口調ではあるが、話しかければ言葉もちゃんと返ってきた。しかし、様子の変わらない人が、本当に変わっていないのなら苦労はない。

キョウは自分のところになど来ないほうがよかったのだろう。もし武沢が実演販売の指導を拒否していれば、番組収録で悔しい思いをすることもなかった。もし武沢がアパートに寝泊まりさせていなければ、TSUGAWAエージェンシーにナガミネ捜しを依頼することもなかった。依頼さえしなければ、寺田未知子がナガミネを殺していたという事実をキョウが知ることもなかった。母親が人を死なせたことを知らずに生きていけた。

——ねえタケさん、知ってますか？

川に沿って走っている最中、汗だるまの貫太郎がにやにやと顔を向けてきた。

――孤独ってすごく身体に悪いらしいですよ。なんと、一日十五本の煙草《たばこ》を吸うのと同じくらい悪いんですって。

――んなわけあるかよ。

――残念ながらほんとです。こないだ新聞に書いてありました。

――新聞記事なら何でもほんとってわけじゃねえ。

キョウに見せられた〝通り魔〟の記事だって、嘘ばかりだった。寺田未知子に刺されたあと、ナガミネは警察に、相手は知らない男だったと説明した。もちろん保身のためだ。寺田未知子を欺して金を巻き上げたことを露見させないためには、そうするしかなかったのだろう。

しかし、いまにして思えば、それが一つの救いになったとも言える。キョウにとっても、祖父母にとっても。もしナガミネが警察に事実を話していたら、寺田未知子にはおそらく傷害致死の罪名がついていた。残された三人は人殺しの家族として生きていかなければならなかった。

――肥満のほうがよっぽど身体に悪いだろうが。

へへっと貫太郎は薄ら笑いを浮かべ、タケさんには僕たちがいますからねと、腹立たしいような嬉しいようなことを言った。

ほどなくしてキョウの自宅に到着し、サイクリングは終わった。

——送っていただき、ありがとうございました。

玄関先でキョウは全員に頭を下げ、武沢に向かってもう一度下げた。

——お世話になりました。

別れ際、まひろがキョウに近づき、まわりに聞こえない声で何か短い言葉を交わした。まひろのほうからキョウに話しかけるのを見たのは、そのときが初めてだった。最後にキョウが、わかりましたと言って頷いていたが、あれは何を話していたのだろう。訊いてみようと思っていた帰り道、テツが妙なことを言い出したので、訊くのを忘れてしまった。

——キョウさん、お父さんのこと、ほんとに知らないのかな。

ペダルをこぎながらテツは武沢に囁いた。

——どういう意味だ？

——自分の父親が誰なのかってこと。

テツたち四人は、キョウが自分の父親について何も知らないと、いまでも思っている。あの住宅地での一件を、武沢が話していないからだ。話しても仕方がない。武沢同様、たぶんみんな、もうキョウと会うこともない。

——じつは知ってたりしてね。

そう言われ、武沢は黙ってテツの顔を見返した。ひょっとしたらテツは、キョウから何かそれらしいことを聞いたのだろうか。しかし、それにしては物言いが妙だった。

——ミスターTも、ほんとに知らないの？

——知らねえよ。

——そっか。

テツはしばらく武沢の顔を眺めていたが、やがて前傾姿勢で尻をぷりぷり振りながら先へ行ってしまった。

以来、キョウからの連絡はなく、こちらからも連絡はしていない。古新聞が積み重なっていくような毎日が淡々と繰り返されるばかりで、休日だというのに、こうして首のこりをほぐすくらいしかやることがない。以前はいったいどうやって休日を過ごしていたのか、上手く思い出すこともできなかった。そして、孤独が身体に悪いという貫太郎の話が、嫌になるくらいのリアリティを持って思い出されてくるのだった。

（八）

数年前、武沢はホームセンターで卓を打っていた。

休憩時間になんとなく花木コーナーへ行ってみたら、じいさん店員が一人で暇そうにしていた。動いたら骨が鳴る音でも聞こえてきそうな、ひどく痩せたじいさんだった。こっちも暇だったので、二人で空のコンテナに腰掛けて、しばらく喋った。じいさんは、十数年前に死んだ妻の話や、このまえ死んだ飼い犬の話を武沢に聞かせたあと、花木の育て方に関する知識をつぎつぎ披露し、そのとき教えてもらったのが白葉《しらは》枯病《がれびょう》という病気だった。

もしやこれが、その病気だろうか。

武沢は目の前にあるイヌマキの生け垣を眺めた。葉がみんな白ちゃけて縮こまり、スカスカになっている。スカスカだから向こう側がよく見える。家は北向きの平屋建てで、壁のペンキもコンクリートの基礎もひび割れている。いかにも白蟻《しろあり》に好まれそうな建物だ。網戸になった掃き出し窓の向こうに、どっしりとした立派な座卓が置かれているが、その座卓は部屋のサイズに対してずいぶん大きい。前の家から持ってきたのだろうか。

座卓の向こう側に座っているのはキョウだった。

壁の裏側、武沢からは見えないところを、キョウはじっと見つめている。テレビでも置いてあるのかもしれない。奥は台所になっていて、和服を身につけたキョウの祖母が、背中を丸めて食器の音をさせていた。左手の廊下から祖父が、やはり和服を着て現れ、のろのろと座卓に近づいていく。会社をたたんでからも、キョウの祖父母は着物で生活しているようだ。遠目からでも、二人の顔が日に焼けているのがわかった。きっと、お遍路のせいだろう。茶色く沈んだ、皺の多い顔は、健康的というよりも痛々しかった。

祖父が座卓の左側に腰を下ろす。祖母がお盆にグラスを三つのせて台所から入ってくる。大きすぎる座卓に、左から祖父、キョウ、祖母と座った。誰も口をひらかない。キョウはさっきから同じ一点を見つめたままで、やがて祖父もそこへ目を向けた。つられたように祖母もそちらを見る。一様に同じ場所を眺めたまま、誰も口をひらかず、まるで病院のロビーかどこかでたまたまいっしょになった三人のようだった。

キョウが座卓に両手をつき、時間をかけて立ち上がった。口をつけていないグラスを卓上に残したまま、居間を出て隣の部屋に入る。

武沢も、生け垣に沿って横移動した。

腰窓の向こうに、学習机があった。机の上はがらんとして、勉強と何の関係もないものが一つきり、ぽつんと置かれている。「魔法ブラシ！　ゴムシュッシュ」だ。

上を向いたブラシ部分は、新品同様にケバがない。まったく使っていないのだろうか。家の風呂場はタイルではないとキョウは言っていた。しかしそれは前の家の話で、この古い家には、いかにもタイル張りの風呂場がありそうだ。「魔法ブラシ！

ゴムシュッシュ」は本当に目地を綺麗にしてくれる。洗剤も使わず、こするだけで汚れが取れる。せっかく買ったのだから使ってくれればいいのに——そう思ったとき、机に向かったキョウが両手で顔を覆《おお》った。

一人きりで、キョウは静かに泣いていた。

遠くでヒグラシの声が聞こえた。キョウの細い肩がひくひくと震えていた。武沢は屈み込み、地面から小石を拾い上げた。小指の第一関節から上くらいの大きさで、いびつに丸く、ちょうど小さなカエルがうずくまっているようなかたちをした石だった。武沢はその小石を、生け垣ごしに、キョウに向かって放り投げた。しかし小石は、飛び出したイヌマキの枝にぶつかって跳ね返り、足下に戻ってきた。

もう一度拾い上げながら、カエルの話を思い出した。

いつだったか、深夜につけたドキュメンタリー番組でやっていた。たしかヤドクガエルの仲間で、なかなかカラフルなやつだったが、オタマジャクシはやはり黒かった。そのカエルは、卵が孵《かえ》ると、父ガエルがオタマジャクシたちを背中に乗せ、水たまりを探しに出かけるのだという。一つの水たまりに一匹といった感じで、父ガエルはオタマジャクシを水中に放っていくのだが、たまに、どういうわけかすべての子供が一ヵ所に放たれることがある。水たまりの食べ物はみるみるなくなってしまい、そうなると、オタマジャクシたちは一斉に共食いをはじめる。その光景を捉えたＶＴＲ

は、なかなか強烈だった。

しかし、そこへカエルを一匹入れてみるとどうなるか。

オタマジャクシたちは我さきにカエルを目指して泳ぎ、必死でその背中へ逃げようとする。面白いことに、このカエルはどんな種類でも構わないらしい。たとえ赤の他人の背中であっても、オタマジャクシはそこへ乗って逃げようとするのだ。

泣いているキョウを見る。

短い時間でも、赤の他人でも、自分はキョウの逃げ場所になれたのだろうか。

右手でつまんだカエル形の石を、武沢はもう一度投げようとした。しかしそのとき路地の奥から自転車が近づいてきた。

「どうしました？」

若い制服警官だった。自転車を停《と》めて笑顔を見せ、いかにも町の人に気軽に声をかけているといった様子だが、両目がそれとなく武沢の全身を観察している。無理もない。このシチュエーションなら、自分が警察官でも、不審に思って声をかけるだろう。

「ちょっと石が」

「石が？」

「あったもんで」

「ええ」

「おたくさんには関係ないことです」

「いや、何されてるのかなと思いましてね。石を拾ってらしたんですか？」

無視すると、相手の顔に力がこもった。互いに黙り込み、やがて制服警官がまた口をひらきかけたとき、背後で声がした。

振り返ると、立っていたのはキョウだった。両目がまだ濡《ぬ》れたままで、ハーフパンツから飛び出した両足は、驚いたことに裸足《はだし》だ。しかし、もっと驚いたのは、キョウがたったいま口にした言葉だった。

「……うん？」

制服警官が訊き返すと、キョウは同じ言葉をもう一度繰り返した。

「父です」

（九）

「それ、ここに思いっきり投げてみてください」

それというのは武沢が右手に持ったままの小石で、ここというのは目の前にある竹《たけ》藪《やぶ》のことだ。

キョウの家から二、三分ほど歩いた場所だった。

「向こう側は何があるんだ？」

「小さなネジ工場です。でも、つぶれて、人はいません」

「人がいなくても、窓ガラスやなんかはあるだろうがよ」

「あっても大丈夫です。ぜったいに届きませんから」

そう言うと、キョウは足下から石を拾った。武沢のものよりもだいぶ大きく、親指の先くらいある。キョウは身体を回して右手を力いっぱい振り抜き、その石を竹藪に投げ込んだ。窓ガラスにぶつかったら確実に破損してしまいそうな勢いだった。

かんかんかんかん、と、つづけざまに音がした。

乾いた空気の中を抜けてくる、小気味いい音だった。

「竹にぶつかって跳ね返るんです」

なるほど。

「なかなか面白い遊び知ってるじゃんか」

武沢も、うずくまったカエルみたいなかたちをした小石を、竹藪に投げてみた。石が小さいので、音も小さかったが、やはりかんかんかんと見えない場所で何度も跳ね返った。

「こんなのどうやって思いついたんだ？」

「たまたま石を投げてみたら、こうなったんです」

いつだったのか、どうして投げたのか、キョウは言わなかったし、武沢も訊かなかった。

「よし、もう一個」

さっきキョウが投げたのと同じくらいの石を拾い、野球選手みたいに大げさに振りかぶって、竹藪に投げ込んだ。かんかんかんかん……かかん、かん。

音がだんだんと小さくなって消える。

「祖父さん祖母さん、日に焼けてたな」

竹藪のへりに屈み込み、新しい石を探した。

「お遍路は、炎天下を歩きっぱなしですから」

キョウが先に石を見つけ、竹藪に投げ込んだ。

「まあ、いまのところ効果はないみたいですけど」

「そうか」

いくら祈ったところで、死んだ人間は帰ってこないし、つぶれた会社も復活しない。もちろんそんなことは承知の上で、祖父母は長い長い道を歩いてきたのだろうけれど。

「……父って何だ?」

会話にまぎらわせ、さっきのことをようやく訊いた。

「適当に言ってみただけです」

予想どおりの答えだった。

「先生って言えばよかったかもしれませんね」

「学校のか？」

「実演販売の」

「まあ、それなら嘘じゃねえわな」

二人で一つずつ、また石を投げ込んだ。それらが跳ね返る竹の音がやむと、投げる前よりも、ずいぶんあたりが静かになったように感じられた。

「さっきはテレビでも見てたのか？」

訊くと、石を探して地面を覗き込んでいたキョウは、表情だけで訊ね返した。

「三人で、ほら居間で」

ああ、とキョウは頷く。

「記念写真があそこに飾ってあるんです。家族旅行で富山に行ったときの」

小学五年生のときに撮ったやつだろうか。富山の、かつて祖父母の店があった場所で記念写真を撮ったと、アパートにやってきた最初の夜にキョウが話していた。

武沢は石をもう一つ拾い、竹藪に放り込んだ。

「けっきょく俺……責任とれたのかな」

ほんの二回ほどしか跳ね返らず、地味な音しか聞こえてこない。

「お前に実演販売を教え込んで、あの番組で金を稼ぐのを手伝って、お前はその金でナガミネの居場所を突き止めて……そういう話だったのにさ」

「責任なんて、最初からないですよ」

意外な言葉が返ってきた。

「だってお前、最初に――」

「責任とかお金とか、ほんとは関係なかったんです」

「じゃあ、何だったんだ？」

「自分のことも、生かしてほしいと思っただけです」

青々と茂る竹藪を見つめながら、キョウはつづける。

「十五年前、お母さんは橋の上で武沢さんと会って、生きたいと思いました。だから、自分のことも、そんなふうにしてほしかったんです。生きたいって思わせてほしかったんです。それができるのは武沢さんだけなんじゃないかって、勝手に思って、それで会いに行ったんです」

言葉を切ると、キョウは膝を折って屈み込み、また石を探しはじめた。

しかし、もう二人のそばには見つからない。

「こんな話、してもしょうがねえかもしれねえけど——」

武沢はキョウから離れ、地面を見下ろしながら竹藪のへりに沿って歩いた。暗い地際で虫がすだいている。

「何年か前、ホームセンターの花木コーナーでさ、じいさん店員と暇つぶしに喋ってたことがあるんだよ。そのときじいさんが、飼い犬の話をしてたんだ。奥さんに死なれて、じいさん、犬と二人暮らしだったらしくて」

犬の名前もじいさんの名前も、訊かなかったのでわからない。とにかくその犬が、あるとき重い病気にかかったのだという。腎臓《じんぞう》をやられ、しばらく薬で治療をつづけていたのだが、状態は悪くなる一方だった。

「いまの動物病院ってのは大したもんでさ、人間みたいに入院させて、治療することになったんだと」

いわゆる生命維持装置のようなものにつながれた飼い犬に、じいさんは毎日会いに行った。会えない時間は、朝から晩まで、治ってくれ、どうか治ってくれと祈りつづけた。しかし祈りは通じず、飼い犬の状態がよくなることはなかった。獣医からは、回復する可能性はゼロではないけれど、かなり低いと聞かされていた。じいさんは夜も眠れず、病気と闘っている飼い犬のことしか、もう考えられなかった。いっぽう犬は病院で息も絶え絶えに苦しみつづけた。それが長いこと、長いことつづいた。

「そのうち、じいさんも、とうとう疲れ果てちまってな」

ある朝、病院へ行き、死なせてやってくださいと涙ながらに告げたのだという。獣医は承諾し、犬の治療を終了させた。犬はその日のうちに死んだ。

「じいさん言ってたよ。犬を殺したのは病気じゃなくて、自分が祈ったせいだって」

意味を訊ねるように、キョウが顔を向ける。

「あんなに必死になって祈りつづけないで、もっと休み休み祈ってたら、自分の気力も体力も長持ちして、もうしばらく祈っていられたかもしれねえって。そしたら犬は回復してたかもしれねえし、元気になってたかもしれねえって、そう言うんだ」

しかし、じいさんは休むことなく祈ってしまった。やがてそれが限界を迎えた朝、病院へ行き、死なせてやってくれと獣医に告げた。

「なんていうか……思いを分散させることも、大事なんじゃねえかな」

そんなことはキョウだって何百回も考えただろうし、それが難しいことも誰より知っているに違いない。考えずにいられないものを考えないでいるほど、この世に難しいことはない。それは瞼《まぶた》の裏を見るなと言われているようなもので、見まいとして瞼をひらきつづけているほど、両目は乾いて痛み、気づいたときにはまた見ている。長いこと両目をひらいたあとには、長回しの映像が待っている。

「そんなことはできません」

キョウは武沢の目を見て答えた。

「お祖父ちゃんとお祖母ちゃんといっしょに、ずっと祈ります」

いったいいま、何を祈るというのだろう。どうすればキョウは幸せになれるのだろう。武沢はただ相手の顔を見返すばかりだった。

「鳴ってます」

「ん」

電話、とキョウは武沢のズボンを指さす。ポケットの中で震えていた旧式の携帯電話を取り出すと、テツからだった。

「何だろな」

「出ないんですか？」

「いや、話の途中だし」

「黙り込んでたじゃないですか」

反論もできず、武沢は通話ボタンを押した。

「おう、どした」

『あ、ミスターT？　ちょっと確認しといたほうがいいと思って』

「何を？」

『部屋に盗聴器仕掛けられてるの知ってた？』

言葉を理解するのに数秒かかった。

「……あ？」

『ドアの新聞受けの中で見つけたんだよね。お父さんとお母さんとまひろさんと、四人で遊びに来たら留守だったから、居留守じゃないかと思って新聞受けにスマホ突っ込んで部屋の中を撮ったんだけど――』

「何でそんな」

いや、どうでもいい。

『撮ったその動画をいま見たらさ、新聞受けの上側に四角い変なのが映り込んでて、何だろうと思って手を入れて剝がしてみたら盗聴器だった。だからこれ、本人知ってるのかなあと思って』

「知ってるわけねえだろ！」

（十）

いつ、誰が仕掛けたのか。

後者についてはノーヒントだったので、前者について脳みそを絞って考えたところ、思い出したのはキョウがやってきた夜のことだ。

「あんとき玄関で音がして、新聞受け覗いたらチラシが入ってたよな」

「はい。何のチラシだったかは忘れてしまいましたけど」

「俺も憶えてねえ。でもたしか――」

まひろ、やひろ、貫太郎、テツ、チョンマゲが、つづく言葉を待って武沢を見た。

全員で輪になって座ったその中心、畳の上には、テツが新聞受けで見つけた盗聴器が置かれている。五センチ×三センチほどの、黒い長方形の箱から、真っ直ぐにアンテナが飛び出した、電池式のものだ。

「とにかく、あれ、けっこう遅い時間だったよな。ホームセンターで俺の卓打ちが終わって、会社に寄ったあと、お前と駅で待ち合わせていっしょにここへ来たわけだから」

「チラシを配るには変な時間帯でしたね」

というキョウの言葉にかぶせてテツが訊いた。

「このアパートって空き部屋ある？　人が住んでない部屋」

「あるけど、何でだ？」

夏のはじめに斜め上の部屋の住人が引っ越していき、まだ新しい入居者はいない。おそらくいまも空き部屋になっているはずだ。それを教えるなり、テツは立ち上がって玄関を出た。何だかわからないが武沢もサンダルをつっかけて追いかけた。テツが向かったのは外階段の下だった。そこには郵便受けが並んでいる。一階の六部屋分、二階の六部屋分、計十二個。

「空き部屋の郵便受けってどれ？」

教えてやると、テツはそれを開けた。中に大量のチラシが詰まっているのが、そのとき初めて見えた。テツがそれをぜんぶ摑んで引き返したので、武沢も馬鹿みたいにまた追いかけた。部屋に戻ると、テツはチラシの束を畳に置き、上から順にめくりはじめた。

「そのときのチラシがあったら言って。キョウさんがここへ来た夜、新聞受けに入れられてたやつ」

宅配寿司。エアコンクリーニング。アダルトＤＶＤの通販。スポーツジム。宅配ピザ。ヨガスタジオ。建売住宅。水のトラブル即解決。アダルトＤＶＤの通販。教会。包丁研ぎ——。

「待った、それだ」

新台入替！　パチスロ　海鮮物語

なるほどね、とテツが頷いた。

「パチスロのチラシだから何だってんだ？」

「パチスロは関係ないよ。ここに同じチラシが入ってたことが重要なの。要するにこれ、同じチラシがミスターTの部屋だけ新聞受けに入れられて、ほかの部屋は郵便受けに入れられてたってことでしょ？」

たしかにそうなる。

「キョウさんが来た夜、遅い時間に新聞受けに入れられたこのチラシは、もともと郵便受けに配られてたやつだったんだと思う。誰かがどっかの郵便受けから適当にチラシを抜いて、ミスターTの部屋の新聞受けに入れた。そのとき盗聴器を仕掛けた。チラシを入れたのは、もちろん音を誤魔化すため。玄関の新聞受けで物音がして、確認しに行ったのに何も入ってなかったら変でしょ？　でもそこにチラシが入っていれば、それを入れたときの物音だったと思う」

まさに武沢も、あのときそう思った。

「で、いったいそいつは何を盗聴しようとしたのか。新聞受けに盗聴器を仕掛けるなんて、本来なら部屋に人がいないときにやったほうがいいに決まってる。でも敢《あ》えてそのタイミングで仕掛けたってことは、聞きたかったのはミスターTの侘《わび》しい生活音とかじゃなくて、キョウさんとの会話だったことになる。可能性として考えられるのは、相手はその日、キョウさんのあとをつけていた。そしたらキョウさんがこの部屋に入ったから、用意してた盗聴器を新聞受けに仕掛けた」

「キョウ、お前、誰かにあとつけられたり盗聴されるような心当たりあるか？」

「ありません」

「よく考えろよ」

「さっきから考えてました。テツくんと同じ流れで考えて、相手が盗聴したかったのは確実に自分との会話だろうと思ったので」

最近の小中学生はみんなこんなに頭の回転が速いのか。

テツがスマートフォンを操作して画面をこちらに向けた。そこには目の前にあるのとまったく同じ盗聴器の写真が表示されていた。どこかの通販サイトのようだ。

「いま調べたら、これ、受信機で盗聴内容を聴けるのは半径五十メートルから百メートルくらいだって。高層マンションとか、障害物がない場所なら五キロくらい届いちゃうらしいけど」

どれだけ素早く操作したらこんなに短時間で調べられるのだろう。

「ちなみに電池の持続時間は五十時間くらい」

いつまで盗聴器の電池が残っていたのかはわからない。知らない間に電池交換が行われていた可能性だってある。しかし、少なくともこれが仕掛けられた直後、キョウは武沢に、ナガミネによる詐欺や、祖父母の会社の倒産、母親がフードコートのテラスから身を投げたことなどをすべて話した。いや、それだけじゃない。「発掘！　天才キッズ」に出演して金を稼ぎ、その金で探偵を雇ってナガミネを捜そうとしていることも聴かれたはずだ。

「貫太郎、これ、電池が残ってるかどうか確かめられるか？」

マジシャン時代に小道具を自分でつくっていたので、貫太郎はこう見えて手先が器用なのだ。

「できますよ」

貫太郎は盗聴器を手に取り、指先でくるくる回しながら全体を確認した。ポケットから家の鍵を取り出し、パネルの隙間にあたりをつけて先端を押しつける。ぱき、と軽い音がしてパネルが分離し、中身が剝き出しになった。込み入った配線のあいだに鍵を挿し入れると、単三電池が一つ、畳の上に落ちた。貫太郎は自分の人差し指を舐《な》めて濡らし、電池のマイナス極に押しつけ、反対側にあるプラス極をぺろぺろ舐めた。

「電力は残ってないですね」

「確かか？」

「舐めてみます？」

信用することにして断った。

「ん、チラシ」

そのとき急に思い出した。

「あれもチラシだ……」

あれってどれとテツが訊く。

「いや、前にキョウと二人で、TSUGAWAエージェンシーって探偵事務所に人捜しを頼みに行ったんだ。ナガミネって詐欺師の話はしてあるよな？」

テツ、まひろ、やひろ、貫太郎が同時に頷く。この四人にキョウの身の上を話したことは、本人にはいまだに伝えていなかったが、おそらく見当はついていたのだろう、キョウは表情を変えずに話のつづきを待った。

「チラシを見たら、えらく安かったもんだから、つぎの日に二人で事務所に行ったんだ」

たどりついた新宿の事務所で、津賀和にナガミネ捜しを依頼すると、すんなり引き受けてくれた。そして数日後、武沢の携帯に連絡があり——。

「キョウ、話していいか？」

訊くと、キョウはむしろ急《せ》かすように小刻みに頷いた。武沢はほかの四人に、津賀和から報告された調査結果を説明した。ナガミネが数ヵ月前に死んでいたこと。キョウの母親に刺された傷が、死亡の原因だったこと。

「ちょっと確認」

テツがふたたびチラシをあさる。上から順に脇によけていくと、大量のチラシはどんどん減っていき、とうとう最後の一枚になった。

「うん、ないね」

「何がだ？」

「だからそのチラシ。探偵事務所の」

「ないと何なんだ？」

「チラシが入れられたのは、ミスターTの郵便受けだけだったってこと」

たしかに、チラシを配るならすべての郵便受けに入れるはずだから、空き部屋の郵便受けにも入っていなければおかしい。そこに居住者がいないとわかっていたから入れなかったとは考えづらい。何故なら空き部屋の住人は、苗字を書いたシールを郵便受けに貼ったまま引っ越していったし、郵便受けの扉をわざわざ開けないと、中に大量のチラシが詰まっているのは見えなかったからだ。

「って、こ、と、は……」

Tシャツから飛び出したセロリのような腕を組み、テツが天井を睨む。武沢もかたちだけ腕を組んでテツの言葉を待った。

「そのナガミネって詐欺師、たぶん生きてるね」

キョウだけがこくんと頷き、何か聞き取れないことを口の中で呟いた。

「……何だ?」

訊き返すと、もう一度、今度は強く、声を押し出した。

「欺されたと言ったんです」

「まんまとね」

テツが先を引き取る。

「ナガミネと津賀和って探偵と、そのほか何人いるのかいないのかわからないけど、いずれにしても、みんな仲間なんじゃないかな。この盗聴器を仕掛けた奴は、キョウさんが探偵を使ってナガミネを捜そうとしていることや、その探偵費用を稼ぐためにミスターTから実演販売を教わってテレビ番組に出ようとしていることを知った。そしてそれを止めようと思った。そこでどうしたかっていうと、人捜しを激安で請け負う探偵事務所の偽チラシをつくって、キョウさんとミスターTをTSUGAWAエージェンシーに誘導した。その事務所で津賀和は、二人からの依頼を請け負ったふりをして、数日後に嘘の調査報告をした。ナガミネは刺された傷が原因で死んでいましたって。理由は、キョウさんにナガミネ捜しをやめさせるため。もっと言えば、ナガミネがやったことを、今後、絶対に人に喋らせないため。で、それは見事に上手くいったわけ」

たしかに上手くいった。自分の母親に刺された傷がもとでナガミネが死んでいたとなると、キョウはもう二度と、誰かにナガミネの話をすることなどできない。もちろん警察にも。

「くそ……」

いまにして思えば、いくらどの業界も不景気とはいえ、ＴＳＵＧＡＷＡエージェンシーの探偵料はあまりに安すぎたのだ。不自然に思うべきだった。十数年前のあのときもそうだったが、またチラシに欺された。何も学ばない自分が、ほとほと嫌になる。

「じゃあ、津賀和は探偵じゃなかったってことか？」

「いや、たぶん、ほんとに探偵じゃないかな。偽チラシはまだしも、まさか偽物の事務所とか偽看板まではつくらないだろうから。津賀和がグループの中で普段どういう役割なのかは知らないけど、詐欺師と探偵がいっしょに仕事すれば、いろんなメリットがあるんじゃない？」

「ある」

武沢は大きく頷いた。

じっさい詐欺師の中には探偵を雇って事前にターゲットの情報を探る連中が多くいる。プロの探偵が調べ上げる情報は、詐欺師にとっておそろしく有益となるからだ。

だから多額の探偵料を支払ってまで、詐欺師は探偵を雇う。もし両者がはじめから仲間同士であれば、それは探偵のノウハウを持つ最強の詐欺師集団ということになってしまう。

寺田未知子をターゲットにしたときも、事前に津賀和が彼女の情報を仕入れ、ナガミネと共有していたのだろうか。

「もう一つ想像をつけ加えると、連中がそんなにしてまでキョウさんにナガミネ捜しをあきらめさせようとしたのは、たぶん、キョウさんのお母さんが自殺したからだと思う。詐欺にかけた相手が自殺までしちゃったのは、もしかしたら初めてのケースだったのかも。だから、キョウさんのお母さんが死んだときに、こりゃまずいってことで、慌てて動きはじめた。具体的にどんな流れだったのかはわからないけど、最初はキョウさんやお祖父さんお祖母さんの動きを監視してたんじゃないかな。そしたら、お祖父さんとお祖母さんがお遍路に出かけていった。残ったキョウさんは変な男に近づいて、その人のアパートに入っていった」

変な男というのはもちろん武沢だ。

「で、会話を盗聴してみると、お金を稼いでナガミネを捜すって話をしはじめたもんだから、急いでそれを止めた」

「もしかしてあいつらも——」

武沢が思わず呟くと、テツが「誰？」と眉を上げる。ここまできたら黙っていても仕方がない。武沢は、キョウがアパートにやってきた翌々日、自分が二人組の男に襲われたことを話した。

「……何それ」

話している最中から固まっていたまひろの表情が、話し終えたときには完全に凍《こお》りついていた。しかし彼女が言葉をつづける前にテツが割り込んだ。

「その二人もグループの人間だろうね。順序としてはたぶん、最初にミスターTをぼこぼこに殴って、キョウさんに協力するのをやめさせようとした。でもやめなかったもんだから、TSUGAWAエージェンシーの激安チラシをつくった。そのチラシに誘われてやってきたミスターTとキョウさんの依頼を受けたうえで、相手が死んでいたという嘘の報告をした。これで一件落着。仕掛けた盗聴器を外しておかなかったのだけがミスだけどね」

その盗聴器からここまで推理されるとは、さすがに思っていなかったのだろう。津賀和からの報告を、武沢が鵜呑《うの》みにした時点で、連中はまさに一件落着といった気分だったに違いない。盗聴器はいずれ回収するつもりだったのかもしれないし、あるいは余計な手間をはぶき、敢えて放置したのかもしれない。新聞受けの内側なんて誰も見ない。テツがわけのわからないことをしなければ、おそらくいつまでも見つからなかった。

暗がりで殴られた顔面や、蹴られた腹に、いままた痛みがよみがえってくるようだった。いや、痛みだけではない。あのときは無数の疑問符に埋もれて意識することもできずにいた猛烈な悔しさが、痛めつけられた箇所から広がって、全身に、指先や髪の先にまでも行き渡っていた。

「……馬鹿にされたもんだな」

気づけば口から声が洩れていた。武沢は大きく息を吸い込み、もう一度、今度は意識的に言葉を押し出した。

「……馬鹿にされたもんだ」

もちろん自分だけではない。十五年前、扇大橋の真ん中で出会い、この世の中を生き直そうと思ってくれた寺田未知子も。彼女が身を投げたことによって不幸のどん底へ突き落とされながら、自分のことも生かしてほしいと願い、武沢のもとへやってきたキョウも。大切な娘の人生と自分たちの会社を奪われた、キョウの祖父母も。

「タケさん、かなり怒ってるね」

貫太郎がやひろに、こっそり囁いたつもりなのだろうが充分に聞こえる声で耳打ちした。

「滅多《めった》に怒らないけど、怒らせるととんでもなく怖いタイプ。あたしもいま知った」

やひろがそう返したあと、うつむいていたキョウがゆっくりと顔を上げた。

「このままじゃ嫌です。このままじゃ、あまりに……」

知らない場所で迷ったように、キョウは両目を宙にさまよわせながら言葉を探した。血の気がなくなった、真っ白な顔で、言うべき言葉を探し、探し――やがて口から洩れ出たのは、誰もが子供時代から聞き慣れた言葉だった。

「不公平です」

その言葉はしかし、武沢の胸にこみ上げていた思いにもぴたりと重なった。不公平だ、あまりに。キョウや家族は、金も会社も感情も人生も奪われた。寺田未知子がフードコートのテラスから飛び降りたときの映像は、インターネットの世界に広まって消すこともできない。いっぽう相手は寺田未知子を欺して大金を手にしただけでなく、自分たちの悪事をほじくり返されるのを止めようと武沢をリンチにかけ、キョウに対しては、母親が一人の人間を死なせたという、この世でいちばん哀しい嘘を信じ込ませた。たしかに寺田未知子は衝動的にナガミネを刺してしまったが、当時の新聞記事によると、全治一ヵ月だ。不公平にもほどがある。人間、不平等にはそこそこ耐えられるかもしれない。しかし不公平には耐えられない。とくにこんな不公平には。

キョウだって、貯めていたお年玉から津賀和に「着手金」の一万五千円を払ったし、武沢も「成功報酬」の十万円をふんだくられた。

しかし。

「だからって、どうすんだよ」

「ねえ、もう警察にぜんぶ話しちゃえば？」

やひろがキョウのほうへ身を乗り出した。

「お母さんがナガミネに欺されて、恨んで刺して——そのことはもう喋っちゃっていいじゃん。それで相手が捕まって、ちゃんと罰を受けるんなら」

「でもいつかは刑務所から出てきて普通に暮らしはじめるし、また詐欺をやるかもしれません。それでは不公平のままです」

「じゃあどうすんのよ」

考えがあります、というキョウの言葉に、全員がぴたりと一時停止した。

「正確には、いま考えました」

みんなでキョウの顔を見つめたまま、誰も言葉を発しないので、武沢が代表して訊いた。

「……何をだ？」

「お母さんがフードコートのテラスから飛び降りたときの映像が、ネットに出回っています。相手をそれと同じ目に遭わせてやるというのはどうでしょう」

ぞっとした。

「といっても殺すわけではありません」

ほっとした。

「撲滅ウォリアーズです」

今度は何だ。

「それってこないだの、詐欺師を成敗《せいばい》する番組だよね？」

貫太郎が唇をすぼめて首をひねる。あの番組はそんなタイトルだったのか。

「はい、武沢さんがうっかりつけたやつです。あの番組に詐欺被害の相談を持ち込んで、制作会社の力を借りて連中を追い詰めて、その映像を世の中に流してやるのはどうでしょう。それが公平なのではないかと」

にわかに興味いっぱいの表情になったのはテツだ。

「いいじゃんそれ、面白そう」

「ちょっと待てよ、お前の母親がナガミネを刺したことも、番組に話すのか？」

武沢は根本的な疑問をぶつけた。

「それじゃあ、お前や祖父さん祖母さんがこれまで秘密にしてきた意味がなくなっちまうじゃねえか」

「そこはちゃんと考えてあるので大丈夫です。自分たちに一切の不利益なく、でも完璧に仕返しする方法でいきます」

キョウは武沢の顔を真っ直ぐに見た。

「ただし、この作戦を実行するには、こちらも詐欺師になる必要があります。だからいまここで話したんです。みなさんに協力してもらわないと、実行は不可能なので」

一人一人の顔を見たあと、キョウは武沢に目を戻し、驚くべきことを言った。

「武沢さんは詐欺師だったんですよね？」

「え、いや――」

どうして知っているのだ。

「みなさんも、武沢さんといっしょにすごいことをやったんですよね？　かつてヤクザがらみの闇金グループを相手に大きな詐欺を仕掛けて」

今度はほかのみんなが狼狽《ろうばい》する番だった。全員が一斉に身じろぎをして目を泳がせる。待て、どうしてテツまで慌てているのだ。確かにテツは、昔のあの出来事を知っている。やひろと貫太郎がとっくに喋っているからだ。しかしこの慌てぶりはおかしい。当時、本人はまだ生まれてもいなかったから、あの騒ぎとは無関係だし、両親が過去にしでかした悪さを知られて動揺するような、センシティブな小学六年生でもない。

「……お前か？」

ためしに訊いてみた。

テツが誤魔化そうと努力したのは、ほんの数秒間だった。すぐに無理だと気づいたのだろう。

「まあ……僕、かな」

「この子に話したの？」

まひろが刺すような目を向ける。

「うん……話した」

いつ話したのかと訊くと、ラーメン今市で晩飯を食べた夜だという。

「お前それ、会った初日じゃねえか！」

「いや……あの日の夜中に、キョウさんが僕のチャンネル動画を見て、メッセージ送ってくれたんだよ。それで、そのままあれこれやりとりしているうちに、ついぽろっと」

何てことだ。知らないあいだにテツとキョウが連絡を取り合っていただけでなく、武沢がキョウに知られまいとして頑張ってきた秘密を、出だしの時点でテツが教えていたとは。

「あとでミスターTから、キョウさんのお母さんが詐欺師に欺されたとか、それで自殺しちゃったとか聞かされて、こりゃまずいことしたなとは思ったんだよ。でも、なんていうか、もうしょうがなくて。だって、あれ嘘ですとか言っても無理でしょ」

「そんであんた、どこまで喋ったのよ」

やひろが溜息まじりに訊くと、全部だとテツは答え、キョウがこくんと頷いた。

「みなさんがどうやって作戦を決行したか、最終的にその作戦がどんなふうに終わったか、みんな聞きました」

「キョウ、お前、俺が詐欺で食ってたこと知ってて……」

どうして自分なんかといっしょに寝起きすることができたのか。どうして素直に実演販売を習うことなどできたのか。どうして普通に話せたのか。

「前に言ったじゃないですか」

どんな顔をしていいかもわからない武沢と対照的に、キョウの態度はひどくはっきりしていた。

「人間、どこから来たのかではなく、どこへ行くのかが大事だと思っているからです。それに、たとえそのとき武沢さんが詐欺師だったとしても、お母さんの自殺をやめさせたことに変わりはありません。十五年前にお母さんの命を救ってくれたことに、変わりはありません」

円を描いて座ったまま、みんなして黙り込んだ。畳の上に転がっている、中身が剝き出しになったままの盗聴器。テツが持ってきたチラシの束。ハーフパンツで正座したキョウの、頼りなく細い膝。誰かが何か言い出すのを、全員が待っていた。そのまま時間が過ぎ、視線が分散し、やがてそれらは武沢の顔に集まった。

「キョウ……ちょっと、いっしょに来てくれるか」

「どこにです？」

「墓だ」

武沢が立ち上がると、まひろ、やひろ、貫太郎、テツも腰を上げた。

「ずっと昔に死んだ男の墓だ」

RING FINGER／They need an ointment

（一）

「恋愛とか、もうしない。……できないし」

カフェのテーブルで、まひろは溜息をついた。

「んなこと言わないでさ、楽しめばいいじゃん」

やひろが明るい声を返す。

「無理だよ。どうせわたし、こういう性格だから……誰も相手にしてくれないだろうし。唯一相手にしてくれたのが、あの人だったわけだし」

「旦那《だんな》？　でも死んじゃったんだからしょうがないじゃん。え、もう何年よ？」

「四年」

「もったいないって、あんた。そろそろ自分のこと考えてさ、どんどん世界を広げていかなきゃ。あたしなんて、若い男の子にいいもの食べさせてあげたりして、恋愛ごっこみたいなの楽しんで、かなりやりたい放題やってるよ。も、ほんと最高。大袈裟《おおげさ》じゃなくて、ほんと毎日が最高。あたしたち、せっかくお父さんが遺《のこ》してくれたお金があるんだよ？　お金って、使わないと意味ないんだよ？」

二人がいるのはチェーン展開しているカフェのテーブルだった。店を縦に区切る長いパーティションがあり、そのパーティションに接した席の一つに、向き合って座っている。

いっぽう、先ほどからその会話にじっと耳をすましている別の二人組がいた。まひろとやひろがいるテーブルのすぐそば。パーティション沿いに並んだ隣の席だった。サングラスにスキンヘッドの男と、キャップに長い黒髪の少女。少女のほうはティーンズ向けのファッション誌に載っていそうな、いまどきの服やバッグを身につけている。男のほうは、走る走る俺たちと歌っていた歌手にちょっと似ているが、それは単にスキンヘッドとサングラスのせいで、顔立ちはまったく違う。

頭を剃った武沢と、かつらを着けたキョウだった。

「お父さんからもらったお金、使うことも考えてるよ、わたしだって」

「え何に？」

「……寄付とか」

はあぁぁとやひろが溜息を返す。

「いやまあ、それであんたがよければ、あたしは何も言えないんだけどさ」
ブブッと音がした。聞こえたのはまひろとやひろの席からだったが、武沢が右手に握っていたスマートフォンも同時に振動したし、さらにキョウのバッグに入っているやつも振動したはずだ。画面を確認すると、送られてきたのはテツからのグループメッセージだった。グループメッ、セ、ー、ジ。頭の中でさえ、いまだ呼び慣れない。
昨日から何度も練習したやりかたでスマートフォンを操作し、武沢はそれをひらいた。
《鍵屋までの距離は走って1分くらい。合い鍵作製は3分くらい。オスのセミも捕獲完了》
親指を突き出した手のマークが最後にくっついている。わざわざこんなものをつける時間があるなら少しでも早く送ればいいものを。などと思っているあいだにも《まひろ》と《やひろ》が連続して同じマークを投稿した。隣の席からいま送ったらしい。こんなに早くできるものなのかと驚きつつ、武沢はのろのろと指を動かした。
《わかつた》
武沢が操作しているのは、昔のツテを使って手に入れた〝飛ばしスマホ〟だ。自分が所持する人生初のスマートフォンが、違法なものになるとは予想していなかった。が、飛ばしスマホは契約者が見ず知らずの他人なので、何かのときに足がつく心配がない。今回はこれを二台用意し、もう一台はまひろがいま使っている。

それにしても頭が寒い。室内の冷房が頭皮に直接染み込んでくる。屋外《そと》へ出ると逆に、直射日光が地肌へと突き刺さり、いまのところ武沢は、変装以外にスキンヘッドのメリットを見つけられずにいた。

「んで寄付ってどこによ？」

「いろいろ……経済的に苦しい母子家庭をサポートしてるグループとかもあるし」

「まあそれなら悪い使い道じゃないけど、いくらあげるつもり？」

ぜんぶ、とまひろが答えると、やひろはわかりやすく息をのんだ。

「そんなのあんた、知らない人に都内の高級住宅を一軒まるごとプレゼントするようなもんじゃん！　いや、そういう心がけはすごいと思うけどさ」

「べつに誰か一人に寄付するわけじゃないよ。まとめて寄付したものが、たくさんの人に分配されて、みんなが助かるんだよ」

そのとき武沢の視界の左上に、頭が一つ、にょっきりと現れた。まひろたちのテーブルの、パーティションを挟んだ反対側で、男が立ち上がったのだ。彼は背すじを伸ばす動作にまぎらわせて視線を流し、まひろとやひろのテーブルを一瞥《いちべつ》する。コリー犬に似た顔。そこに浮かんでいたのは、以前に武沢やキョウに見せた柔和な表情ではなく、目元も口元も驚くほど無感情だった。まひろたちのテーブルに三秒ほど視線を据えてから、津賀和はふたたび腰を下ろす。

TSUGAWAエージェンシーが入っている新宿のマキグチビルに向かったのは、今朝のことだ。武沢、キョウ、まひろ、やひろ、貫太郎の五人は近くで待機し、そのあいだにテツが五階の事務所まで階段を上っていった。テツはドアの隙間に耳をくっつけながら非通知で事務所の固定電話にかけ、相手の応答を確認すると、電話を切って戻ってきた。

――オッケー、事務所にいる。

わざわざ室内に聴き耳を立てながらかけたのは、電話が携帯に転送されている可能性があるからだ。転送サービスによっては、転送されていることが非常にわかりづらい。固定電話の番号にかけて応答があったからといって、相手がそこにいるとはかぎらない。

それからあとは、三十分交替で一人ずつビルのそばに立ち、津賀和が出てくるのを待った。ようやくその姿が現れたのは、昼過ぎ、貫太郎が二度目の当番に立っているときのことだ。貫太郎から連絡を受けた武沢たちは、すぐさま待機場所のマクドナルドを出て合流した。

――鍵はどこだ?

武沢は貫太郎に訊いた。

――ズボンの右ポケットだと思います。ビルから出てきたとき、右手をそこに突っ込んでじゃらじゃら鳴らしてたので。

――まひろ、できるか？

――問題ない。

新宿の街なかで、みんなして津賀和のあとをつけた。総勢六人での尾行だったが、それぞれ距離をとり、自分の前を歩く人間についていったので、目立たず追うことができた。スラックスにグレーのポロシャツというラフな服装の津賀和は、そのままふらりと蕎麦屋《そばや》に入った。武沢たちが店の出入り口を見張っていると、三十分ほどで出てきて、今度は近くのカフェに入ってアイスコーヒーを頼んだ。それが、いまいるこの店だ。まひろとやひろは、すぐさま津賀和から近い席を確保し、武沢とキョウもその隣に上手いこと陣取った。

九月中旬の土曜日だった。全員が動けるいちばん近い日に、作戦開始を試みようということで話がまとまり、それが今日だったのだが、その判断はどうやら正しかったらしい。カフェの中で、しかも相手とパーティションごしに隣り合ったテーブルというのは、今回の作戦を開始するには絶好の条件だ。

「うっわ」

やひろが腕時計を覗いて大袈裟にのけぞる。

「こんな時間じゃん。悪いけどあたし、先に行くね。ちょっと約束あるから」

「うん……」

いかにも弱々しく、まひろは頷く。やひろは妹に軽く手を振ってテーブルを離れ、武沢たちのすぐ脇を通ってガラスドアを出ていった。ちょうどそのとき、テツが店の前に到着するのが見えた。二人はすれ違いざま、片手をぱちんと合わせる。

「余計なことすんじゃねえよ……」

舌打ちしつつ、武沢はスマートフォンを取り出してグループメッセージに書き込んだ。

《まひろせきたつてけつこう》

すぐさま《?》と返された。まひろを見ると、顔もこちらを向いて「?」となっている。武沢はキョウにスマートフォンを渡した。キョウはそれを受け取ると、ディスプレイをでたらめにこするように人差し指を動かしていたが、返されたスマートフォンを見たら、ちゃんとメッセージが送信されていた。

《まひろさん、席を立ってください。決行です》

まひろがアイスコーヒーを飲み干してトレーにのせる。やひろが残していったコーヒーもちゅうちゅう飲み干し、同じようにトレーにのせる。そして、さっきまで使っていなかったミルクを二つ手に取ると、どちらも蓋を剝がして片方のグラスに流し入れた。トレーを両手で持ちながら腰を上げ、その顔にはふたたび、いかにも気弱そうな、純粋そうな表情が浮かんでいた。武沢はスキンヘッドをつるりと撫で上げながらパーティションの上端に視線を移した。――立て。立て立て立て。

椅子の動く音がして、パーティションの上に津賀和の顔が現れた。武沢は素早く顔を伏せ、耳に神経を集中させた。犬のようにぴんと耳を立てているイメージだったが、実際にそうなったとしたら犬というよりも宇宙人だった。せわしない衣擦《きぬず》れの音――津賀和の靴音が遠ざかり――。

「すみません！」

まひろの声。武沢は顔を上げて振り返った。出入り口のそば、パーティションが途切れたその場所で、まひろと津賀和が向き合っている。まひろは顔面蒼白《そうはく》。津賀和が着ているポロシャツとスラックスも真っ白に染まっていた。

「ああ……いや、大丈夫ですよ」

＊　＊　＊

その反応を見て、まひろはかかったと確信した。

津賀和の顔に浮かんだ柔和な笑みは、明らかに相手に見せるためのもので、声にこめられた意図的な穏やかさも、相手に聞かせるためのものだった。

「服がこんなに……ズボンも……ほんとにごめんなさい」

浅い呼吸の合間に謝りながら、まひろはバッグからハンカチを取り出し、相手が動くより先に津賀和のポロシャツを拭きはじめた。

「僕、すぐ近くですし、着替えちゃうので気にしないでください」

「いえそんな……」

素早くしゃがみ込み、今度は津賀和のズボンを拭く。ハンカチをズボンの右ポケットのほうへ動かすと、布ごしにキーホルダーの感触が伝わり、その瞬間、まひろは聞こえない舌打ちをした。

予想していたことではあるが、この感触だと、キーホルダーに取りつけられているキーは一つではない。おそらく三つほど。全体ではそこそこの重さがあるだろうし、動かせばけっこうな音が鳴るに違いない。店内の客たちがみんなこちらに注目している。視界の端で、女性店員が足早に近づいてくる。まひろはズボンに押しつけたハンカチを、両足の付け根方面に移動させた。津賀和が反射的に腰を引く。さらにその動きをハンカチで追う。津賀和は周囲の目を気にしつつ、まひろの手が届かないよう、自分もしゃがみ込もうとする。その瞬間を逃さず、まひろは膝を伸ばし、津賀和の顎に自分の後頭部をジャストミートさせた。怪我をさせるほどの強さではなく、しかし相手の神経が顎だけに集中するほどの勢いで。津賀和は低く呻《うめ》いて中腰のまま一時停止し、目の前でズボンのポケットが口をあけ、まひろは「すみません！」と声を上げると同時にそこからキーホルダーを抜き出した。十年やそこらのブランクも関係なく、まひろの手は滑《なめ》らかに動いてキーホルダーを指の内側に握り込んだ。

「大丈夫ですか？」

津賀和の顔を振り仰ぐ。

「ええ、ああ……」

ビ、ビ、ビ――店内に音が響く。

ビビビビビビビビビビビビビビビビビビビビビビビビビ！

アブラゼミが店の中を飛び回りはじめ、客たちはそれぞれの席で身構えながらセミの動きを追い、全員の視線が上を向いた隙に、まひろはキーホルダーを勢いよく床に滑らせた。

＊　＊　＊

そのキーホルダーの動きを確認して武沢は立ち上がった。飛び回るアブラゼミの声を聞きながら、キョウとともに店の出口へ向かう。床を滑ったキーホルダーはアイスホッケーのパックのように直線を描き、ガラスドアのそばで待つテツの右手におさまっていた。テツは半回転して路地へと駆け出し、武沢とキョウはそれを追いかける。先を行くテツの背中はぐんぐん遠ざかっていく。アスリート向きの体格でも性格でもないが、メンバーの中ではいちばん足が速いだろうということでテツにこの役目をやってもらったのだが、意外にもかなりのスピードで、すぐに人混みにまぎれて見えなくなってしまった。キョウが武沢を追い越して先を行く。そのキョウを武沢が追いかける格好で、人をよけながら炎天下の新宿を駆け抜ける。これは見ようによってはスキンヘッドにサングラスの男が少女を追いかけているという構図になってしまうのではないか。武沢がそう思ったとき、まさにその構図を見て取ったらしい人物が、顔を硬くしてキョウのほうへ近づくのが見えた。

制服警官だった。

「お父さん早く！　映画はじまっちゃう！」

キョウが素早く振り返って声を上げる。

制服警官の顔から一瞬で緊張感が消え去った。そのそばを走り抜けながら、武沢がいちおう相手に苦笑を見せておくと、向こうも苦笑を返した。

角を何度か曲がる。肺と両膝が悲鳴を上げはじめる。武沢の体力がとうとう限界に近づいたとき、ようやく目的地にたどり着いた。そこは大通りとの丁字路で、角に建っているのは小さな鍵屋だ。テツは息を切らし、キョウも息を切らし、武沢はほとんど息が止まりそうな状態だった。店の前で待機していた貫太郎が、コカコーラのペットボトルを手に、テツに向かって何か話している。

「喋ってる、場合じゃねえぞ、おいテツ、早く貫太郎に、鍵渡せ」

切れ切れの声で指示すると、キーホルダーを右手に握ったテツが振り返った。その表情を見て武沢は猛烈に悪い予感がした。

「いや、それがさ――」

「しっし閉まっちゃいました！」

貫太郎が叫ぶ。フグのような口をぱくぱく動かしながら、完全に取り乱している。

「みぃ、みぃせの人、いまでっでっで出ていっちゃったんです。僕僕僕、もうすぐ合い鍵をつくってもらいたい人が来るからってぃい、ぃい、ぃ言って止めたんですけど、さんさん三十分くらいで戻るからって――」

「ああ？」

ガラスドアの向こうに視線を投げると、小さな店内にはたしかに誰もいない。テツが隣でスマートフォンを取り出して素早く操作した。

「いまから別の鍵屋なんて探してたら、とんでもない時間食っちまうぞ！」

「ライターとセロハンテープ！」

言うなりテツは大通りの歩道を駆け出す。いったい何だ。言葉の意味は不明だったが、追いかけるしかなかった。テツは行く手にあったコンビニエンスストアに飛び込むと、店内をハチのようにぶんぶん回り、レジに突進したときにはもうライターとセロハンテープを手にしていた。

「二百六十二円になります」

「トイレ貸してください！　ミスターT、お金よろしく！」

テツは買った商品を手に店の奥へ向かい、トイレのドアを入る。武沢が店員に二百六十二円を支払い、キョウと貫太郎と三人でそこへ駆け込むと、テツは水道のそばで背中を丸めていた。

「うわうわうわ！　何してんのテツ、うわこれ大丈夫？」

貫太郎が慌てたのは、テツが、キーホルダーに取りつけられた鍵の一つをライターで下からあぶっていたからだ。キーホルダーは長方形の革にブランド名が彫られたシンプルなもので、取りつけられた鍵は三つ。一つは持ち手にトヨタのロゴが入っていて、もう一つはディンプルキー——表面に大小の丸いくぼみが彫られたタイプのもの、そしていまテツがあぶっているのは、ディスクキーと呼ばれる、端にぎざぎざの歯がついた鍵だ。

「事務所の鍵はこれだと思う。トヨタのやつはもちろん車の鍵だろうし、ディンプルキーは新しいタイプの鍵で、ＴＳＵＧＡＷＡエージェンシーが入ってるビルにはそぐわないから、たぶん自宅の玄関ドアだね」

たしかに事務所の鍵はこのディスクキーに違いない。しかし何故それをあぶっているのだ。テツはライターの火を消すと、今度は鍵にふーふー息を吹きかけはじめる。

「冷ますからふー、三人ともふー、手伝ってふー」

あぶられた鍵の片面がすすで真っ黒になっているのを見て、ようやく武沢は目的を理解した。背を屈め、急いで鍵に息を吹きかける。貫太郎とキョウも口をとがらせて加勢し、四人でふーふー鍵を冷ました。

「セロハンテープ！」

テツが肩口に突き出した手に、貫太郎がさっとそれを渡す。テツはテープを七、八センチほど出して切ると、それを真っ黒な鍵に貼りつけ、指でまんべんなく押しつけた。そのテープをテツが剝がした瞬間、本人を含めた全員の口から「おおお」と声が洩れた。

テープには鍵のかたちがくっきりと黒く残っていた。

＊　＊　＊

「あの……ほんとにお洋服、弁償させてください……」

胸にハンドバッグを抱えながら、まひろは津賀和の隣を歩いていた。なるべく小さな歩幅で、相手から後れをとるようにして。

カフェで引き留めることができたのは二分間ほどだった。いま津賀和は、ミルクまみれの服を着替えるため事務所に向かっているところだ。このまま事務所に到着してしまったら、ポケットからキーホルダーが消えていることに気づかれてしまう。まひろは人混みの中に視線を走らせた。いったい武沢たちは何を手間取っているのか。マキグチビルは、もうすぐそこだ。

「いやほんとに、洗えば落ちますから」

「落ちないです」

「落ちますよ」

そのとき人混みの中に貫太郎の姿が見えた。こちらへ向かって近づいてくる。着ている緑色のTシャツは無地だったはずなのに、何故か斬新《ざんしん》なデザインに変わっていた。いや汗だ。

　貫太郎はズボンの後ろポケットからコカコーラのペットボトルを取り出し、こちらへ向かって歩きつつ、ぽーん、ぽーん、と上へ放り投げはじめる。その様子はまるで暇なアメリカの肥満児といった印象だった。何度目かに放り投げたペットボトルを貫太郎はファンブルし、ボトルはちょうど津賀和とまひろのあいだに向かって転がってきた。貫太郎は背をこごめてそれを追いかけ、まひろと津賀和のすぐ前で拾い上げた。身を起こしざま、丸々としたその肩が二人にぶつかる。津賀和は軽くよろめきながら、小さく舌打ちをして貫太郎の横顔を睨みつける。そのときにはもう、かつてマジシャンだった貫太郎の手により、キーホルダーは津賀和のズボンの右ポケットに戻っていた。

　津賀和とまひろは足を止めて振り返り、人混みに消えていく貫太郎の背中を目で追った。やがて津賀和がふたたび歩き出したので、まひろも隣に並んだ。

「糖分ゼロの飲み物で、逆に肥ってしまう人もいるらしいですね」

　唐突に、意味のわからないことを言われた。

「はい？」

「さっきのコーラです」

　なるほど、大した観察眼だ。

「あの手のやつばかり飲んでいると、身体が糖分をほしがって、ほかで余計に糖分を摂ってしまうケースが多いとか。……じゃあ、ここなので」

マキグチビルに到着した。

「お洋服、綺麗になってくれるといいんですけど」

救急車のサイレンが近づいてきた。一本隣の通りだろうか。津賀和が何か言ったが、サイレンのせいで聞き取れない。え、と表情だけで訊き返したとき、サイレンはぴたっと止《や》んだ。

「ご心配なく、と言ったんです」

津賀和は人の良さを見せびらかすような笑みを浮かべると、ちらっと周囲に視線を投げたあと、ビルの中に消えた。まひろは足早にその場を離れ、集合場所であるマクドナルドのほうへ向かって歩いた。しかし途中の路地で、武沢、キョウ、テツ、貫太郎が後ろから追いついてきた。

「問題ないか？」

スキンヘッドを汗で光らせた武沢が顔を寄せてくる。まひろはさっきまで胸に抱えていた自分のハンドバッグを叩いてみせた。

「大丈夫。会話もちゃんと録音できた」

「お疲れー」

やひろが小走りにやってきて、テツと貫太郎の腕を両脇に抱え込む。

「貫ちゃんのシャツびちょびちょじゃん。テツ、あんた上手くやれたの？」

「いやそれがさ」

まるで夏休みの報告のように、テツが意気揚々と一部始終を語り終えたとき、武沢が一軒の居酒屋に近づいた。

「よし、ここで録音聴くぞ」

＊　＊　＊

居酒屋というものに入るのは、キョウにとって生まれて初めての経験だった。昼過ぎから営業している店があるのも意外だったが、ちゃんとお客さんがいて、お酒を飲みながら盛り上がっている。店は学校の教室ほどの広さで、混じり合う人の声がひとつづきの音のように聞こえ、そこへときおり店員の大声が勢いよく割り込んだ。

「あの、ここは中学生が入っても大丈夫なんでしょうか？」

案内された奥の席に向かいながら囁くと、

「小学生が入ってんだから大丈夫だろ」

武沢がテツを顎で示して適当なことを言った。その隣で、まひろが片手に握ったスマートフォンを振りながら、キョウに冷ややかな目を向ける。

「静かな店じゃ、これ再生できないでしょ」

この人は、出会ったときからずっと冷たい。もちろん、彼女たちと旧知の間柄である武沢に、いきなり現れた中学生がわけのわからない迷惑をかけはじめたのだから、疎《うと》ましく思うのは当然だ。むしろそうした素振りをまったく見せずに接してくれている、やひろや貫太郎、テツのほうが変わっているのかもしれない。

――もう二度とタケさんに関わらないで。

キョウが武沢のアパートを出たあの日、自転車でたどり着いた自宅の前で、まひろが近寄ってきてそう言った。目が真っ直ぐにキョウを見ていた。

――関わりません。

――近づかないで。

――わかりました。

しかし、自分はその約束を容易く破り、いままたこうしてふたたび武沢と関わっているどころか、猛烈に危険な仕事をさせている。しかも、ほかの四人まで巻き込んで。キョウに対するまひろの腹立ちは、きっと二倍増しになっていることだろう。このくらいの冷たさで勘弁してもらっているだけ、まだましだ。

作戦の実行を決めた日、武沢はほかの四人を引き連れて、キョウを見知らぬ墓へと連れていった。

――申し訳ねえ。

墓石に向かって、武沢は語りかけていた。

――もう一回だけ、やらせてくれ。

テツによると、かつて武沢たちは、闇金グループを相手取った大作戦を仕掛けたのだという。墓の下に眠っているのは、それに参加したメンバーの一人らしい。先祖代々の墓ではなく、いわゆる個人墓で、建てたのは自分だと武沢から聞かされた。墓石に刻まれていた戒名《かいみょう》も、武沢がお寺と相談し、いっしょに考えたのだという。はっきりとは記憶していないけれど、「輝」という文字が入っていたのは憶えている。

――久々に、派手なペテン仕掛けるぞ。

その墓地にたどり着くまでのあいだに、キョウはそれまで自分の頭の中で組み立てていた作戦を説明し終えていた。武沢たちはときおり質問や確認を挟みながら、辛抱強く、慎重に聞いてくれた。

あのときも、最後まで反対していたのは、まひろだった。

――ていうかタケさん、この子のせいで二人組に痛めつけられたこと、何で黙ってたの？　あたしたち、それを知らないで、この子の練習に付き合ったり、普通に喋ったりしてたんだよ？

この子、と言うたび、まひろはキョウのほうへぶっきらぼうに顎を突き出した。

最終的には武沢に説得され、まひろも作戦に参加することを承諾してくれたが、きっと、キョウに力を貸そうという気持ちからではなく、自分がいないところで武沢がキョウと関わりつづけるのが我慢できなかったのだろう。

武沢たち全員に対して、キョウは心から申し訳ない気持ちだった。

でも、どうしてもやってもらわなければならない。

生きていくためには、きっと、もうこれしかない。

「録音を聴く前に、まず注文すっか」

人の家みたいなお座敷《ざしき》席で、みんなでメニューを回し読みした。居酒屋というものはお酒しか飲み物を置いておらず、食べ物も、たとえば冷《ひ》や奴《やっこ》とか焼き魚とか漬け物ばかりだと思っていたが、違った。ノンアルコールのドリンクもたくさんあったし、メニューには「お食事」と書かれたページがあり、その「お食事」もまるで定食屋のように豊富な品揃えだ。キョウはウーロン茶とオムライス、テツはコーラと焼きうどんを頼み、大人たち四人は、一本の瓶ビールを分け合いながら、チャーハンとざる蕎麦とナポリタンスパゲティと鯛《たい》茶漬けを注文した。ほどなく飲み物が運ばれてくると、テツが瓶のコーラを一気飲みして盛大なげっぷをした。もう一本ほしいと言ったので、貫太郎がさっきのペットボトルをこっそり取り出し、店員から見えないようテーブルの下でキャップを開けたら、中身が勢いよく飛び出した。

「馬鹿お前、そんなのぶしゅっといくに決まってんだろうが」

武沢が怒り、みんなでそれを掃除したあと、ようやく録音を聴く流れとなった。

まひろがスマートフォンを卓上に置き、録音アプリを再生する。ざわめく店の隅で、みんなして耳をすます。

『すみません！』

まひろの声。それに対して相手が何か言うが、スマートフォンがハンドバッグの中にあったせいか、よく聞き取れない。

『服がこんな……ズボンも……ほんとにごめんなさい』

しばらく経つと、ビ、ビ、ビ、ビ――ビビビビビビビビとアブラゼミの声が響いた。この直後、キョウは武沢といっしょに店外へ出たのだ。

その後もまひろは迫真の演技で会話をつづけ、あらゆる言葉で謝りながら、時間を稼いでいた。しかしやがてそれも難しくなってきた頃、ざっざっざっざっと規則的なノイズが聞こえはじめた。津賀和といっしょに店を出たのだろう。それ以後は、ほぼ止まらずに歩きながら話していたようで、同じノイズがずっとつづいた。いつしかまひろの謝罪は終わり、声も落ち着いてきて、二人が気安く会話を交わしはじめた。その会話の中で、まひろは事前に打ち合わせで決めていた重要なポイントを、しっかりと相手の頭にインプットしていた。といっても、すべて自分から言い出すかたちではなく、相手の質問に答えるという流れになっていて、このテクニックはすごいものだとキョウは素直に驚いた。

『昔からわたしには人より得意なことが一つもなくて――』

『時間だけはあるので何かを学んでみようと――』

『カルチャースクールなんです――』

『上野《うえの》駅の近くにあって――』

『毎週水曜日に――』

名前を訊かれたとき、まひろは『戸坂《とさか》ましろ』と答えたが、これは事前に打ち合わせ、彼女が自分で決めた偽名だ。由来は知らない。

『あの……お洋服代、ほんとに弁償させてください……』

まひろはそこで再生を止めた。

「とまあ、こんな感じ」

店内の騒音が、プールの水面から顔を出したときのように、また耳に聞こえてきた。

「このあと貫太郎さんが来て、津賀和のポケットに鍵を戻して、あとはビルの下まで歩いて別れた。あそうだ、なんか糖分ゼロの飲み物で逆に肥る人もいるらしいよ」

驚愕《きょうがく》する貫太郎をよそに、武沢が訊いた。

「連中……かかると思うか？」

まひろはスマートフォンをバッグに戻しながら平然と頷いた。

「思う」

（二）

狭い階段を上りながら、テツが後ろから武沢に鼻先を寄せてくる。

「ミスターT、なんか今日、お風呂上がりみたいなにおいするね」

「ああ、昼間ずっとオーガニック石鹸《せっけん》を売ってたから――」

思わず答えてから、武沢は急いでテツを振り返った。

（こ、え、だ、す、な）

口の動きだけで注意する。

時刻は深夜一時。照明の足りない階段を、五階に向かって忍び足で上っているところだった。武沢の後ろにテツ。テツの後ろに貫太郎。三人ともなるべく動きやすい服装で、両手には軍手を装着している。

貫太郎が運転するおんぼろワンボックスカーで、武沢たちはこのマキグチビルまでやってきた。外から確認したところ、ＴＳＵＧＡＷＡエージェンシーの窓は暗く、津賀和は不在のようだったので、いちばん近いコインパーキングに車を駐め、三人で素早くビルに入り込んだ。武沢のポケットには、TSUGAWAエージェンシーの玄関ドアを開けられるはずの合い鍵が入っている。

――缶詰を使うんだよ。

居酒屋で録音を聴いたあと、テツが合い鍵のつくり方を武沢たちに説明した。まず缶詰を調達し、蓋の部分を切り取る。その蓋に、鍵の型が浮き出したセロハンテープを貼りつけたら、あとは型通りにハサミで切るだけで、即席の合い鍵ができるらしい。どうしてそんなことを知っているのかと訊くと、あの場で調べたのだという。あの場というのは、あてにしていた鍵屋が閉まっていたときのことだ。武沢はテツの機転に舌を巻きつつ、遺伝という言葉を思わずにはいられなかった。両親であるやひろと貫太郎は、残念ながらあまり機転が利くほうではないので、隔世遺伝というやつだろうか。

――南京錠《なんきんじょう》なんかはこれで簡単に開けられるみたいだけど、玄関ドアだと強度が足りないだろうから、三枚くらいつくって貼り合わせたほうがいいと思う。鍵の表面についてる溝《みぞ》も再現しないと。

――そのセロハンテープを鍵屋さんに持っていって、ちゃんとしたのつくってもらえばいいんじゃないの？

やひろがそう言ったが、もちろんそんなことは不可能だ。

――そんなやばそうな仕事を請け負ってくれる鍵屋さんなんていないよ。通報される可能性だってあるし。

――あそう。

そのあとさっそくスーパーで桃、パイナップル、ミカンの缶詰を買い、武沢のアパートに移動して合い鍵の作製に取りかかった。ここは手先が器用で胃袋が大きい貫太郎の出番だった。貫太郎は缶詰の蓋を取ると、まず溝を打ち込み、そこにセロハンテープを貼りつけて鍵の型通りに切り抜き、それを三つつくったあと、桃とパイナップルとミカンをほとんど一人で平らげた。昼飯を食べたばかりだったので、さすがに目を白黒させながら口に押し込んでいたが、考えてみればべつにあの場でぜんぶ食べる必要はなかった。

五階のドアの前に立ち、ポケットから鍵を取り出す。同じかたちに切った缶詰の蓋を、三枚重ね、接着剤で貼り合わせた鍵。こんなもので本当に錠を回せるのだろうか。武沢は祈りを込めて鍵穴に鍵を近づけた。まず、頭はすんなり入った。そのまま奥へ押すと、厚さがないせいで、普通の鍵よりもスムーズな動きで滑り込んでいく。先端が奥にぶつかったので、武沢は鍵をひねってみた。しかし、まったく動かない。念のため反対方向へもひねってみるが、やはり動かない。ひたいに汗がにじむ。振り返ると貫太郎が、ほんの少し鍵を手前に引いて回せというジェスチャーを見せていたので、やってみた。

「……開いた」

思わず声が洩れた。

ノブをひねってドアを引く。後ろに貫太郎が立ち、身体と両腕を伸ばして、廊下の光が室内に入り込むのをふせぐ。テツがスマートフォンをカメラモードにし、ドアの隙間から事務所内を映した。左から右、右から左——ゆっくりとカメラの角度を変えていく。ディスプレイに映る真っ黒な風景の中、UFOのように、白い光が一つ浮かび上がっている。

「天井の左奥にあるね」

赤外線カメラが設置されていた場合、携帯電話やスマートフォンのカメラモードを使ってその場所を知ることができる。これを教えてくれたのも、じつのところテツだった。あれこれ投稿動画を撮っているうちに、赤外線カメラがいつも白く光って映ることに気づいたらしい。

「天井の左奥か……」

一般的に防犯カメラの取りつけ方には二パターンある。わざと目に付く場所に設置するか、見えないように設置するか。前者は侵入者への抑止力として使われ、実際には録画機能がついていないダミーを取りつけることもある。いっぽう後者は侵入や窃盗などが行われた際、あとから犯人を特定するために使われる。武沢は以前に二度、ここへ来たが、防犯カメラの存在にはまったく気づかなかった。おそらく何かでカモフラージュしてあったのだろう。ということは後者であり、確実に録画状態になっているはずだ。もしも侵入の跡が残っていたり、室内から何かが消えていることに気づいたら、津賀和はすぐさまその映像を確認するに違いない。もちろん武沢は侵入の跡を残すつもりはないし、何かを持ち去ろうとしているわけでもない。しかし防犯カメラの映像に姿を残して帰るのは、もちろんまずい。

「カメラ見つけてブロックするぞ」

武沢はポケットからマグライトを取り出し、赤外線カメラがあると思われる場所に向けてスイッチを入れた。そこにあったのは、壁に取りつけるタイプの小型扇風機だった。見憶えがある。キョウと二人で炎天下の路地を歩いてここへ来たとき、あの風がものすごく心地よかった。武沢は光の中心で扇風機を捉えたまま、ゆっくりと室内を進んでいった。こうして正面から照らしているかぎり、防犯カメラの映像は真っ白になって何も映らない。

カメラは扇風機と同じ白色で、スイッチパネルの下にあった。レンズがついたヘッド部分は非常に小さく、目立たない。そこからコードが延びた先に本体があり、扇風機の羽根の後ろに上手いこと隠されていた。

貫太郎がしゃがみ込み、テツがその両肩に足をのせて頭にしがみつく。貫太郎は小さく唸りながら立ち上がり、膝が伸びきると、テツがポケットから接着剤を取り出し、人の黒目ほどの大きさをしたレンズに、それを塗りたくった。

カメラのブロックが完了したところで、武沢はマグライトを室内に走らせた。壁に向かって据えられたデスクの反対側に、金属製の棚が置かれ、ファイルがぎっしりと詰め込まれている。背表紙には英語と数字でラベリングがしてあり、何冊か抜き出して中を見てみると、これまで手がけた探偵仕事が案件ごとにファイリングしてあるらしい。浮気調査や人捜し。どうやら津賀和はまともな探偵業も行っているようだ。棚には整理箱もいくつか置かれ、中には古いＩＣレコーダーや、カメラの望遠レンズ、よくわからないケーブル類などがごたごたと詰め込まれていた。一番端に置かれた箱が最も頻繁に使われているのか、中身がある程度整理されている。その箱の中に見憶えのあるものを見つけ、武沢は思わず手に取った。黒い長方形の箱から、真っ直ぐにアンテナが飛び出した、電池式の盗聴器。アパートの新聞受けに貼りつけられていたのと、まったく同じ機種だ。なるほど、どうやらあれは津賀和の仕業だったらしい。

舌打ちとともに盗聴器を箱に戻し、棚を離れる。

「よし、早いとこ――」

玄関のドアが鳴った。武沢は咄嗟にマグライトを消して息を止めた。まずい。津賀和は仕事を終えて帰宅したわけではなく、出かけていただけだったのか。ドアノブが回される音。ほんの一瞬だけ縦長の光が目を刺し、すぐに消える。相手が素早く室内に入ってきたらしい。しかし動かない。たぶんいまドアのすぐ内側にいる。津賀和ならば、事務所に戻ってきたらまず明かりをつけるはずだ。いや、もうすでにこちらの存在に気づいていて警戒しているのだろうか。静寂が両耳から入り込んで身体中に広がり、ずくんずくんと自分の心音だけが響いた。

いますか、という聞き慣れた声。

その瞬間、武沢とテツと貫太郎の肺から同時に空気が吐き出された。

「来るなって言っただろうが」

武沢はマグライトをつけ、ドア口に立つキョウを照らした。キョウは軍手をはめた両手で目を守る。ジーンズにTシャツという地味な格好で、頭には、今回の作戦のために買ったロングヘアのかつらをかぶっている。

「すみません……どうしても気になって」

今日この時間、TSUGAWAエージェンシーに侵入することは、グループメッセージでキョウにも知らせてあった。しかし、あまり人数を増やしても仕方がないので、ここは武沢とテツ、貫太郎が三人でやっておくという話になっていたのだ。

「お前、どうやって来たんだよ？」

「自転車です。裏道を走って、パトカーとかに会わないようにして」

「祖父さんと祖母さんは？」

「お祖父ちゃんは寝てて、お祖母ちゃんは病院――」

キョウは言葉を切った。そのまま唇を横に結び、何も言わない。

「……お祖母さん、どっか悪いの？」

テツが訊くと、数秒置いてから、キョウは頷いた。

「でも、大丈夫」

「え、どんな病気？」

「ほんとに大丈夫だから」

「まあいい、とにかくやることやっちまおう」

武沢はテツにマグライトを渡した。テツは津賀和のデスクに近づいてノートパソコンをひらき、電源を入れ、屈み込んだり、立ち上がったり、背伸びをしたりしながら周辺を照らす。

「外付けハードディスクが見当たらないから、情報をバックアップしてるのはクラウドかな」

「ああ、おそらくな」

よくわからないが頷いた。

「いまどき外付けハードディスク使ってる人もレアだけどね」

「違いねえ」

ノートパソコンの画面に、横長の四角が表示される。それがパスワード入力画面だということは武沢にもひと目でわかった。だよね、とテツが唇を尖らせる。いまどきパソコンにロックをかけていない人はいないとテツは事前に言っていたが、はたしてそのとおりだったらしい。

「じゃあ、作戦どおりにいこっか。お父さん、あれ仕掛けて」

息子の指示で、貫太郎はウェストポーチから四角くて黒いものを取り出した。大きさはほんのマッチ箱ほどだが、これが高解像度の隠しカメラであり、遠隔操作が可能だというから恐ろしい。しかも購入したのは誰でも使えるインターネットの通販サイトだ。

貫太郎は隠しカメラを持ったまま、周囲をじっくり観察していたが、やがてデスクの反対側にある棚に手を伸ばし、そこにあった整理箱を引っぱり出した。

「これにしよ」

古いICレコーダーなどが詰め込まれた、ほとんど使われていない様子の整理箱だった。貫太郎は胡坐をかいて座り込み、箱の中身を床にあけた。テツがマグライトで照らす光の下、ウェストポーチから取り出したミニチュアみたいな工具やテープ類で、器用に作業をはじめる。作業の途中、貫太郎はときおり無意識に鼻歌を歌い出し、そのたび武沢が注意したが、少し経つとまた歌い出すのだった。

＊　＊　＊

自分はかなり活躍しているのではないかと、テツは思う。

津賀和から事務所の鍵を奪って合い鍵をつくったときも、それを使って忍び込んだときも、自分がいなければ確実に困ったことになっていた。いや、はっきりいえば失敗していた。

じつのところテツは自分でも驚いている。この問題対処能力のようなものは、いったいどこから来たのか。

たぶん父や母ではない。

では両親の親はどうだろう。

まず父方の祖父母は、悪いけどそうした能力があるようには思えない。家族三人で家へ遊びに行ったとき、テーブルがぐらついていたので、テツが折りたたんだチラシを脚の下に入れて直してあげたら、すごいすごいと言って驚いたような人たちだ。

母方の祖父母には会ったことがない。聞く話だと、母方の祖父は、母やまひろが小さいときに、姿を消したらしい。そのあと祖母が母子家庭で二人の娘を育てていたが、二十年くらい前に借金苦で自殺した。母が十九歳、まひろがいまのテツと同じ小学六年生のときだった。

消えた祖父というのは、いったいどういう人だったのか。名前だけは聞いているが、それ以外については、母もまひろも「悪人だった」とか「大きい人だった」とか曖昧なことしか言わないし、実際その程度しか知らないらしい。

背後からばりぼりばりぼりと馬鹿でかい咀嚼音が聞こえ、テツは驚いて振り返った。階段に尻をつけて座り込んでいる母が、じゃがりこを咥《くわ》えたまままこちらを見返す。

「何よ」

「いや……」

敵のすぐ近くで隠密《おんみつ》行動をするというのに、お菓子を持参してくるし、それもいちばん音がうるさそうなやつを何のためらいもなく選ぶし、こうしていきなり食べはじめる母なのだった。

「お母さん、英語の言い回しで〝悪魔は細部に宿る〟っていうのがあるんだけど知ってる？」

Devil is in the details――暇つぶしに読んでいたアメリカのネットニュースに書いてあった。もちろん単語の意味をウェブで調べながら読んだのだが、この英語への興味なども、いったい誰から遺伝しているのか不明だ。

「あたし英語わかんない」

「いま日本語で言ったじゃん」

「あんたの話って難しいんだもん」

母は舌で歯の食べかすを探る。

「小さなミスが大失敗を招くって意味。だからそのお菓子はあとにして。気が散るから」

あそう、と母はじゃがりこの紙ぶたを閉じて脇に置いた。

「声も抑えて」

「このくらい?」

「このくらい。さっきから僕が喋ってるくらい」

「このくらいね、オッケー」

ともあれ、極度に能天気で面倒くさがりの母も、少なくともこうしてきちんと作戦に参加している。その理由はもしかしたら、キョウに昔の自分を重ねているからなのかもしれない。母もまひろも、かつて母親が死に追いやられた哀しみを、見せないようにしながら、忘れてはいない。理由は上手く言えないけれど、とにかくそれを感じるし、そもそも普通に考えて、忘れられるわけがない。

「ほら、作業進めて。家で貫ちゃんが晩ごはんつくって待ってんだから」

顎でテツの手もとを示す。

二人が座っているのは、マキグチビルの階段だった。ＴＳＵＧＡＷＡエージェンシーがある五階と、六階のあいだ。このくらいまで近づかないと、事務所に仕掛けたカメラとスマートフォンをＷｉ－Ｆｉでつなぐことができない。

手もとのスマートフォンには、隠しカメラが捉えた津賀和のパソコン画面が映っている。父が室内に仕掛けたカメラの映像を、Ｗｉ－Ｆｉで飛ばしているのだ。角度はばっちりで、パソコン画面を斜め後ろからしっかりと捉えていた。津賀和の頭も映り込んでいるが、ディスプレイとかぶらない位置だ。

事務所に忍び込んで隠しカメラを仕掛けた翌日、翌々日、そして今日。テツは三日連続で、学校を終えたあと母といっしょにここへ来て、室内の隠しカメラを起動させていた。一回目は津賀和が外出中だった。二回目は室内にいたが、パソコンがひらかれていなかった。パソコンがひらかれているタイミングとばっちり合ったのは、今日が初めてだ。母と二人でガッツポーズをとったあと、もうかれこれ三時間ほど、テツはその映像を睨みながら猛烈にメモをとっている。隠しカメラのバッテリーは本来二時間ほどしかもたないが、父が携帯用バッテリーを接続しておいたので、たぶん七、八時間程度まではいけるだろう。

あのパソコンの、どこに何を保存しているのか。

それを可能な限り把握するというのが、この作業の目的だった。

もちろん、いくら高解像度の隠しカメラでも、画面の細かい文字までは判読できない。しかし、ひらかれているファイルが何であるかは、ある程度わかった。フォーマット化された写真入りの書類は、たぶん依頼人への調査報告書のようなものだろう。ほかには、人名らしき文字が並んだ何かのリスト。住所録のように見えるものなど。津賀和がそれらをひらくたび、カーソルとウィンドウの動きから、ファイルが仕舞われている場所に見当をつけることができた。それをテツは、こうしてメモに書きつけているのだった。

「こないだあんたたちが忍び込んだときさ、パスワードがわからなくてパソコンがひらけなかったって言ってたじゃん？　いま見てる隠しカメラの映像で、それわかんないの？」

「だから、細かい文字までは読めないんだって。そもそもパスワードは画面にアスタリスクで表示されるし」

「アスタリスクって？」

「お尻の穴みたいな」

「ああ」

「ついでに言うと、キーボードも映ってないから指の動きを確認することもできない」

「キーボードが映る場所にカメラ仕掛ければよかったのに」

「画面とキーボードを両方映すには、津賀和の顔にでもカメラ仕掛けないと無理でしょ。かといって画面用とキーボード用と、カメラを二つ仕掛けたら、見つかる確率だって倍になるし」

「あらま」

「お、動いた」

津賀和の頭が不意に画面から消えた。

「トイレかしらね？」

「いや──」

画面の左から右、右から左へ、耳に電話を押し当てている津賀和の姿が現れては消える。誰かと電話をしているらしい。

そのまま三分ほど経つと、パソコン画面が暗転した。どうやら一定時間の無操作で、自動的にパソコンがスリープ状態になる設定のようだ。しかし三分というのは、かなり短い。

やがて電話が終わったらしく、津賀和がふたたびパソコンの前に戻った。画面中央にパスワードの入力ウィンドウが現れ、七文字の何かが打ち込まれて、また作業画面に戻る。

「かなりタイトだな」

思わず舌を鳴らすと、後ろからぽんと頭を叩かれた。

「舌打ちしない」

「だって——」

母はわかっていないのだ。

いま見たものが何を意味するのか。

想定している作戦はこうだった。まず津賀和のパソコンが起動している状態で、父がTSUGAWAエージェンシーに電話をかける。浮気調査の依頼をしたいという嘘の電話だ。足が悪いから階段を上れないと言い、津賀和を近くの喫茶店などに呼び出す。短時間の外出なので、そのとき津賀和はおそらくパソコンの電源を落としていかないだろう。津賀和が事務所を出たあと、テツと武沢とキョウが合い鍵を使って素早くそこへ忍び込み、パソコンの中をあさる。事前に把握してあるファイルの保存場所を頼りに、必要な情報をテツのパソコンにメール送信し、最後にその送信履歴を消去して立ち去る。

しかし、ほんの三分間の無操作でパソコンに自動ロックがかかってしまうとなると、津賀和が最後に操作をしてから三分以内にパソコンの前までたどり着くしかない。そんなことできるだろうか。テツは自分たちの動きをシミュレートしてみた。できないことはないかもしれない。しかし難易度はかなり高い。

「しかしキョウちゃんも、いい人見つけたよね」

母の言葉に、びっくりして振り返った。

「え誰？」

キョウに恋人でもできたのかと思ったのだ。しかし母はきょとんとした顔で「タケさん」と言い、そのあと急にニンマリと頰を持ち上げた。

「ああ、そういうこと」

「……何が」

「ううん、こっちのこと」

母は口に手をやってほほほほほと笑う。両目がキツネみたいに細められて吊り上がっている。面倒なので、テツはまたスマートフォンに戻って画面の観察をつづけた。

「でもほんと、タケさんじゃなきゃ、こないだ会ったばっかりの中学生のためにこんな大変なことやってあげないよね」

「だろうね」

「あたしたちも、タケさんの頼みだからやってるだけだし。ま、あんたは違うかもしれないけど、ほほほほほ」

「だから、何がだよ」

母は答えずニヤニヤしていたが、やがて腕を組んで急に真面目な顔をした。

「あたし思ったんだけどさ、タケさんほら、娘さんが火事で亡くなっちゃってるから、キョウちゃんのこと自分の娘みたいに思ってんのかもね。だから、ここまでやってあげようって決めたのかも」

「ううん、それなんだけど……」

ちらりと振り返り、母の顔を見る。

どうやら母は、あのことを知らないらしい。

母が知らないということは、たぶん父も、まひろも知らないのだろう。では武沢本人はどうなのか。やっぱり知らないのだろうか。

「キョウちゃんのほうも同じだったりしてね。お父さんがいないから、タケさんのこと父親みたいに思ってるのかも。まひろみたいに」

「まひろさん？」

意外だった。

「そうなんだ」

「そうだよ。ずっとそう」

彼女がいつもキョウに冷たい態度をとりつづけている理由に、テツはようやく合点《がてん》がいった。それと同時に、ちょっと可哀想になった。

はっきり言って勝ち目はないからだ。

＊　＊　＊

数日後。

「はいあの、そうですファミリーマートの近くです」

貫太郎はスマートフォンごしに声を返した。周囲には学生や会社帰りの人々が賑やかに行き交っているが、夕暮れの交差点に立つ肥満男のことなど誰も気にしていない。都会というのは、こういうときにありがたい。

「すみませんねほんと。いや足も、具合のいいときと悪いときがあるんですけど、今日ちょっとあれで、階段とか難しくて」

『構いませんよ』

津賀和の声は快活で、自信に満ちていて、なるほどいかにも信頼してしまいそうになる。

『ではですね、そのファミリーマートから、道を挟んで反対側のビルに、チロルという喫茶店が入っているんですが、わかりますでしょうか?』

「えと、あはい、わかります」

ビルから突き出た看板に、緑色の古くさい書体でたしかに「チロル」と書いてある。

『そちらにお入りになってお待ちください。たぶんこの時間、お客さんは少ないので、ゆっくりお話を伺えるかと思います。奥にパーティションで仕切られた席がありますので、そこで。もしそこが空いていなければ、別の席でも構いません』

「奥の席ですね、わかりました。でですね、こちらからお電話しておいて申し訳ないんですけど、僕ちょっと時間があれなもんで、なるべく早めに来ていただけると助かるんですが」

さすがにこちらの常識を疑うような沈黙があったが、すぐにまた愛想のいい声が返ってきた。

『十分以内に伺います』

「よろしくお願いします」

貫太郎は安堵《あんど》した。これで自分の仕事はもう八割がた成功したようなものだ。津賀和はこれからすぐに事務所を出て、チロルという喫茶店で自分と会う。会ってしまえば、あとはできるだけ長い時間、相手を足止めするだけだ。

「あそうだ」

もう一つだけやっておかねばならないことがあった。

『はい』

「なんかチロルって喫茶店、明かりが消えているように見えるんですけど、もしかして定休日とかじゃないですか？」

『いや、あそこはたしか月曜定休なので……ちょっとお待ちくださいね』

かすかに聞こえるキーボードの音。パソコンで定休日を調べているのだろう。

『やってますね。もし臨時休業だったら、その近くでお待ちください』

「承知しました。では後ほど」

貫太郎は素早く電話を切り、武沢にメッセージで首尾を報告した。武沢はいま、マキグチビルの階段――五階と六階のあいだで、テツ、キョウとともに待機している。三人は津賀和がドアを出た直後、合い鍵を使って事務所に侵入する手はずとなっていた。津賀和が最後にパソコンを操作してから三分以内に、そのパソコンまでたどり着かなければ、自動ロックがかかってしまうからだ。

TSUGAWAエージェンシーからここまでは、事前に歩いてみたら、八分ちょうどだった。津賀和は十分以内に来ると言っていたので、電話を切って二分以内には事務所を出るはずだ。すると残りは一分。その時間で、合い鍵を使って事務所に侵入し、パソコンのキーかマウスにふれることはできるだろうか。

＊　＊　＊

「……立った」

テツが囁く。武沢は急いでテツのスマートフォンを覗き込み、キョウも反対側から頭を突き出した。画面には事務所内の隠しカメラが捉えた映像が映し出され、立ち上がった津賀和の姿が、いましも画面の外へ消えていくところだ。先ほど貫太郎がメッセージで知らせてきたとおり、チロルという喫茶店に向かうのだろう。

「奴がドアを出た直後に入るぞ」

武沢はポケットから缶詰由来の合い鍵を取り出した。キョウも隣に立ち、いつでも動ける体勢をとる。そのとき背後でテツが「え嘘」と声を洩らした。それが何のことかを確かめる前に、五階でドアがひらく音がした。靴が廊下をこする音。鍵が回される音。津賀和が階段を下りていく。武沢はすぐさま顎で合図を出しつつ、五階に向かって急いだ。後ろにキョウがつづき、しかし何故かテツがついてこない。

「急げ！」

振り向きざま囁き声を飛ばすが、テツはスマートフォンの画面をぼんやりと見つめたまま動かない。

「おいテツ！」

テツは無言のまま顔を上げ、スマートフォンの画面をこちらに向けた。その映像を見た瞬間、武沢もまた動けなくなった。

「まじか……」

＊　＊　＊

「すみません、うっかりしておりまして、この喫茶店を選んでしまいました」

ぴったり十分でチロルにやってきた津賀和は、パーティションで仕切られた席に貫太郎を見つけると、そう言って謝った。

「あ、いえ」

何のことだかわからなかった。しかし津賀和がつぎの言葉をつづけたとき、貫太郎は自分の大失敗に気づいた。

「足がお悪いのに」

その口が、ぽっかりと開いた深い穴に見えた。

さっきの電話で自分は、足が悪いから階段を上るのは難しいと嘘をついた。なのに、建物の二階に看板を出しているこの喫茶店を指定されたとき、すんなり了承してしまったばかりか、こうして二階まで階段を上ってきてしまった。

「や、あの、足っていっても膝なんで。デブなんで。無理すれば」

「いつからお悪いんです？」

ずっと前から――そう答えようとして、貫太郎は考え直した。

もしかしたら、と思ったのだ。

「ごく最近です」

その読みは当たっていた。

「そうですか」

津賀和が目尻に皺を刻むと、犬が笑ったような気味悪さがあった。

「先週お見かけしたときは、お悪そうではなかったので」

「ええと――」

「このすぐ近くで、ぶつかりましたよね。ほらペットボトルを落として、それが転がって」

肉に埋もれた尾骶骨《びていこつ》のあたりがにわかに冷たくなった。さすがは本職の探偵。あの程度の接触でも、しっかりと相手の顔を憶え込んでしまうらしい。もっとも、こっちが憶えやすい風貌《ふうぼう》をしているせいもあるのかもしれないが。

「え、ほんとですか？」

しかし、なにも顔を憶えられていたからといって慌てる必要はない。街で身体をぶつけた相手が、後日たまたま探偵仕事の依頼をしてくることだってあるだろう。こちらの素性に関しても、ばれる心配はない。さっきの電話は非通知でかけているし、伝えてある苗字も嘘だ。

「なるべく歩いたほうがいいって医者に言われて、頑張って散歩するようにしてるんです。こないだもそんな感じで。そうですか、僕、ぶつかりましたか。それはすみませんでした」

「構いませんよ。ああ申し遅れました、津賀和です」

テーブルごしに名刺を差し出された。

「小林《こばやし》です」

「さっきお電話で、ええ」

細めた瞼の奥から、乾いた両目がこっちを見ている。その目を見返しながら貫太郎はまた不安になった。ひょっとしたら津賀和がこの喫茶店を選んだのは、最初から自分の話に疑いを持っていたからではないのか。

が、とにかくこの男を事務所の外へ出すことには成功したのだ。あとは、ここで津賀和をできるだけ長く足止めすればいい。

店員に二人でアイスコーヒーを注文したあと、津賀和が切り出した。

「ではさっそく、お話をお伺いしましょうか。お電話では、最近の奥様の外出に関してご不審を抱いておられるとか？」

人のよさそうな顔に戻り、膝に置いた手提げ鞄のファスナーを開ける。

「ええそうなんです。もしかしたらうちの妻――」

言葉をつづけられなかった。

津賀和が手提げ鞄からとんでもないものを取り出したのだ。

＊　＊　＊

「これ、え、どうすんだこれ、どうするこれ」

スキンヘッドを両手で抱えながら、武沢が狭い階段で右往左往している。いっぽうでテツはじっと眉根を寄せたまま動かない。そんな二人を前に、キョウは左右のこめかみに指を押しつけながら頭をフル回転させていた。

しかし、いくら脳みそを働かせても、案など浮かぶはずがない。

先ほどテツが無言で見せたスマートフォンの画面には、相変わらず津賀和のデスクが映っていたが、それまでと大きく違っている点が一つあった。

ノートパソコンが消えていたのだ。

「パソコンがなきゃ、忍び込んでも意味ねえぞ」

ないね、とテツが力なく声を返す。

貫太郎のもとへ向かった津賀和が、ノートパソコンを持っていってしまったのだ。これは大誤算だったが、考えてみれば、いまどき仕事の打ち合わせにパソコンを持参するのは珍しいことではないのだろう。キョウはもちろん仕事というものをしたことはないが、電車内や飲食店を見ていればわかる。みんな、ノートパソコンをひらいて何かしている。

「二人とも考えてくれ！　俺も考える！」

「考えてます」

こめかみに押しつけた指に力をこめる。が、やはり何も浮かばない。パソコンはいまごろチロルという喫茶店にあるはずだ。しかし、自分たちがそこへ移動したところで意味はない。パソコンはずっと津賀和の手もとにあるだろうから、ふれることはできないし、力尽くで奪うのはさすがに危険すぎる。

「よし、考えた」

テツが急に顔を上げた。

「作戦Bを思いついたから、それでいこう。まずは電器屋さんに移動。駅前に大きいのがあったよね」

言いながら、テツは早くも階段を一段飛ばしで駆け下りはじめ、キョウと武沢は慌ててそれを追いかけた。

「テツくん、何するの?」

ビルを出たところで追いつくと、テツは短く振り返って答えた。

「津賀和のパソコンをジャックする」

＊　＊　＊

貫太郎は目の前の光景を信じたくなかった。どういうことだ。ここにノートパソコンがあってもいいのか。いや、いいわけがない。

「まあその、確実ってわけじゃないと思うんですよ、うちのやつも、そんなに若くないし、いや年寄りでもないんですけどねへへへへへ」

事前に考えてきた〝相談内容〟を津賀和に話して聞かせながら、貫太郎はもはや全身が汗まみれになっていた。肥っていてよかった。もし痩せていたら、津賀和はこの発汗量に疑いを抱いていたに違いない。

「具体的に、どのような点から奥様にご不審を？」

「はあ、まずですね、最近スキンシップが減ったというか、まったくないわけじゃないんですけど、昔はもっとたくさんあったんです。このほら、顎のところを下からたぷたぷやって、お尻みたいなんて言ってくれたりね、いえ、いまでもやるんですけど、週一くらいになっちゃったというか」

ぶ、と尻が震えた。貫太郎はズボンのポケットからスマートフォンを取り出し、テーブルの下で画面を確認した。ただし口は喋りつづけたまま。

「子供ができたせいもあるかと思うんです。よく息子のほっぺたとかもさわってぎゅ、ぎゅうひみたいとか言って気持ちよさそうにしてるんで、その、お尻とぎゅうひで気持ちが半々ずつに分割されたというか、ぎゅうひってほら、あんみつとかに入ってる餅のようで餅じゃないみたいな――」

テツからのメッセージは意味不明だった。

《なんかやって津賀和の目をパソコン画面からそらして↓画面に小さいウィンドウが出るから「接続」をクリックして》

「なるほど……ぎゅうひ」

さっきから津賀和はキーボードを叩いてパソコンにメモをとっている。

「ええ、ぎゅうひです、けっこういろんな色があって——」

指示の理由は不明だが、とにかく従うしかない。どうやって津賀和の目を画面からそらそう。事前に仕込みさえしておけば、いくらでも方法はあったが、いまは何の道具も準備していない。ならばここは、自らの身体を使ったテクニックでいくしかなさそうだ。

「あのちょっと、トイレ、いいですか」

貫太郎は腰を浮かせた。

「ええどうぞ、もちろん」

壁を背にして座っていたので、トイレに行くには津賀和とパーティションのあいだを抜けていかなければならない。ズボンのポケットを探り、ハンカチを取り出しながら、その隙間をぎゅっと抜ける。途中でハンカチを落とし、屈み込んでそれを拾い、身を起こしざま後頭部をテーブルに激突させる。

「はうっ！」

「……大丈夫ですか？」

頭を押さえながら視界の端でパソコン画面を見る。文書ファイルに箇条書きのメモが並んでいる。

「ううう……」

そのときメモの手前に小さなウィンドウが現れた。文字列の下に「接続」というボタンが表示されている。貫太郎はふらつきながらパーティションに手をついてぐっと傾け、津賀和があっと腰を浮かせた瞬間、タッチパッドに触れて「接続」をクリックした。パーティションは、ぐら、ぐら、らららららと揺れて元に戻った。

「危なかった……すみません、よく頭ぶつけるんです」

「ああ、そうなんですか」

「いってえ……」

画面には数秒間「接続中」の文字が表示されていたが、頭部の出血を確認しているあいだに消えた。

「じゃ、トイレ行ってきます」

実際に用を足して戻ってきたとき、パーティションを隔《へだ》てた隣の席に、テツと武沢とキョウが座っていることに気がついた。テツが指でオーケーサインをつくっているが、何がオーケーなのかわからない。貫太郎は眉毛で適当に返事をして席に戻った。脇を通るときにちらりとパソコンを確認すると、箇条書きのメモに津賀和は「牛皮」と書いていた。ぎゅうひは「求肥」だが、余計なことは言わないほうがいいだろう。

貫太郎は壁際の椅子に戻った。

「で、そのスキンシップなんですけどね」

津賀和に話のつづきを聞かせているうちに、三人が金を払って出ていくのが見えた。直後、テツからまたスマートフォンにメッセージが届いた。

《津賀和を事務所に帰して》

＊　＊　＊

キョウたちがふたたびマキグチビルの階段に潜んでいると、下から足音が近づいてきた。五階で止まり、ドアが開閉される。

「キョウさん、準備はいい？」

訊きながら、テツがスマートフォンを操作して室内の隠しカメラを起動させた。画面にはふたたびデスクが映り、津賀和がノートパソコンを電源ケーブルに接続して起動させるのが確認できた。

大丈夫、きっと上手くやれる。

キョウはロングのウィッグを外してバッグに入れ、Tシャツに何本かへばりついている長い毛を、つまんで捨てた。

「行ってきます」

五階に向かって階段を下りる。しかし後ろから武沢に腕を掴まれた。

「いいか、もし危ねえと感じたら、すぐに逃げ出せよ。お前のための作戦だ。お前に何かあったら意味がねえ」

「わかっています」

キョウは階段を下ってTSUGAWAエージェンシーのドア口に立った。左胸がどくどく鳴り、片手を持ち上げると、指が細かく震えていた。

――見ちゃ駄目よ。

フードコートのテラスで、最後に聞いた母の声。

――飛び降りんじゃね？

一部始終が映ったあのネット動画。

――見にいこ。

――まじで？

胸がしんと冷たくなり、それと同時に指の震えも止まった。キョウはその指でドアの横のボタンを押し込んだ。いまの家と似た、古くさい呼び鈴の音が室内に響いた。

ドアを開けた津賀和は、そこに立っているキョウを見てぴたりと固まった。その顔に一瞬だけ何かが走ったが、すぐに消える。キョウは頰を持ち上げ、力のない微笑を浮かべてみせた。

「寺田です。八月に人捜しをお願いした者ですが、憶えていますでしょうか」

「ああ、もちろん」

頬笑み返しながらも、両目が冷静にこちらの全身を観察していた。

「あのとき同行してくれた人から、調査結果を最近になって聞いたんです。亡くなっていたんですね」

「ええ、あのナガ……ええと」

「長澤正志」

「そう、長澤正志さん。いろんな調査をやっているもので、ぱっと思い出せなくてすみません」

「調べてくれたことに、お礼を言いたかったのと、できれば自分も直接説明してもらえればと思って、それで来ました」

「ああ……なるほど」

津賀和の身体から、かすかに力が抜けた気がした。その背後には、さっきまでスマートフォンごしに見えていたパソコンがあり、画面では早くもウィンドウが素早く動きはじめていた。

（三）

翌週水曜日の夜、武沢たちは車の中にいた。

上野駅の近くにあるコインパーキングだった。運転席に貫太郎。助手席にテツ。後部座席の一列目にはやひろ。二列目には武沢とキョウが乗っている。さっきまでやひろの隣にまひろが座っていたのだが、作戦の開始時刻が近づいてきたので、場所を移動したところだ。

「……というわけで、あいつら、かなり大規模なグループだね」

助手席でテツが説明をつづける。手にしている数枚のＡ４判の紙は、津賀和のパソコンから盗み出したデータをもとにテツが作成してきた資料だ。

「恋愛詐欺とか未公開株詐欺のほかに、いろんなことやってる。こっちの名簿が、商品送りつけ詐欺のターゲットで、こっちはいわゆる振り込め詐欺。グループ全体の名簿みたいなものは残念ながら手に入らなかったけど、かなりの大人数で動いてるのは間違いない。で、そのグループの中心人物が――」

テツは資料の上のほうを人差し指で叩く。

「キョウさんのお母さんを欺した、通称ナガミネマサト。本名が長澤正志だっていうのは、もちろん津賀和の嘘で、実際はこれね」

そこにはルビつきで「×ナガミネマサト↓×長澤正志《ながさわまさし》↓◎兼澤高志《かねさわたかし》」と書かれていた。その下にはなんと自宅住所まで記載されている。住所は東京都中野区《なかの》ではじまっており、どうやらナガミネは寺田未知子に刺されたあと、北千住のアパートを出て、洒落たエリアへと引っ越したらしい。詐欺《しごと》が上手くいっているのだろう。

テツの説明によると、探偵の津賀和は詐欺グループのメンバーというよりも、個人的にナガミネを手助けしている立場らしい。奴のパソコンの中に重要なデータが無防備に入ってくれていたのは、おそらくそのおかげだった。

「どうも津賀和のほうがナガミネより立場が下で、言われた仕事をこなしてる感じ。情報収集とか資料作成とか」

『テツくんほんとすごいよね、必要な情報ぜんぶ盗み出して』

まひろの声が、スピーカーモードにしてある武沢のスマートフォンから聞こえた。作戦開始までのあいだ、電話をつないで会議に参加しているのだ。

『お姉ちゃんと貫太郎さんの子供とは思えない』

「ほんと、あたしも不思議。貫ちゃん、うちの子すごくない？」

「うん、正直すごいと思う」

叔母や両親がみんなして素直に感心していいものかどうかは別として、じっさい武沢もテツの能力には驚かされるばかりだった。

――津賀和のパソコンをジャックする。

あの夜、武沢とキョウと三人で新宿駅前の家電量販店へ急ぎながら、テツは作戦B

の内容を説明した。店で「ブルートゥース」の「ワイヤレスキーボード」を購入し、それを喫茶店で津賀和のパソコンに「ペアリング」した上で、そのパソコンが事務所に持ち帰られるのを待ち、ドアの外から「エンカクソーサ」するのだという。遠隔操作はもちろん知っている単語だったが、その前の言葉がよく理解できず、これも外国語のように聞こえた。

——ブルートゥースの電波は十メートルくらいまで届くはずだから、ドアがあってもぎりぎりいけると思う。隠しカメラの映像では画面の文字までは読めないけど、最初にシステム設定で文字表示をばかでかくすれば、たぶん見える。

——マウスもタッチパッドもなしで操作できるの？

キョウが訊くと、テツは何でもないように頷いた。

——パソコンは基本的にキーボードだけで全部の操作ができるようになってるから大丈夫。

家電量販店でテツが瞬時にキーボードを選び、武沢が金を払った。とんでもない技術が詰め込まれた商品を買うイメージだったので、いったいいくら必要になるのかと思ったら、驚いたことに三千円ちょっとだった。武沢たちはその足で喫茶店チロルへと急ぎ、パーティションを挟んで津賀和たちの隣に陣取ると、キーボードとパソコンの接続を試みた。技術的なことはちんぷんかんぷんだったが、とにかくそれに成功すると、三人でまたマキグチビルの階段へ取って返した。津賀和は十五分ほどして事務所に戻ってきた。

そのあとキョウが事務所の呼び鈴を押したのは、津賀和の目をしばらくのあいだパソコンに向けさせないためだった。キョウは玄関先で可能なかぎり話を引き延ばしていたが、やがて二人で室内に入り、ドアが閉じられた。想定していたこととはいえ、津賀和とキョウが二人きりで、姿も見えなければ声も聞こえない場所にいると思うと、一秒ごとに不安が高まった。武沢がその不安と闘いながら階段で無意味に右往左往しているあいだ、テツはスマートフォンの画面を睨みながら、膝にのせたキーボードの上に両手を走らせつづけ、必要と思われるデータを片っ端から自分のパソコンに送ることに成功したのだ。

キョウが室内にいたのは二十分間ほどだった。あとで聞いたところによると、ソファーで向かい合っていたその二十分間、どうやら津賀和のほうからもキョウにあれこれ質問してきたらしい。おそらくあちらとしても気になっていたのだろう。ナガミネが死んでいたという嘘を、キョウが本当に信じているのかどうか。ナガミネを捜し出そうという気持ちが、本当に消えてくれたのかどうか。

——もうぜんぶ吹っ切れて、お母さんが詐欺に遭ったことも忘れたと答えておきました。

言葉でそう答えるだけでも、キョウにとってはつらいことだったに違いない。

テツが盗み出したデータの中には、寺田未知子の情報が詳細に書かれたものもあった。そのファイルはメールでナガミネに送られており、送信日時はナガミネがカルチャースクールで寺田未知子に声をかけるよりも前だった。やはり連中は、はじめから寺田未知子の家族構成や、「じょうはな」の経営状態をすべて把握した上で、ターゲットに選んでいたらしい。同じファイルの中には、ほかにも複数の女性の情報が載っていた。どうやら恋愛詐欺に関しては、ファイルの中には、津賀和が事前にターゲットを選んで情報を収集し、それをもとにナガミネが仕掛けるという一連の流れがあるようだ。

「あとは、金がどこにあるかだな」

武沢の言葉に、車内の全員が黙って頷く。

被害者たちから巻き上げた金の流れは、盗み出したデータからではわからなかった。これについては、もしかしたら津賀和も知らないのではないかという意見もあり、たしかにその可能性は高い。グループで詐欺を働く場合、仕事を成功させた人間に歩合給が払われ、残りの金が大将格のもとに残るというのが一般的だ。残ったその金を、まさか銀行に預けるわけにはいかないので、通常は現金で保管することになる。しかし、どこにそれが保管されているかについては、仲間であっても知らないケースが多い。いつ裏切って金を持ち逃げされるかわからないから、教えないのだ。かといって自宅に保管したりしたら、警察にパクられた際、すべて持っていかれてしまう。だから普通、大将格の人間は、自宅でもアジトでもない場所に金を保管する。たとえば貸倉庫を使ったり、偽造書類でアパートの一室を借り、そこに貯め込んだり——。

『あ』

スピーカーからまひろの声が洩れた。

「どうした？」

返事はない。

聞こえてくるのは曖昧なざわめきだけだ。

いま、まひろは近くのカルチャースクールにいる。時刻は午後七時四十五分。それぞれのクラスが終わる時間だった。

「もしかして——」

キョウが囁く。

全員で息を殺して待つ。

やがてスピーカーから男の声が聞こえた。

『ヨウコさん？』

＊　＊　＊

まひろは振り向き、声をかけてきた男を見た。

五つある教室でそれぞれ講義を終えた受講者たちが、三々五々、遠慮がちに会話しながらエレベーターのほうに歩いていく。そんな中、男は驚いたような、しかし臆病《おくびょう》そうな目で、こちらを見ていた。まひろはバッグを両手で提げて男に向き直った。中には通話をつないだままのスマートフォンが入っている。

どうして自分がキョウのためにこんなことをしているのか、じつのところ、いまだにわからない。彼女のせいで武沢はさんざん振り回され、見知らぬ男たちに襲われて大怪我までさせられたというのに。

――このままじゃ嫌です。

武沢のアパートで盗聴器が見つかった日、あの墓に向かう道で、キョウが聞かせた作戦。

彼女の母親、寺田未知子がフードコートのテラスから飛び降りたときの映像がネットに出回り、二度と消すことができない。だから相手を同じ目に遭わせるため、「撲滅ウォリアーズ」というテレビ番組に詐欺被害の相談を持ち込み、テレビ局や制作会社の力を借りて連中を追い詰める。そして、その映像を全国に流す。しかし、寺田未知子がナガミネを刺してしまったことを番組側に話すわけにはいかない。いっぽうで、そこを伏せて相談したところで、番組が調査を進めているうちに必ず露見してしまうに違いない。

――じゃあ、どうすんのよ？

まひろが訊くと、

――新しい被害者をつくるんです。

キョウはそう答えた。

その新しい被害者というのが、つまりまひろだった。これからまひろは、目の前にいるこの男に近づかれ、金を欺し取られる。その金額がある程度まで大きくなったところで、番組に相談を持ちかける。もちろん金が詐欺グループのふところに入ってしまっては意味がないので、金の保管場所は事前に突き止め、奪われた分はきっちり取り返す。それがキョウの作戦で、そのためのＴＳＵＧＡＷＡエージェンシーへの侵入であり、パソコンデータの入手だった。

――それで公平ってことで、ほんとにいいのか？

墓地の通路で武沢が訊いた。キョウは地面を睨みながら歩きつづけるばかりだったが、つぎに武沢が口にしたひと言で、ぴたりと足を止めた。

――お前のお袋さんの金も、取り戻したいとは思わねえか？

――そんなことができるんですか？

――グループで儲けた金は、たいてい大将格がごっそり摑んで保管してるもんだ。だから、まひろが渡した金は、おそらくそっから回収することになる。そんなら前回の金もついでに回収してやりゃいい。どうだ？

キョウは長いこと迷ってから、しかし力強く頷いた。

――できることなら。

――いっそ、あるだけ持ってけばいいじゃん。

割って入ったテツの頭を、武沢がぱしんと叩いた。

――俺たちは泥棒じゃねえんだぞ。

テツはその違いがよくわからないといった顔で唇をとがらせていたが、じつのところまひろも上手く言葉で説明できる自信はなかった。取られたものを取り返すとはいえ、行為そのものは泥棒だし、奪われたのと同じ額の金を奪い返したとしても、その紙幣自体はキョウの母親が渡したものではなく、別の誰かのものだったはずだ。もっとも、世の中には考えても仕方のないことがたくさんある。まひろは適当なところであきらめ、すぐに考えるのをやめた。

「……はい？」

まひろが首をひねってみせると、男は慌てた様子で頭を下げた。

「え、あ、すみません」

しかし、まだあきらめきれないというように、上目遣いに視線を向けてくる。まひろよりも少し年上の、すらりとしたスーツ姿。黒いセルフレームの眼鏡をかけた、顔の骨格がおとなしい人だ。髪はきっちり固めてもいなければ無造作でもなく、長くもなければ短くもない。ただ手触りはやわらかげで、片方の耳の上でちょっと跳ねている部分など、風でも吹けばするりと元通りになりそうだった。強い特徴がない顔立ちなので、あとで似顔絵を描けと言われたら難しそうだが、油絵よりも水彩画、クレヨンよりも色鉛筆で描きたくなるような印象で、はっきり言えば好みだった。もちろん見た目だけの話だが。

「失礼しました」

内心でまだ首をひねっているような顔で、男はもう一度頭を下げると、背中を向けて歩き去ろうとする。

「あの、ヨウコさんって――」

まひろは呼び止めた。

「タシロヨウコさんですか？」

適当な名前を口にした。

なるべく時間をかけずに二人が近づくということで、相談がまとまっていたのだ。

もちろん、不自然に感じさせない程度で。

「あ、同じ講座にタシロヨウコさんって方がいたので、その人を捜してらしたのかと思って。さっきエレベーターに乗ったばっかりだから、いま下に行けばまだそのへんにいるかもしれませんよ」

「いえいえ違うんです」

こちらに向き直った男の顔は、まるで一人で鼻歌を歌っていたところを見つかった子供みたいに、きまり悪そうだった。

「単純な人違いです、すみません」

そう言われ、まひろも「ああ」と同じような顔を返した。ぎこちなく固まってしまった空気から逃げるように、男のそばを離れかけ——しかしその途中で、身体を斜めにしたまま訊いてみる。

「誰ですか？　とか言って……」

感情の見せ方としては、純粋な疑問が三分の一、興味が三分の一、講座が終わった解放感が三分の一、といった配分にしておいた。

男はぶんぶん首を横に振り、ついでに手も振る。

「恥ずかしいから、気にしないでください。子供の頃、長野の田舎《いなか》に住んでたとき、近所でよく遊んでた下級生の女の子に似てたもんで」

まひろは寺田未知子よりも若いので、小学校時代の同級生と間違えるという同じ設定では、年齢が合わないというわけだ。ところで「恥ずかしいから」という台詞をさり気なく入れてきたのは、なかなか上手い。もしかしてその子のことが好きだったのだろうか、と想像させるひと言だ。まひろはその想像をちょっと頭の中によぎらせるような間を置いてから、目をそらしてロビーを眺めた。

「こういうところに男性の方って……ちょっと珍しいですね」

「この歳になって悪筆が気になりはじめて、会社のあとで書道クラスに」

カルチャースクールはこのビルのワンフロアを使っていて、教室は全部で五つ。書道クラスは、まひろが受講していることになっている料理クラスの二つ隣に、たしかにある。

「僕のレベルだと、書道というより習字ですけど」

「わたしも、この歳になって花嫁修業で、お料理教室です」

「ああ、料理。いいですね。僕はぜんぜん駄目で、外食ばっかりです」

互いに目を合わせて少し笑った。その笑いがおさまると、会話が途切れた。まひろは受け身タイプの大人しい女性という設定なので、今日のところはここまでにしておこうと、軽く会釈をしてエレベーターへ向かう。

ドアの前に立っていると、隣に男が並んだ。ちらりと目を向けてみる。男は訝《いぶか》しむような顔でまひろを見ている。——何か下手を打っただろうか。

下ですか、と訊かれた。

「はい？」

「いや、ボタン」

演技でも何でもなく、エレベーターのボタンを押し忘れていたのだ。思わずほっと洩れた息を、笑いで誤魔化し、まひろは下向きの三角形を押した。二人で自然に笑い合っているあいだにエレベーターの扉がひらいた。上階のオフィスから降りてきた人たちが乗っていたので、一階に着くまで互いに無言だった。

ビルの前で会釈を交わし、それぞれ反対方向へ歩き出そうとしたとき、

「料理教室、頑張ってください」

男は最後に頰笑みかけた。

演技だというのに、その笑顔には吸い込まれるようなものがあった。

「あの、お名前とかって——」

作戦を思い出してまひろが訊くと、男は工夫のない偽名を答えた。

「ナガミネといいます」

（四）

二週間後、武沢はまひろと二人で秋葉原《あきはばら》を歩いていた。

「会社は大丈夫だったのか？」

「有休もらった。もともと会社から有休消化しろって言われてたんだけど、ほかの人に迷惑かかりそうで取れてなかったんだよね」

電気街には人があふれていた。道行く男性に声をかけてチラシを配る、制服姿の女子高生もいるが、平日の昼間なので、たぶん女子高生ではないのだろう。どこかでアニメソングのようなものが延々と流れている。いったいどこから聞こえてくるのかわからないが、その歌声はあまりに早口で、何を言っているのか武沢にはろくに聞き取れなかった。そんな雰囲気の中、けっこうな歳の老夫婦なども歩いているのが面白い。武沢たちとは違って普通の電化製品を買いに来たのだろうか。

「休んだところで、やることないってのもあるんだよね。一日中ずっとチョンマゲと遊んでたら向こうが疲れるだろうし、買い物も退屈だし、デートする相手もいないし」

「してるじゃねえか」

まひろが足を止め、眉をひそめて武沢を見た。

「いや……いまじゃなくてさ」

「ああ」

ナガミネのことだ。

カルチャースクールでの出会いから二週間。まひろとナガミネは早くも四度、会っている。一度目は翌週のカルチャースクールのロビー。ナガミネが偶然を装ってまひろに話しかけ、二人はその場で連絡先を交換し、後日の食事を約束した。前回同様、まひろの電話を通話状態にしてあったので、車で待機していた武沢たちもそのやりとりは聴いている。それから一週間で、ナガミネとまひろは三回も会っているわけだから、かなり早い進展だ。会う場所も、もうカルチャースクールのロビーではなく、待ち合わせた和食屋、居酒屋、イタリアンレストラン。それぞれの店内での会話は、まひろがスマートフォンで録音し、その夜のうちにグループメッセージで共有していた。武沢は毎回アパートで一人その音源を再生していたのだが、そのたびに、まひろとナガミネ、どちらの演技力にも唸らされるのだった。

食事の機会を設けるごとに二人の会話は親密さを増し、三度目のイタリアンレストランのときは、もう完全にデートの雰囲気になっていた。ナガミネがアピールする、まひろへの好意と気遣い。まひろのほうは、そんなナガミネと時間を過ごしながら、だんだんと可愛らしい、上目遣いで喋るような口調へと変わっていった。武沢はその録音音源を、無闇に顎の下を掻きむしるなどしながら部屋で聴いた。

――まひろさん、ナガミネに変なことされていないですよね？

キョウがそれを気にしたのは、昨日の夕刻、武沢のアパートで行われた作戦会議の最中だった。まひろが片眉を上げ、意味が摑めないという顔をすると、キョウは口ごもった。

――録音だとわからないですけど、その、ナガミネに……。

――キスとかそういうやつ？

テツが割って入った。

――こういうやつ？

やひろが横から唇を近づけたので、テツは飛び退《の》いた。貫太郎が笑いながらそれを捕まえ、三人でどたばたやっていると、まひろが驚くべき発言をした。

――そんなのべつに変なことじゃないでしょ、デートしてんだから。

え、と全員でまひろの顔を見直した。テツは逃げ回る体勢のまま、尻ごしに振り向いて固まっていた。まひろはいったん全員の視線を受け止めてからつづけた。

――いや、してないけど。でも、それがかえってよかったみたい。いいとこのお嬢さんっていう設定を信じ込ませるのに。

電気街を進み、目的の店に近づいていく。

「この調子で、予定どおりインチキデートを重ねていくぞ。嘘を信じ込ませるには、やっぱり実際、頻繁に会ってねえと駄目だからな」

まひろは返事をせず、視線を少し下に向けたまま軽く下唇を噛んでいる。

「……何だよ？」

「ん、べつに」

店に入ると、陳列棚やガラスケースに無数の商品が並んでいた。壁に張られた案内図で「ＧＰＳ」と書かれたコーナーへ向かいながら、まひろが笑いまじりにこぼす。

「それにしてもさ、ナガミネマサトって偽名もそうだけど、ほかもぜんぶ、設定にまったく工夫がないよね。違いといえば、ヨウコさんが同級生か幼なじみかっていうところくらい？」

和食屋や居酒屋やイタリアンレストランでナガミネがまひろに聞かせた話は、こうだ。彼は長野県の出で、子供時代に「ヨウコ」という年下の幼なじみのことが好きだった。父親はナガミネが就職で東京に出てきた直後に死に、母親も七年ほど前にガンを患って信州ガン治療センターに入院した。彼女はガン保険に入っていなかったので、その治療費を稼ぐため、ナガミネは我武者羅に仕事を頑張ったが、その母親も三年前にとうとう亡くなった。

たしかに工夫がないかもしれない。

しかし、成功例を繰り返すのが詐欺のセオリーだ。

「いや、もう一つ違いがあるぞ。ほらキョウの話だと、前回、奴は社内での実績が高くて年収もかなりあるようなことをにおわせてただろ。でも今回は――」

「頑張っても努力が報われないタイプ」

これも食事中にナガミネが聞かせた話で、要するに、相手に合わせて設定を微調整したというわけだった。寺田未知子は両親の会社が傾き、金が必要だった。まひろは父親の遺産が転がり込み、使い道を決めるのに戸惑っている。

「お前から金を奪う方法も、寺田未知子のときとは違うからな。覚悟しとけ」

「カラスのやり口を楽しみにしてる」

武沢がふざけてかーかーいっているうちに売り場へ到着した。

ガラスケースの中に、想像の三倍くらいバラエティーに富んだGPSがずらりと並んでいる。棚の前を右へ左へ動きながら、武沢はまひろと相談し、「当店のイチオシ！」というポップがついたものを選んでレジへ持っていった。レジでは、長い前髪をカーテンみたいに真ん中で分けた若い男性店員が対応した。武沢たちの顔をよく見もせずに金を受け取り、商品をビニール袋に入れて手渡してくる。こんなに簡単に買えていいのだろうかと思ったが、スーパーで包丁を買うときだって店員はいちいち客の顔なんて確認しないのだ。

店を出たあと、ついでに昼飯を食べて帰ろうということで、二人で駅前のビルに寄った。けっこうな大きさの建物だったが、上から下までぎっしり飲食店が入っている。一階のエントランスに案内板があった。食欲を刺激されながら料理の写真を眺めていると、天井から客を呼び出す放送が流れた。お連れ様がどこどこでお待ちですので云々《うんぬん》かんぬん。それを聞いて、まひろが「ふうん」と上を見る。

「いまどきアナウンスで呼び出しとか、あるんだね」

「あるだろ」

「みんな携帯持ってるのに？」

そういえばそうだ。携帯電話の所持が当たり前になった昨今、子供ならまだしも、大人をアナウンスで呼び出すのはなかなか珍しい。

「でも、俺はけっこう聞くけどな」

ホームセンターやショッピングセンターで卓を打っていると、よく耳にする。そういえば、自転車で出かけるキョウを追いかけてたどり着いた、あのショッピングセンターでも聞いた。アナウンスが流れたのが、ちょうどまひろの伝言メモにメッセージを吹き込んでいるときで、コンビニエンスストアにいると嘘をついている最中だったからよく憶えている。

「ん……」

その小さな記憶が呼び水となり、武沢の中で妙なことが起きた。

あの場所やこの場所で耳にした呼び出しのアナウンスが、記憶から同時に引っぱり出され、それぞれの声がまじり合って聞こえ——しかし、ある部分だけ、ぴったりと声が重なったのだ。

それは、呼び出されていた人物の名前だった。

「ビビンバ」

そう——名前。

「ねえビビンバどう？」

でも、そんなことがあるだろうか。同じ名前の人物が、あちこちで呼び出されるなんてことが。それを自分が何度も耳にするなんてことが。あの名前は何だった？　たったいま重なり合って聞こえた、肝心の名前の部分は何だった？　思い出せそうで思い出せない。

「あ」

「え？」

「まひろ、前に俺がコンビニ行くって言ってなかなか帰ってこなかったときのこと憶えてるか？」

「あの子が心配で、タケさんがあとをつけていったときのこと？」

「ちが――いや、うん。そのとき俺、お前に電話して伝言メモ残したよな。ちょっと遅くなるとか何とか」

「入れたね。下手くそな嘘ついて」

「あれって消しちまったか？」

「面白かったから消してない」

「聞かしてくれ」

まひろは「は？」と口の動きだけで訊き返したが、手を出してせかすと、バッグからスマートフォンを取り出した。作戦で使っている飛ばしスマホではなく、自分のやつだ。まひろはそれを操作し、武沢の手ではなく耳に押しつけてきた。

『イッ……ケンデス』

合成音声につづいて武沢の声が聞こえてくる。

『あ、俺です、武沢。ごめん、ちょっと……お呼び出しを申し上げます……』

アナウンスの声が入り込む。しかし『コンビニがいろいろあれしてるから、遅くなります』という自分のアホらしい言葉が邪魔して、よく聞こえなかった。

「もっかい」

「え何なの？」

　まひろはもう一度スマートフォンを操作し、武沢の耳に押しつけた。武沢は自分の声をなるべく聞かないようにし、バックに流れる呼び出しのアナウンスのほうに神経を集中させた。

　すると、聞き取れた。

『キモトコウジ様、お連れ様が三階サービスカウンターでお待ちです』

　キモトコウジ。

　キョウの父親の名前だ。「発掘！　天才キッズ」の収録スタジオで、キョウは武沢に、かつて両親が交わしたという誓約書を見せた。そこに書かれた木本幸司という名前を見たとき、どこかで耳にしたことがあると武沢は思った。あれはやはり勘違いなどではなかったのだ。ショッピングセンターやホームセンターで卓を打っている最中、確かに自分は同じ名前の人物が呼び出されるのを聞いていた。一度ではなく、何度も。そして、この留守番電話を吹き込んだときも、やはり同じ名前がアナウンスされるのを聞いていたのだ。

（五）

「しかしユニファンドたぁ、ナガミネも考えたもんだな」

アパートに集まってふたたび作戦会議をひらいたのは、翌週の夕刻だった。

「ユニセフとファンドでユニファンド。ほんとにありそうだもんな」

ありませんよ、とキョウが畳を睨んで呟く。

「まあそりゃ、ねえけどさ……」

今日もメンバー全員が円を描いて座っていた。その円の中心に置かれているのは、ナガミネとの会話が録音されたまひろのスマートフォンだ。

昨日、二人はまた食事に出かけ、その席でナガミネがとうとう金の話を持ち出した。その会話はいつものようにまひろが録音し、昨夜のうちに共有してある。そして今日、全員でじっくりそれを聴き直しながら今後の態勢を整えるため、こうしてここに集まっているのだ。

「もっかいその部分を再生してみよっか」

テツがまひろのスマートフォンを手に取る。画面に表示されたマイクのアイコンの下に、横線が延びていて、指でふれると、その場所から再生された。テツは飛ばし飛ばしで再生させながら目的の場所を探す。『母親には長生きしてほしかったんだけど』『ナガミネさん努力家だから』『生グレープフルーツサワー』『いやほんとびっくりしてさ』『ジンジャーハイボールって』『つまり基本的には普通の寄付と同じでね』

ここだ。

『違うのは、預かったお金そのものじゃなくて、それを運用したときに出る利益を寄付金にするっていうところ。有志の人から預かったお金をユニセフが運用して、利益が出れば出るだけ、アフリカの人たちの生活が楽になっていくっていうプロジェクトなんだよ。法律の関係で大々的に公開できないから、ネットとかにも載ってないんだけど、もう世界中からかなりの金額が集まってる』

そのプロジェクトは『フィンランドに住んでる僕の知り合い』が中心となって運営しているもので、日本円だと一口五十万円から誰でも参加することができる。自分もずいぶん前に五十万円からはじめ、最終的に貯金をほぼ全額、そちらの口座に移してある。銀行に預けておいても、いまどき利子なんてほとんどつかないので、ならばユニセフという世界規模のグループに運用してもらい、アフリカで大変な思いをしている人の役に立ちたい。めぐまれない子供の命を一つでも救いたい。じっさいユニファンドから定期的に送られてくる報告によると、預けたお金がワクチンに変わったり、小さな命に変わったりしていて、それを知ることで自分は生き甲斐《がい》を得た。

『もちろんリスクを避けて安全第一で運用されるから、元本は保証される』

『でも元本保証って違法じゃないの？』

何度聴いても、この言葉には頭を抱えてしまう。確かに投資信託で〝元本保証〟という言葉を使うのは違法だ。しかしそれをわざわざナガミネに言ってどうする。余計な突っ込みをするなと、まひろには昨夜のうちにグループメッセージで注意してあったが、《一瞬見せる困った顔が面白いんだよね》という暢気《のんき》な返信が投稿された。それに対してテツ、やひろ、貫太郎がつづけざまに、親指を突き出したマークや、アメリカの大統領が指で丸をつくっているマークを投稿し、武沢はアパートで一人溜息をついていた。

『あ、いや……僕が聞いたのは、別の言葉だったかもしれないな。うん別の言い方だった。元本については安心してくださいとか、問題なくあれしますとか、そういう』

『そっか、よかった』

このあとユニファンドに関する説明がしばらくつづき、まひろがそれを熱心に聞き、二十分ほど経つと『わたしもやってみよっかな』ということになる。そして善は急げと、店を出たあと彼女はコンビニエンスストアのＡＴＭで五十万円を引き出してナガミネに渡し、ナガミネは次回までに書類を用意しておくことを約束する。その書類に捺す印鑑を、つぎに会うときに持ってきてほしいということで、さっそく今日まひろはハンコ屋に寄り、即日作製サービスで「戸坂」の認め印をつくってきた。

「こんなに簡単に引っかかって、疑われないでしょうか？」

不安げなキョウに、まひろが心外そうな顔を向ける。

「相手は実際にお金を受け取ってんのに、何を疑うのよ」

「いえ、もちろんそうなんですけど……」

この二人が会話すると何故か空気が張りつめるので、武沢は割って入った。

「で、金の行き先だ。これまでの被害者から奪った金と、ゆうべ渡した金と、これから渡していく金が、いったいどこに保管されんのか。自宅じゃねえとしても、その近くに保管してる可能性は高《たけ》え。なにしろナガミネはグループのリーダーだからな。まひろ、ナガミネは自宅の場所について何か言ってなかったか？　たとえば最寄り駅とか」

「いやまったく」

「いま本人から訊き出せませんか？　メッセージか何かで」

キョウの言葉に、まひろはまた棘《とげ》のある視線を向けた。

「いま本人から訊き出せねえかな、メッセージか何かで」

武沢が急いで言い直すと、まひろはすっと息を吸って言葉を返そうとしたが、そのまま何も言わず、バッグから飛ばしスマホを取り出した。「ナガミネマサト」のメモリーを呼び出す。

「でも、何て送ればいいのよ。住んでる場所をいきなり訊くのも変だし」

「あなたの部屋に遊びに行きたいって書けば？」

テツが提案する。

「オーケーされたら、住所どころか、家の中にも入れるじゃん」

書道、書道、とやひろが手を挙げる。

「ナガミネはカルチャースクールで書道習ってる設定なんでしょ？　書いてるところを見てみたいとかどう？」

そうしてみんなであれこれ言い合ったあと、まひろは最終的にこんなメッセージを送った。

《今度、お家に遊びに行ってもいい？　カルチャースクールで習ったお料理、一人分だとなかなか実際につくれないから、ためしてみたくて。美味しくできるかどうかわからないけど。ましろ》

その返信を待ちながら、武沢は目の端でキョウを見ていた。

今日ここへ集まってもらったのには、作戦会議以外にもう一つの理由があった。例の、キモトコウジの件だ。あれをキョウに確認しなければならない。しかし武沢としては、個人的に問い質すよりも、ほかの面々が揃っているときに話をしたかった。何故なら、もうすでに全員を巻き込んでしまっているからだ。武沢とキョウのあいだだけの問題ではなくなっている。

ぶっとスマートフォンが震えたので、全員で急いでディスプレイを覗き込んだ。

《ごめん！　いまガスコンロが壊れてて、料理ができないんだ。早く修理しなきゃと

思ってるんだけど……。》

なかなか上手い。

「こりゃ、やっぱりGPSで追跡するしかねえな」

全員が頷いた。

「ただし、作戦を先へ進める前に――」

武沢は胡坐の膝を両手で掴むようにしながら、思い切ってキョウに顔を向けた。

「一つ、訊きたいことがある」

(六)

「……じゃ、要するに、ぜんぶお前だったのか?」

全員の視線を浴びながら、キョウは首を垂れたまま頷いた。

「いつか……父親が現れてくれるんじゃないかって」

あの呼び出しは、すべてキョウによるものだったらしい。これまでキョウは、ショッピングセンターやホームセンター、ほかにも人がたくさん集まっている場所で、何度もキモトコウジをアナウンスで呼び出してもらっていたのだという。時間があるかぎり、あちこちで。武沢が卓を打っている場所を訪れたときも。

その呼び出しに応じ、いつか本当に父親が現れるのではないかと考えて。

「お母さんがあのフードコートのテラスから飛び降りたあと、そんなことをはじめました。本気で会えると思っていたかというと、違うかもしれません。でも、自分にはお金もないし、そのくらいしか思いつかなかったんです。お母さんがあんなことになって……何かしなきゃいられなくて」

「何でまた、父親に会おうと思ったんだ？」

父親のことなんてどうでもいいと、以前にキョウは言っていた。あれは嘘だったのだろうか。本当は、母親が自殺を選んだあと、父親に会いたいという気持ちがキョウの中に芽生《めば》えていたのだろうか。武沢はそう考えてみたが、キョウの答えは違っていた。

「お母さんを捨てた人が……いまどんな暮らしをしているのかが知りたかったんです。一人きりで、寂しい、虚しい生活を送っていればいいと思いました。そういう姿を見てやりたいという気持ちがありました。だから呼び出してただけです」

「で、実際に現れたのか？」

何回か、とキョウは答えた。

「みんな違う人でしたけど」

キョウの話によると、呼び出しアナウンスによって実際にキモトコウジが現れたことも数回あり、しかし、いずれも若すぎたり老人だったりで年齢が合わず、明らかに自分の父親ではなかった。相手は無論、呼び出された場所で待っていたキョウを見て首をかしげ、キョウのほうはというと、適当に誤魔化してその場から逃げ出していたのだという。

「でも、最後の一回……この部屋で実演販売の練習をしたあと、自転車で行ったショッピングセンターでは、もしかしたらっていう人が初めて現れました」

武沢がキョウを尾行してたどり着いた、あの場所だ。

「単に年齢で判断しただけですけど」

呼び出しに応じてサービスカウンターに現れた、四十代前半のキモトコウジは、瘦せて骨張った顔をした、どちらかというと背の高い男だった。キョウはいつものようにその場を誤魔化して立ち去り、しかし近くで待機して、キモトコウジがサービスカウンターから出てくるのを待った。そして彼が買い物をつづけるのを遠くから見ていた。やがてキモトコウジが店を出て車に乗り込むと、自分は自転車にまたがり、全速力であとをつけた。幸い相手の自宅はそう遠くなかった。何度か見失いそうになりながらも追いかけつづけたところ、とうとう車は住宅地にある一軒家の駐車場に入った。大きな家で、玄関脇には補助輪がついた子供用の自転車が置かれていた。キモトコウジが車から降り、買い物袋とともに玄関ドアの向こうに消えたとき、中から嬉しそうな女の子の声が聞こえた。

「郵便受けの中を覗いてみたら、ダイレクトメールが入っていました」

そこに書かれた宛名《あてな》を見たとき、キョウは嬉しいような哀しいような気持ちで、しばらくその場から動けなかったという。

「コウジのコウが、さんずいに告白の告でした」

木本浩司か。

誓約書に書かれていた父親の名前は木本幸司。なるほど、またもや別人だったというわけだ。

「ん、そこってのはもしかして——」

武沢の言葉の途中で、キョウは頷いた。

「武沢さんを連れていった、あの家です」

「何だおい、ありゃ父親でも何でもなかったわけか」

あのとき玄関先に出てきた相手を見て武沢は、なるほどたしかにキョウに似ていると思った。キョウは基本的に母親似なので、寺田未知子と目の前の男と、八対二くらいで似ているな、などと考えた。しかし、誰でも他人と二割くらいは共通点があるものだ。まったくもって自分の思い込みが嫌になる。しかも、がらんどうのような目だとか、底に水が溜まった暗いドラム缶のような目だとか勝手なことを思い、悪いことをした。知らない男がいきなり夜分にやってきて、塗装工事だの何だのとわけのわからないことを言われ、あたたかい目など向けられるはずもない。

「何で俺を偽者に会わせたんだよ？　いや偽者っていうか、ぜんぜん関係ねえ相手に」

たぶん正直には答えないだろう。

それをわかっていながら、武沢は訊いた。

「理由は、あのとき言ったとおりです。武沢さんが番組の収録スタジオで、父親を捜し出して責任をとらせるべきだと言ったので、それができないことを示しておきたかったんです。もう相手には新しい家庭があるから、いまさら責任をとらせるなんて無理だと、武沢さんに納得してもらいたかったんです」

やはり、キョウは嘘を答えた。

これは想像でしかない。しかし武沢はこんなふうに考える。母親が身を投げたあと、キョウは心のどこかでやはり父親を欲していたのではないか。捜し出して会いたかったのではないか。しかし誓約書があるので、会ったところで意味はない。一度も顔を見ることなく中学生になった娘に、男親が愛情を持つことは、きっと難しい。だからキョウは、武沢に対してだけではなく、自分に対しても、あの木本浩司を自分の父親だということにしたかった。自分の父親はいま、きちんとした家庭の中で、小さな女の子を育てながら暮らしている。そこへ突然自分が現れて、生活を邪魔するわけにはいかない。そんな想像――いや、物語のようなものが、キョウはほしかったのではないか。その嘘がこうしてばれ、追及されることになるなんて思わずに。

　本当のところはわからないし、もしかしたら、いまキョウが言ったことが本当だったのかもしれない。自分が深読みしすぎているだけなのかもしれない。いずれにしても、理由を追及したところで意味はない。武沢は意識してゆっくりと息をつき、この話はもう締めくくろうと、キョウに向き直った。

「じゃあ、お前の父親はけっきょく、どこにいるかわからねえってわけだな」

「わかりません」

　そのときテツが急に訊いた。

「ほんとにわからないの？」

　キョウがすっと相手を見返す。二人は互いの考えを読み取ろうとするように、そのまましばらく目を合わせていた。しかし、どちらかが言葉を発する前に、まひろがしびれを切らして口をひらいた。

「やっぱりあたし、この子のこと信用できない。こんな嘘つきを助けるために、何であたしたちが危ないことしなきゃいけないの？　この子、まだほかにどんな嘘ついてるかわからないじゃん。タケさんのこと利用して、とんでもないこと企《たくら》んでる可能性だってあるよ。タケさんがやってくれって言うから手伝ってきたけど、あたしもう――」

「それは大丈夫」

テツが遮る。

「キョウさんは変なことしない。ミスターTとか僕たちのこと、ぜったい欺したりしない」

「何でよ」

「何でも」

まるで、しっかりとした根拠があるかのような物言いだった。

いや、実際にあったのだ。

しかし、それを武沢が知ったのはかなりあと――作戦がとうとう最終局面を迎えたときのことだった。

（七）

「ほらほら、昔から〝会社を首になった〟なんて言うでしょ。首って、それだけ重要だってことを日本人は知ってたんですね」

今日の商品は「首ったけEX」。現場は地下鉄浅草《あさくさ》駅の近く、デパート一階のエレベーター脇だった。

「一番重要な首をやられたら、もうどうしようもない。だからこういうものも開発されるし、みんな買ってくれるんです」

キョウのトークをそっくりパクりつつ、武沢は客の隙を見ては売台の隅に目をやっていた。積み重なった商品箱の手前、客から見えない場所に置いてあるスマートフォンが気になって仕方がないのだ。ディスプレイには地図が表示され、真ん中で赤い玉が光っている。その玉は、秋葉原で買ったGPSの場所を示しており、いま現在どこにあるかというと、中野区の住宅地だった。

ナガミネの自宅だ。

現在午後五時四分。今朝からずっと玉の位置は動いていないが、いつ動き出すか予測できず、常に気を配っている必要があった。しかも一定時間が経つとディスプレイが暗くなってしまうので、そのたび素早く片手を伸ばして指でつつき、また明るくしなければならない。これはもしかしたらスマートフォンの設定を変えれば解決するのかもしれないが、武沢にはやり方がわからない。

「お母さん、ね、ここさわってみてください、ほらこの玉」

「あらやわらかい」

こんなときに限って商品は売れた。キョウがつくったトークがいいのか、それともスキンヘッドが何らかの効果を発揮しているのか、以前よりもずっと売れた。売れるせいで無茶苦茶に忙しく、ともするとスマートフォンのことを忘れそうになってしまう。商品が売れて困るなど、実演販売士になってから初めてのことだ。

二日前の夜、まひろはまたナガミネと会った。軽いウィンドーショッピング、スカイツリーを眺めながらの散歩、中華料理店での食事、という絵に描いたようなデートコースで、その音声はいつものように、あとで全員が共有して聴いた。前半はまるで本当のデートのように、ねえあれ綺麗、わあほんとだ、そのネクタイ素敵ね、あはは安物だよ、といった会話がつづくだけで、武沢はまた咽喉をばりばり掻くなどしながら適当に聴いていた。中華料理店に入ってからは、周囲の客がうるさく、音声が不明《ふめい》瞭《りょう》になったが、ユニファンドの話がまだ出ていないことだけはわかった。店を出たあと、いったん録音は止められ、つぎに聞こえてきた音声では、二人の声の後ろにまったく物音がしなかった。そのおかげで、会話は比べものにならないほどクリアに録《と》れていた。

《あれはカラオケルーム》

グループメッセージに、まひろはそう書き込んだ。

《中華料理屋がうるさすぎたから、静かに話せる場所に移動した》

歌いもしないのにどうしてカラオケルームなのかと武沢は首をひねったが、なんでも最近では、仕事の打ち合わせや試験勉強などもカラオケルームでやる人が増えているのだとか。静かで、誰にも邪魔されず、食べ物も飲み物も注文でき、便利なのだという。

ナガミネがいよいよユニファンドの話題を持ち出したのは、その録音がはじまってすぐのことだった。まずナガミネは、先日受け取った五十万円の契約書にまひろのハンコを捺させ、そのあと「本部から送られてきた礼状メール」のプリントアウトを見せた。もちろん完全な作り物だ。

——ほら、現地の子供たちの写真も貼ってあるでしょ。

——みんな笑ってて可愛い。

——本部の人が現地を視察に行ったときのやつだよ。

ナガミネは定期的な現地視察に関する説明をし、それが終わると、用意していた別の書類をまひろに見せた。

出資金の増額を切り出したのだ。

——僕はもう貯金をみんな入れちゃってるから、これ以上子供たちの力になろうと思ってもなれないんだ。だから——。

自分のかわりに前回と同じ額をまた入金してくれないかという提案だった。

――でもそれってナガミネさんのかわりじゃないですよね。

音声を聴きながら、ここで武沢はまた頭を抱えた。

――うん？

――あ、単にわたしが出資するだけで、べつにナガミネさんのかわりじゃないなと思って。

その場は、けっきょくナガミネが少々しどろもどろになりながらも上手いこと言葉を返し、まひろがそれに納得したふりをして、会話は進んだ。進んだからよかったものの、どうしてこう彼女は余計な台詞ばかり入れてくるのか。自分の頼みで、しかも無報酬で手伝ってもらっている以上、あまり強く注意することもできないのがもどかしい。

その後、あとでATMへ行って金を下ろし、その金をナガミネに預けるとまひろが約束したあたりで、録音は唐突に終わっていた。まひろによると、データがいっぱいになってしまったとのことだった。

《GPSは仕込めたのか？》

《ナガミネがトイレ行った隙に、革鞄の底に仕込んどいた。裏打ちしてる布をちょっと破って、内側にビニールテープで貼りつけたから、まずばれないと思う》

そのGPSによって金の保管場所を特定するということになっているのだ。

《ナガミネがほかの鞄を持ち歩く可能性はないか？》
《あれしか使ってないみたい》
《あとは保管場所を特定するだけだな。俺にまかせてくれ》
《よろしくー》
《一緒にやりたいです》
キョウがそう書き込んできたが、もちろん無理な相談だ。
《お前は学校があるから駄目》
だいぶ打ち込みに慣れてきた指で武沢がそう書いて送ると、幸いにしてキョウはすぐにあきらめてくれた。
「ね、ほら、この玉の動きが――」
そのとき別の玉が動いていることに武沢は気がついた。スマートフォンの画面上で、赤い玉がのろのろと進んでいる。いや、速くなった。住宅街の中をぐんぐん移動し、大通りの真ん中へと滑り込んでいく。
「すんません、ちょっと休憩！」
売上金が入ったタッパーとスマートフォンを摑み、武沢は売台の後ろから飛び出した。
「しばらく戻ってこないんでまた今度！」

化粧品売り場を抜けて建物のガラスドアを出る。外はいつのまにか雨が降っていた。ワイシャツの肩を濡らしながら、営業車を駐めてあるコインパーキングまで走り、大急ぎで駐車料金を精算して車に乗り込む。領収書を取れなかったが、どのみちこんな出庫時間が印刷されている領収書なんて会社に提出できない。

ギアレバーを叩き込んでエンジンをふかし、車道にすべり出しながらスマートフォンを確認する。さすがは「当店のイチオシ！」、赤い玉はスムーズな動きで地図上を移動している。

「おっし」

玉が向かっているのは東方向、つまりいま武沢がいる方向だ。とはいえ相手はまだ中野区内なので、距離はずいぶん遠い。まずはその距離を縮めるのが得策と考え、武沢は首都高に入って中野方面へ営業車を飛ばした。雨は急速に強まり、ワイパーが払いのけたそばから景色が歪んだ。

＊　＊　＊

窓に顔を近づけ、やひろはベランダごしの景色を眺めていた。

「雨けっこう降ってるねー」

部屋はマンションの五階だが、まわりもみんなマンションなので、空は狭い。右手に持ったスマートフォンからは、まひろがフェイクデートをしている音声が、さっきから小さく聞こえている。嘘だとわかっていても、こうしてついつい何度も再生してしまうのだ。作戦とは関係なく、完全に個人的な愉しみとして。

蛙化現象だか何だか知らないが、彼氏ができずに困っている妹が、ラジオドラマで恋愛しているところを聴くような気分と言えばいいだろうか。安心と心配がまじり合った感じが、なんとも癖になってしまう。

「ねー晩ご飯、ありあわせでいい？」

返事がないので振り返ると、貫太郎とテツはそれぞれのコントローラーを猛烈に操作していた。テレビ画面ではマリオとピーチ姫がテニスのラリーをつづけている。やひろは貫太郎に歩み寄ってコントローラーのポーズボタンを押した。貫太郎はわっとコントローラーを放り出して両手を上げ、テツが下唇を突き出してじろりとこっちを見る。

「そういう顔をするんじゃない」

「さっきなんか言った？」

「わたしはあなたに訊きたいことがあります」

「晩ご飯はありあわせでいいよ」

「聞こえてたんじゃない。いや、まあ晩ご飯もそうなんだけどさ、ほかにも一つあって」

まひろはローテーブルの反対側に腰を下ろした。

「こないだのあれ、どういう意味だったの？」

「あれって？」

「ほらタケさん家《ち》で、あんた、まひろに言ってたじゃん。キョウちゃんは絶対にタケさんとかあたしたちを欺したりしないって。なんか自信ありそうな感じで」

あれか、と貫太郎が身を乗り出す。

「じつは僕も気になってた。気になってたのを忘れてた」

二人でテツの言葉を待つ。テツは口をへの字に曲げて天井を見上げていたが、やがてコントローラーを置いて腕を組んだ。

「キョウさんが説明した、ミスターTを偽者の父親に会わせた理由、あれ嘘だと思うんだよね」

「唐突すぎてわかんない」

「隠しておきたいことがあるんだよ、キョウさんには。ミスターTを偽者の父親に会わせたのも、たぶん、それを隠しつづけたかったから。いつまで隠しつづけるつもりなのかは知らないけど」

「曖昧すぎてわかんない」

するとテツはスウェットパンツのポケットからスマートフォンを取り出した。

「見せたいものがある。ただし約束してほしいんだけど、このことはミスターTに言わないこと。キョウさんに何か言うのも駄目。それと——」

ちょっと考えてからつけ加える。

「まひろさんにも喋っちゃ駄目」

やひろは貫太郎と目だけで相談し、互いに頷き合った。二人でテツに顔を戻し、もう一度頷く。テツはスマートフォンを操作して動画の再生画面をひらき、やひろと貫太郎に画面を向けた。
▷ボタンがタップされ、動画の再生がはじまる。
『あの子、何してんの？』

まひろの声。

画面に映っているのは、武沢のアパートの前で自転車にまたがっているまひろ、やひろ、貫太郎だ。そこへ武沢が、おんぼろ自転車を押してやってくる。これは八月最後の日、キョウが武沢のアパートを出ていった朝だ。このあとみんなで自転車に乗り、サイクリングがてら、キョウを自宅まで送った。

『キョウさーん』

なかなか出てこないキョウに、テツが呼びかける。返事はなく、テツはスマートフォンを録画状態にしたまま玄関ドアを入っていく。奥の部屋の襖が閉まっているのが映る。

『キョウさん？』

『うん、もう行く』

『みんな待ってるよ』

テツが遠慮もなく襖を開けると、荷造りしたバッグを前に座り込んでいたキョウが驚いた顔を向けた。手に、何かA4判くらいの白い紙を一枚持っている。

『荷物、運ぼうか？』

意外とジェントルマンな一面を見せ、しかし無遠慮に動画を撮りつづけながら、テツが近づいていく。すぐそばまで近づくと、キョウは手に持っていた紙を素早く突っ込んだ。

テツが動画を一時停止させる。

「見えた？」

何が？

互いの顔に答えが書いてあるわけでもないのだが、貫太郎と二人で顔を見合わせていると、テツは動画を一時停止状態にしたまま数秒前に戻した。

画面の端に、キョウが手にした白い紙が映り込んでいる。

「ほらここ」

「え何……？」

そこに印刷された横書きの文字に、貫太郎と二人で目をこらす。動画の一時停止画面なので、ひどく不鮮明だ。それでも、太く大きく書かれている二ヵ所だけは判読できた……「鑑定結果」……「99％」……その数字の左側に、一回り小さな字で……これは何と書かれているのだろう。

「文壇……査定……新卒？」

「ぜんぶ惜しい」

テツが画面のキャプチャーを撮り、書類の部分を二本指で拡大した。

父権肯定確率──そう読めた。

「DNAの鑑定書だよ。たぶんネットでやってるサービス。綿棒でほっぺたの内側の粘膜をこすって、それを二人分送ると、その二人のDNAを調べて血縁関係を鑑定してくれるやつ。切った爪とか、髪の毛とかもサンプルにできる。父権肯定確率っていうのは、父親であることの確率ね」

「え、じゃあキョウちゃん、ほんとは父親と会ってたの？　それで綿棒とか爪とかあれして、親子鑑定してたってこと？」

テツが「また惜しい」と苦笑する。

「大事なところをわかってない」

「どこよ？」

「父親が誰かってこと」

「誰よ？」

「まず、綿棒で粘膜をこするのを相手にばれずにやるなんて不可能でしょ。だからキョウさんは爪とか髪の毛とかを使ったんじゃないかと思う。でもそれも、普通はそう簡単には手に入らない。相手が自分といっしょに暮らしたりしていないかぎり」

数秒の沈黙のあと、やひろは「え！」と声を上げた。さらに数秒遅れて貫太郎も同じ声を上げた。

「計算もぴったり合うんだ。いま十四歳のキョウさん。ミスターTが橋の上で寺田未知子さんの命を救ったのが十五年前。で、ミスターTは、家に帰れない寺田未知子さんを、自分の部屋に泊めた」

その後、朝になって彼女は出て行き、それから二人は会っていないと武沢は言っていた。が、一度で充分なのだ。現にテツだって、かつてインポテンツだった貫太郎が一夜限りの完全復活を遂げた「奇跡の夜」に、やひろの中に宿り、いまここにいる。

「じゃあ、タケさんはキョウちゃんの――」

やひろの言葉の途中で、テツが頷く。

「キョウさんは、その事実を隠したかった。だからミスターTを偽者の父親に会わせて、本物だと思い込ませようとした。自分の父親はここにいますよってね。それが偽者だったってことは、あとでばれちゃったけど」

なんてことだ。何かを黙っているのが生来苦手なのに、たったいま、自分はとんでもない事実を知ってしまった。

両手で口を覆っていた貫太郎が、そのポーズのままテツに顔を向ける。

「これって……タケさん知ってるのかな」

「知らないと思う」

待って、とやひろは割って入った。

「じゃあ、キョウちゃんのお母さんがキョウちゃんに聞かせてた話は何なの？　木本幸司っていう父親のこととか、それこそ、その父親が子供を認知しないっていう誓約書のこととか」

「そっちがぜんぶ嘘だったってことになるね。で、その嘘をついたのは誰かって話になると、可能性は二つ。一つは、キョウさんがミスターTに、母親がこう言ってましたって嘘を話して、偽物の誓約書をつくって見せた。もう一つは――」

テツの眉毛がぐっと持ち上がった。どうやら、いまから言うやつのほうが可能性が高いと考えているらしい。

「寺田未知子さんが生前、キョウさんに嘘をついて、偽物の誓約書もつくっておいた」

でも、どうして娘にそんな嘘をつく必要があるのか。何故、寺田未知子はキョウの父親が武沢であることを言わず、木本幸司などという別の人物をつくり上げ、偽の誓約書までつくったのか。そして、キョウはいったいいつそれが嘘だと知り、武沢が父親であると考えるようになったのか。爪だか髪の毛だかのDNAサンプルを手に入れたのは、あのアパートでいっしょに暮らしはじめてからなのだろうが、その鑑定を依頼しようと思い立ったのはいつなのか。やひろにはまったくわからなかったし、テツにもわからないようだったし、貫太郎は最初からあきらめて、ただ口に手をあてたまま二人の顔を見比べている。

「あ」

一つだけ、やひろにも想像できることがあった。

キョウは、自分が武沢の前に現れた理由を、責任をとってもらうためだと言っていたらしい。もしやそれは、父親としての責任だったのではないか。祖父母の会社が倒産し、母親が自殺し、どうしようもない困難に直面してしまったキョウは、誰も頼ることができず、父親である武沢のもとへやってきたのではないか。ということは、武沢のアパートに転がり込む前から、すでにキョウは、武沢が父親であると知っていたことになる。ＤＮＡ鑑定サービスを使ったのは、それが事実であることを確認するためだった。

やひろがそれを言うと、テツがこくりと頷いた。

「キョウさんがミスターTや僕たちを欺すなんて、絶対にしないって言ったのは、そういうこと」

なるほど、たしかにそれは言えそうだ。実の父親である武沢や、その仲間たちを、キョウは欺したりしないだろう。たとえばキョウが武沢を恨んでいるのであれば話は別だが、そんなふうにはまったく見えない。とはいえキョウにはもちろん、武沢の無責任を責める資格はある。知らなかったとはいえ、寺田未知子やキョウのことを、これまでまったく考えることもなく暮らしてきたのだから。十五年前、寺田未知子の命を救ったのは素晴らしい。しかし、そのあとあれしておいて、責任がゼロというわけにはいかない。キョウが武沢のアパートに転がり込み、実演販売を教えさせたり、こうして母親の仇討《あだう》ちを手伝わせているのは、その責任をとらせるためなのだろうか。

「……ん？」

貫太郎が不意に眉を上げて片耳を突き出した。

「何よ。いま難しいこと考えてんだから」

「……んん？」

そのまま、まるで耳を引っぱられている小僧のように四《よ》つん這《ば》いで床を進み、ローテーブルを回り込む。貫太郎の耳が行き着いた先は、やひろが床に置いていたスマートフォンだった。まひろのフェイクデートの音声が、まだつづいている。二人は中華料理店から静かなカラオケルームへと移動し、ナガミネがユニファンドの話をしはじめたところだった。

「いま、猫の鳴き声しなかった？」

＊　＊　＊

自宅のベッドに寝そべり、まひろは自分の唇をさわっていた。

撫でてみたり、指を押しつけてみたり、軽くはじいてみたり。

アパートの外では雨音がつづいている。それにまじって、胸に寄りかかったチョンマゲの小さな鼻の穴から、かすかな寝息が聞こえていた。

――カエルに化けると書いて、蛙化現象です。

キョウが言っていたことを思い出す。

グリム童話の逆で、王子様に見えていた人が気持ち悪いカエルに見えてしまうという現象。あの話を聞いたとき、まひろは悔しいが得心がいった。昔の自分がやっていたこと。男に近づいて媚《こ》びを売り、相手が油断した隙に現金を奪って逃げる。それを繰り返し、自分自身と姉と貫太郎を、なんとか生かしていた。そのことを、いまも許せない自分がいる。だから男性から好意を向けられることに嫌悪を抱いてしまう。しごく納得できる理屈だった。――が。

「関係なかったんだよなあ……」

天井に向かって呟くと、寝ているチョンマゲの耳がぴくんと動いた。

まったく関係なかったのだ。蛙化現象でも何でもなく、単に物足りないだけだった。十数年前の、武沢たちと決行した大作戦も含め、あまりにドライブのききすぎた出来事をあれこれ経験したせいで、普通の相手では物足りなくなってしまったというだけのことだった。

二日前のフェイクデートの夜、ナガミネがふたたびユニファンドの話をしはじめたのは、カラオケ店だということになっている。しかしあれは大嘘で、自分たちはここにいた。この部屋に。中華料理店を出たあと、スマートフォンの録音をいったん止め、まひろが誘ったのだ。あまり遅くなると飼い猫が心配だからとナガミネに説明したのは、半分本当で、半分嘘だった。

男と二人きりになりたいなんて、最後に思ったのはいつだろう。記憶をたどってみても、かつてスリ目的でそうしていたときのことばかりが浮かんでくる。もしかしたら、人生初だったのではないだろうか。

この部屋で録音を再開したあと、ナガミネはユニファンドの偽書類を取り出し、嘘百パーセントの説明をしはじめた。まひろはその説明を聞き、あとでATMへ行って金を下ろすと答え、その直後、録音を止めた。

「まずいかなあ……」

データがいっぱいになったのではない。この手で録音を止めたのだ。あれには自分でも驚いたし、その直後、ナガミネに近づいて唇を重ねたときはもっと驚いた。

「まずいよなあ……」

寝そべったまま、両手で叩くようにひたいを覆う。昔から自分には、何の前触れもなく突拍子もないことをやりだすところがあった。それはもちろん知っていた。知っていたが、まさかここまでとは思わなかった。

枕元の飛ばしスマホが振動する。チョンマゲがぼんやりと目をひらき、空気を嚙むようにあくびをする。着信はワンコールで切れた。ディスプレイを見ると、「ナガミネマサト」と表示されている。電話をかけると一瞬で通話状態になった。

『……いまから平気？』

探るように訊いてくる。

「平気。どこにいる？」

もうアパートの下だという。

「上がってきて」

『服が濡れちゃってるけど』

チョンマゲがアーチ状になってのびをした。

「いいって」

通話を切り、ナガミネがやってくるのを待つあいだ、まひろはふたたび両手で顔を覆った。

「まずいよなあ……」

不安と高揚がまじり合ったその気分は、子供時代、ぐらつく乳歯を授業中に舌でもてあそんでいたときに、どこか似ていた。

＊　＊　＊

大通りの路肩に駐めた営業車の中で、武沢はフロントガラスの向こうを睨んでいた。

地方銀行の高田馬場《たかだのばば》支店。入り口前の歩道には、まばらに傘が行き交っている。見えない太陽はもう沈みかけているようで、空は暗い。雨はいよいよ強さを増して車体をなぶり、雨音がひとつづきになって車内に響いていた。そこへワイパーの軋《きし》みが規則正しく読点を打つのを聞きながら、武沢は念のため、もう一度スマートフォンの画面を確認した。

GPS発信器の現在地を表す、赤い玉。

自分の現在地を表す、緑の玉。

それらはいま、ちょうど雪だるまのように、くっつき合っている。数メートル先でハザードランプを点滅させながら停まっているのは、黒いセダンだ。車種も色も、寺田未知子が憶えていたものと一致している。

そのとき、すらりとした人影が銀行のガラスドアを出てくるのが見えた。

ジーンズにグレーのジャケット。両手をそのジャケットのポケットに突っ込んだまま、雨に濡れるのも構わず、黒いセダンへと歩いていく。車に乗り込むとき、男はポケットから右手を抜き出して運転席のドアを開けた。その一瞬で武沢は、ポケットから封筒の一部が飛び出していることと、封筒の重みでジャケットの右側が下へ引っ張られていることを見て取った。

「……初めまして」

声に出して呟いた。

ナガミネマサトであり長澤正志である兼澤高志。

その姿を実際に目にするのは、これが初めてだった。

セダンが右へウィンカーを出し、じわじわと前進する。武沢もギアをローに入れて
タイミングを待った。相手が車線にすべり込んだ数秒後、ほかの車を二台あいだに入れて、営業車を後ろにつける。スマートフォンの画面では、赤と緑、二つの玉が連なって動き出していた。

テツが津賀和のパソコンから盗み出した情報によると、ナガミネのグループは恋愛詐欺、未公開株詐欺、商品送りつけ詐欺、振り込め詐欺など様々な詐欺を行っている。しかし、いま銀行から金を引き出すのに、ナガミネはいわゆる出し子を使わず、自らの手で現金化した。ということは、この銀行口座は警察に目をつけられる心配がない──つまり、被害者たちが振り込む口座そのものではないのだろう。被害者たちから巻き上げた金が、何らかのルートを経て、最終的にここへ入ってくるに違いない。もちろん本人名義ではなく架空口座である可能性が高いし、具体的にどんな流れで金がここへ振り込まれてくるのかはわからないが、そんなことはどうでもいい。肝心なのは、ここでナガミネが現金を手にするということ、そして、ここからの現金の移動先だ。

それほど長くは走らなかった。新宿区の外れ、開発から取り残されたような住宅街

にセダンは入り込み、路肩に寄って停車した。武沢は二十メートルほど行き過ぎてから営業車を停め、背後を確認した。一軒家が建ち並ぶ風景の中、十階建ての古いマンションが雨に煙っている。明かりが点《つ》いている窓は、半分ほどか。

月賦で買った高級腕時計を手首から外し、助手席に置いた。スマートフォンを動画撮影モードにし、後部座席のヘッドレストと背もたれのあいだに挟み込み、マンション全体が映る角度に調整する。それが終わると、武沢はドアを開けて雨の中に飛び出し、マンションを回り込んで建物の反対側に向かった。さらに路地を走り、マンションから離れ、すべての窓が見える位置まで移動する。

回れ右をして雨の中に立つ。

そのままじっと待つ。

子供時代から武沢は、雨が降るたび、何か自分の存在のちっぽけさのようなものを思う癖があった。もし自分がこの世に生まれていなくても、いまこの雨は降っていたし、街ではたくさんの人が同じように傘をさしていた。雨が上がれば、その人たちはみんな、同じように傘をたたんで空を見る。自分が生まれていてもいなくても、世界は何も変わらなかった——そんなふうに思うのだ。

しかし、いまは違った。自分の存在のちっぽけさを、慌ただしい人生の中で存分に叩き込まれたいまは、そんな自分でも変えられる何かを、全力で変えてみようと思えた。

ワイシャツとズボンはびっしょり濡れて肌にくっつき、靴の中にもどんどん水が入り込んでくる。スキンヘッドに叩きつけられる雨滴《あましだり》は驚くほど冷たく、しかもダイレクトに顔へ流れ落ちてきた。その水流の隙間から、武沢はマンション全体を注視しつづけた。整然と並んだ窓には、いつまで経っても変化がない。

「……ってことは、正面か」

念のためもうしばらく待ってから、武沢は来た道を引き返した。路肩に駐まっていたナガミネのセダンは消えている。武沢は営業車に戻ってタオルで両手を拭き、スマートフォンの録画映像を確認した。

「ビンゴ」

再生して数分後、画面の中に並んだ窓の一つに、明かりが灯《とも》るところが映っていた。

（八）

三週間後の午後、武沢とまひろは小さな貸し会議室にいた。

場所は有楽町《ゆうらくちょう》の外れ、同席しているのはほかに三人——「撲滅ウォリアーズ」の男性ディレクター、女性サブディレクター、そして若い男性カメラマン。室内が少々寒いのは、エアコンの音をマイクが拾ってしまうということで、電源を切ってあるからだ。気づけば秋は深まり、十一月も半ばを迎えようとしていた。

男性ディレクターは軽谷《かるたに》といい、四十代半ば。苗字と性格のどちらかが冗談かと思えるほど、口調や物腰が軽い。いっぽう女性サブディレクターは重森《しげもり》。これで口調や物腰が重々しければ大した偶然だったのだが、彼女は軽谷に言われたことをてきぱきと迅速にこなし、口調はどちらかというと早口だった。歳はまひろとどっこいどっこいの三十前後だろうか。カメラマンはたぶんまだ二十代、いかにも今風の、脂気のない若者で、自己紹介がなかったので名前は不明だが、軽谷と重森は「ヤマちゃん」と呼んでいた。

目の前のテーブルに置かれたノートパソコンでは、先ほどから動画が再生されている。これが撮られたのは、つい昨夜。まひろとナガミネが創作イタリアンレストランの店内で会話しているところを、離れた席から軽谷たちが隠し撮りしたものだ。その隠し撮りの場に武沢はいなかったので、二人のやりとりを目にするのは、いまが初めてだった。

『今回は、やめておこうと思って』

画面の中で、まひろが消え入りそうな声を洩らす。その声が鮮明に録れているのは、彼女の服の中に、軽谷から事前に受け取ったマイクが仕込んであるからだ。

『それは、どういう意味？』

テーブルの反対側に座っているナガミネの声は、まひろのものよりは不鮮明だが、それでもしっかり聞こえた。二人はいましがた食事を終え、ナガミネがユニファンドへの追加投資について提案したところだった。

『お金を預けるのを、やめておくってこと』

その瞬間、ナガミネの顔から表情が消えた。

小さい頃に「まんが日本昔ばなし」で見たのっぺらぼうを、武沢は連想した。あまりの怖さに武沢を人生初の睡眠不足へと追い込んだ化け物だった。もちろんナガミネの目鼻はちゃんとあるのだが、それらがすっと消え失せたように見えたのだ。そこには無表情という表情さえなかった。無論、彼はプロフェッショナルなので、これも演技ではあるのだが。

『初めてだね』

声からも表情が消えていた。まひろはテーブルの反対側で、ぐっと顎を引いて頬を固くした。

『もう、たくさん預けたから……充分かなって』

『充分なんて、あの国にはないよ』

『それはそうなんだけど——』

『でしょ?』

唐突に、ナガミネの顔に穏やかな笑みが戻る。

『これはね、たとえば道ばたで困っている人を助けるとか、そんなレベルの話じゃないんだ。生きるか死ぬか、命が助かるか助からないかの問題なんだよ。それがユニファンドのやっていること。それが、僕やましろさんがこれまでやってきたこと』

『でも——』

「いやこれ、やられちゃいますよね」

画面を眺めながら軽谷が苦笑する。

「僕ほんとあれですもん、二人のこと撮影しながら、もしかしてましろさん、またお金渡しちゃうんじゃないかって思っちゃいましたもん」

「もう、欺されません」

まひろが呟き、画面の中の自分を見つめる。

「これ以上は欺されません」

「ですよねえ、これ以上はねえ、だってもう……重《しげ》ちゃん、あれは? 金額のメモ」

重森はテーブルに置かれていたファイルを手早く捲り、ページをひらいて軽谷に渡した。そこには、これまでまひろ——戸坂ましろがナガミネに渡してきた現金の額と、その日付が記されている。一番下に書かれた合計金額の部分を、軽谷は持っていたシャープペンシルの尻でぱしんとやった。

「六百五十万円ですもんね、ふざけんなって話ですよね」

そう、まひろが渡した現金は、その額にまでふくれ上がっていた。だからこそ番組は興味を持ち、こうして取材に踏み切ってくれたのだ。もちろん実際にはその逆で、番組が興味を持ってくれそうな額になるまで待ってから、こちらが相談に踏み切ったのだが。

まひろが番組の公式ホームページから相談メールを送ったのは先週のことだ。すると翌日すぐに先方から電話連絡があり、詳細を知りたいと言われた。取材の価値ありと判断してくれたのだ。その日の夜、まひろの仕事が終わったあと都内の喫茶店で先方と待ち合わせた。そこで待っていたのが、番組制作会社で「撲滅ウォリアーズ」を担当している軽谷と重森だった。一人では心細いという理由で、まひろは叔父に同席してもらい、その叔父というのが武沢だ。もちろん先方には偽名を伝えてある。

喫茶店のテーブルで、まひろがこれまでの経緯を詳細に説明すると、軽谷たちはすぐに動いた。まずはユニファンドというものについて調べ、当然のことながらこれは実在しないことが確認され、ついでにナガミネが勤めていると言っていた会社も存在しなかった。

ナガミネとつぎに会う日程が決まったら連絡してくれと言われたので、まひろのほうからナガミネにメッセージを送り、食事の場を設けた。その食事が昨日の夜。そして、店内で隠し撮りした二人の映像を、今日こうしてみんなで見ているというわけだ。

『ましろさん、本気なの？』

画面では二人のやりとりがつづいている。

『本気。わたし、もうお金は出せない』

迷いを振り切るようにして、まひろは言い添える。

『これまで預けた分も、みんな引き出したい』

ナガミネの上体が一時停止し、ついで彼は、意図的にスローな動きでテーブルに両肘をついた。

『……理由は？』

『不安になったの。ほらテレビとかで……そういう話、よく聞くから』

『どういう話？』

『詐欺の話』

とうとう言った。

ここで武沢は、ナガミネが先ほどの不気味な無表情をふたたび見せることを予想した。しかしナガミネは、たったいま相手に言われた言葉が自分の中に染みこんでいくような間を置いたあと、急にくしゃりと顔を歪め、世にも哀しそうな表情をつくってみせた。

『何でそんな、ひどいこと言うの？』

『あ、違う、もちろん本気で思ってるわけじゃない。ただちょっと不安になって――』

まひろが慌てたのが、武沢には少々予想外だった。設定としては、ナガミネがやっていることを詐欺だと確信し、相手を追い詰めるべく番組に相談しているのだから、ここは強い態度を貫《つらぬ》いたほうが自然だったのではないか。

「ましろさん、やっぱりまだ気持ちがあるんですねえ」

軽谷がしみじみと言い、ヤマちゃんがまひろにカメラを向けて彼女の横顔を撮影する。まひろは下唇を噛み、しばらくうつむいたあと、哀しげな目をして小さく頷いてみせた。こうした感情面については彼女に一任してあったのだが、なるほど、そういう設定にしたようだ。ナガミネに欺されていると知りながらも、気持ちを棄《す》てきることができない戸坂ましろ。

「ぜんぶ……嘘だったらいいのにって思います」

「ぜんぶ嘘じゃねえか。ユニファンドも実在しなかったし――」

叔父としての演技をしておこうと口を出すと、軽谷がさっと手を上げて遮った。無言でその手を顔の前に立て、頭を下げてくる。どうやら脇役は必要ないらしい。武沢も同じ仕草で謝って口を閉じた。まひろがつづける。

「ユニファンドが実在しなかったとか、ナガミネさんの会社が存在しなかったとか、そっちがぜんぶ嘘だったらいいのにって。いままで見てきたナガミネさんとか、いままで聞いてきたナガミネさんの話のほうが、ほんとだったらいいのにって」

うんうんうんと軽谷が頷き返すあいだにも、パソコン画面の中では会話が進行していた。まひろは先ほどから、ナガミネに心底申し訳ないという様子を見せつつ、しかし金はもう渡したくないこと、これまでの分を返してほしいことを繰り返している。

『僕一人で決められる話じゃないから』

それが、ナガミネの最終的な返事だった。彼は店員を呼んで会計を頼み、それが済むと無言で席を立った。まひろは何か言おうにも言葉が思いつかないといった様子で立ち上がり、彼につづいて店を出る。カメラはそれを追うが、二人がガラスドアのすぐ向こう側で立ち止まっていたので、慌てて後退しながら距離をとり、壁際に寄ってガラスごしに二人の姿を捉える。仕込みマイクのおかげで、音声は相変わらずクリアに聞こえていた。

『ナガミネさん――』

『いっしょにいたい気分じゃなくなったから、今日はこれで』

『さっきのこと、ごめんなさい』

『自分が言った言葉を、もう一度よく考えてみたほうがいい。僕は、ましろさんが絶対に正しい答えを見つけてくれるって信じてる』

ナガミネが暗い路地に歩き出す。数秒の間を置き、カメラがガラスドアを抜けてまひろの脇を過ぎ、彼の背中を追いかける。

「このあと頑張って追いかけたんですけどねえ」

軽谷が漫画みたいにぽりぽりと頭を掻いた。

「まかれちゃったんですよねえ。いや、なんかあれなんですよ、まるで尾行を警戒してるみたいに歩くの速いし、わざと人混みの中に入ってくし、こっちも尾行には慣れてんですけど、もうびっくりするくらいすぐに見失っちゃって」

画面には、いままさにその様子が映っていた。カメラは人混みの中を行ったり来たり、駅の構内に入ったり出てきたりして、最後には、がっくりと項垂《うなだ》れるように下を向いて暗い地面を映し、そこで映像は終わった。

「でも僕ら、ぜっ」

軽谷はそこで息を止めてまひろに首を突き出した。

「――ったいにナガミネを追い詰めますから！」

まひろに向けられた両目は真っ直ぐで、しっかりと芯が入っている。取り立てて特徴のない顔が、急に精悍《せいかん》に見えた。この軽谷という男、口調と物腰は軽いが、案外こっちが本質なのかもしれない。番組づくりのために彼は昼夜問わず働いているようだが、その気持ちの根っこには、詐欺被害者を助けようという真摯《しんし》な思いがあるのかもしれない。そう考えると同時に、にわかに武沢は、今回のペテンに対するためらいをおぼえた。

しかし、もうあとへは退けない。

「どうかひとつ、俺からもよろしくお願いします」

武沢は椅子から立ち上がってスキンヘッドを下げた。

「なんとしても、姪《めい》っ子を助けてやりたいんで」

「いやそんな、頭なんて下げないでくださいよ。でも、そう、そうなんです。詐欺師を追い詰めるというよりもね、被害者を助けたいんですよ僕らも。その気持ちなんです。だからこの番組をやってるんです。まさに岩見《いわみ》さんのおっしゃるとおり」

岩見克照《かつてる》というのが、番組側に伝えた武沢の偽名だった。これは十数年前に死んだ男の名前を並べ替えたものだ。あの男と同じことをやろうとしているいま、作戦の成功を祈願するような気持ちで、武沢は七文字のひらがなを借りた。

もっとも、実際に名前を考えたのはテツだ。

そろそろ自分の偽名を決めねばと、七つのひらがなをそれぞれメモ用紙に書きつけ、あれこれ並べ替えて悩んでいたら、その紙をアパートでテツに見られた。それは何かと訊くので、アナグラムで名前を考えているのだと正直に答えると、テツはメモ用紙にふれもせず、頭の中であっというまに言葉をつくってみせた。

――言葉じゃなくて、名前をつくってんだよ。俺が使う偽名を。

――じゃこれは？

と言ってテツがメモ用紙に書きつけたのが「岩見克照」だったのだ。なんとなくスキンヘッドに合っている気がして悪くないと思ったので、武沢はそれを採用することにした。

「じゃ、いまからましろさんのインタビュー映像を撮らしてもらいますね」

軽谷が立ち上がり、重森に手伝わせながら椅子とテーブルを窓際に運ぶ。

「今回の経緯を、映像用にもう一回ぜんぶ説明してもらいます。こっちから質問するんで、それに答えてもらうかたちで。ヤマちゃん、カメラ二台にして、一台は横から固定で。ましろさん、ハンカチ持ってますかね？　もしなければ、こっちでお貸しします」

「持ってますけど？」

「あじゃあ、膝のとこに置いてもらっていいですか？　そうするとほら、泣いてるような感じが出てくれるんで」

ん、と武沢は内心で首をひねった。

まひろは実際に首をひねり、ダイレクトに訊いた。

「やらせってことですか？」

「え！」

とんでもない衝撃発言を聞いたように、軽谷は全身でまひろに向き直る。

「いやいや演出ですよ、演出。やらせじゃないです」

「違いがよくわからないんですけど」

「ぜんぜん違いますって。たとえばほら、町歩き番組でタレントが〝わー可愛いお店！　ちょっと入ってみましょう〟とか言って店に入って、でも店の人は急にタレントとカメラが入ってきたのに、まったく驚かないわけですよね、事前に打ち合わせしてあるから」

「はあ」

「あれと同じです」

相手が納得することを信じ込んでいる顔で、軽谷は言い切った。

「やらせじゃなくて演出。もちろん報道番組でそういう演出しちゃったら、もうこれ大問題ですけど、この番組は違うんで」

「この番組って……どういうあれなんですか？」

武沢が訊こうと思ったことを、まひろが訊いてくれた。

「どういう？」

「いえその、たとえばカテゴリーでいうと」

「まあ、正直バラエティーです」

正直というよりも馬鹿正直に軽谷は答えた。そのおかげで、さっき感じたためらいがぐっと薄れてくれた。まひろはまだ納得のいかない顔をしていたが、武沢が促すと、小さく息をついてハンドバッグからハンカチを引っぱり出した。軽谷は「あいたいまー」としか聞こえない礼を言い、インタビューのセッティングをつづけた。

PINKY／Crow's "pinky"

（一）

それから一ヵ月ほど経った十二月半ば。

薄暮れどき、武沢の部屋で、全員が車座になっていた。キョウ、まひろ、やひろ、貫太郎、テツ、武沢、そしてチョンマゲ。

最後の作戦会議だった。

昨日の深夜、武沢はふたたび缶詰由来の合い鍵を使ってTSUGAWAエージェンシーに忍び込み、仕掛けた隠しカメラを回収してきた。壁の防犯カメラにテツが塗りたくった接着剤も、綺麗に剝がした。

これでもう証拠は残っていない。

「当日は三手に分かれて行動する。まず、俺と貫太郎は金を取り戻す。まひろが渡した金額分と、キョウの母親が渡した金額分だ。それ以上でも以下でもねえ」

現金の保管場所はわかっている。新宿区の外れにある、あの古いマンションだ。ナガミネマサトこと長澤正志こと兼澤高志の車が、あれから銀行とマンションのあいだを頻繁に行き来していることを、武沢はGPSの動きで確認していた。何度か早朝に部屋の電気メーターをチェックしに行ったところ、メーターの数値はいつもほとんど変わっておらず、中で人が暮らしている気配はない。あの部屋が現金の保管場所であると見て間違いなく、中に侵入する方法も、貫太郎と二人ですでに決めてあった。

「で、まひろはナガミネと会う。会ったあとは基本的に軽谷さんたちとの打ち合わせどおりやってくれ。やひろとテツとキョウは、その近くで待機して、不測の事態に備えてもらう」

対決の準備が整ったと軽谷から電話があったのは、昨日の夜七時のことだった。

——弁護士さんと相談した結果、現状でいけるってことなんで、いっちゃいます。

その時間に電話があることは軽谷から事前に伝えられていたので、武沢たちは今日と同じようにみんなでここへ集まっていた。まひろはスピーカーフォンで相手と会話し、全員でそれを聞いた。

——まず、ましろさんがナガミネを呼び出してください。深刻な感じじゃなくて、付き合いはじめのときみたいな、ごはん食べましょう的なやつで。あ、当日は、なるべく地味な服装でお願いできると助かります。お洒落な服とかだと、画《え》的にちょっとあれなんで。で、日程ですけど、いまから瀬谷ワタルさんのスケジュールが空いてる時間帯を言いますね。まず――。

服装を指定されることや、瀬谷ワタルのスケジュールに合わせることが、どうにも気にくわなかったが、こっちも番組を利用させてもらうのだから仕方がない。まひろは軽谷からの電話を切ると、その場でナガミネにメッセージを送り、三日後、土曜日の午後二時に、ある場所で会うことが決まった。今日から数えると二日後だ。

その待ち合わせの場所と時間を軽谷に連絡すると、いったん電話は切られ、しかし一時間ほどでかかってきた。テレビ番組の制作現場というのは、武沢たちの想像を超えたスピードで動いているようで、もう当日の段取りが組めたらしく、軽谷はまひろにそれを説明した。

まず、まひろとナガミネが対面し、その様子を隠しカメラで撮影する。しばらく経つと、そこへ番組側の弁護士が現れる。弁護士がナガミネに同行を求め、事前に用意してある近くの貸し会議室まで二人を連れていく。そこである程度のやり取りをしたあと、いよいよ成敗役《せいばいやく》である瀬谷ワタルが現れるという流れだった。

――二人の待ち合わせ場所には、事前にスタッフを一人置いてカメラを回させときます。その映像を、会議室で待機してる僕らとか瀬谷さんもリアルタイムで見てますから心配いりません。音声ですけど、ましろさんには事前にまたマイクつけてもらいますんで、よろしくお願いします。

　まひろとナガミネが会うことになっているのは、予想外の場所だった。

　ＧＥＯＳのフードコートにあるテラス席だ。

　二人の待ち合わせ場所をそこにしてほしいと言ったのは、キョウだった。

　――どうしても、そこじゃなきゃ駄目なのか？

　駄目なのだろうなと思いつつ、武沢は訊いた。

　予想通りキョウは、駄目ですと答えた。

　――はじまったのと同じ場所で、終わらせたいんです。

　実際、悪くない発想だった。武沢は余計な言葉は返さず了承し、ほかの面々も反対しなかった。今回の作戦はすべて、キョウが思うようにならなければ意味がない。そのことを、みんなよくわかっているのだ。

（二）

　決行当日がやってきた。

　まひろは事前打ち合わせのため、番組がＧＥＯＳの近くに用意した貸し会議室に、朝から移動していた。やひろ、テツ、キョウは午後からＧＥＯＳに向かい、ついさっき、ちょうどいい待機場所を見つけたとグループメッセージに連絡があったところだ。そこはGEOSの駐車場内にある、チェーンのカフェで、窓際の席からフードコートのテラス席がしっかりと見えるらしい。

そして武沢はというと、

「……くそ」

マンションの入り口で頭を抱えていた。

ナガミネが現金を保管していると思われる、あの古いマンションだ。

空には薄い雲が一面に広がり、吐き出した溜息が白くなってそこへ消えていく。服装は黒いセーターにグレーのスラックス。月賦で買ったいつもの腕時計。その腕時計を顔の前に持ってきて覗き込む。しばらくして腕を下ろす。また時計を見て、下ろす。

同じ動きを十回ほど繰り返したところで、バイクの音が近づいてきた。見えない場所でエンジンが切られ、かちゃかちゃ、ばたんと音がして、マンションの入り口に小柄な中年男性が現れる。でかい道具箱を片手に、クリーム色のつなぎを着て、胸には「鍵の110番」と書かれたタグが縫い付けてあった。どうでもいいことだが、べつに悪者を捕まえるわけではないのに、どうして鍵屋や水道屋はこの「ナントカの110番」をよく使うのか。

マンションの入り口に立っていた武沢に、鍵屋は中途半端な会釈をよこした。武沢がほっと安心した顔をしてみせると、もう一度、ひょこりと頭を下げた。

「あの、解錠依頼のご連絡をいただいた――？」

「ええ中村《なかむら》です、３０４の」

「中村重之《しげゆき》さん」

「ええはい」

鍵を紛失したので家に入れず困っていると連絡したのだ。

「ちょっとばかし急いでるんで、すぐ開けてもらっていいですかね？」

返事を待たずに薄暗い階段を上りはじめる。鍵屋は後ろからついてきた。三階へ移動し、３０４号室の前に立つ。呼び鈴の脇にある表札プレートには、あらかじめ「中村」と、かすれたマジックインキで書いた紙を入れてあった。鍵屋はそれを一瞥すると、しゃがみ込んでドアノブを確認する。ふんふん頷き、この手のやつなら問題ないといった感じで、いかにもそのまま作業に入ってくれそうな雰囲気を見せた。しかし、武沢がほっとするのも束《つか》の間《ま》、立ち上がってこちらに向き直り、申し訳なさそうな顔をする。

「念のため、身分証をよろしいですか？」

「身分証」

「はい、ご住所が記載されているものを」

「いま?」

「すいません、規則なもんで」

なるほど、住人になりすまして部屋のドアを開けさせようとする悪い人間が、世の中にはいるのかもしれない。武沢は財布を取り出した。

「保険証でいいですかね?」

それを鍵屋に手渡す。プラスチックのカードには「東京都美術家国民健康保険組合」と印刷され、「中村重之」という名前や、この部屋の住所もしっかりと記載されている。貫太郎がつくってくれたのだ。貫太郎はマジシャン時代、偽物の免許証やクレジットカードなどをしばしば小道具で使うことがあり、それらをすべて手作りで作製していたらしく、今回のやつもすぐに用意してくれた。「東京都美術家国民健康保険組合」は実在しないが、これは偽造を見やぶられないようにするためだ。鍵屋は毎日のように本人確認をしているので、一般的な国民健康保険証、あるいは免許証は見慣れている。たとえば「全国歯科医師国民健康保険組合」や「東京都弁護士国民健康保険組合」など、実在するがレアなものを偽造することも考えたのだが、ひょっとしたら鍵屋はこれらも実物を目にしたことがあるかもしれない。そこで思い切って架空の団体をつくることにし、いま着ている黒いセーターやグレーのスラックスも、それに合わせて選んできた。

「保険証の裏面と表面、写真撮らせてもらっていいですか？」

「どうぞどうぞ」

　それが済むと、鍵屋はいよいよ解錠に取りかかってくれるかと思ったが、まだだった。

「管理人さんか不動産会社さんに、ご連絡はされました？」

「はい？」

「ここの」

　コンクリートの床を指さし、口を半びらきにしたまま武沢を見る。

「あ管理人？　そうか、管理人とか不動産会社」

「おそらく合い鍵をお持ちだと思うんですけど」

「急いでて、思いつかなかったな。いやそうか、合い鍵か」

「うちのほうも、権利者の許可なしで解錠することはできないんで、いま連絡してもらっていいですかね？」

「無理ですな」

「はい？」

「猛烈に急いでるんで」

そのとき、階段の上から足音が近づいてきた。二人でそちらを見ると、相手は階段を下りきったところで立ち止まり、武沢と鍵屋を交互に見る。

「何かありましたか？」

武沢に向かって不審げに訊く。

「ああいやちょっと、じつは鍵を失くしてしまいまして、急ぎで必要なものが中にあったもんで、勝手にすいません、鍵屋さんを呼んじゃったんです」

武沢がスキンヘッドを掻くと、相手は困った顔で「困りますよ」と言った。

「そういうの、先に私に連絡してくれなきゃ」

「いや管理人さん、すいません、ほんとに急いでて、連絡先もわからないし――」

「私の携帯番号知ってるじゃないですか中村さん」

「あ」

武沢が口をあけると、貫太郎は鼻から太い息を吐いた。

「中村さん、あなた、前も私に連絡しないで洗面所のシンク取り替えましたよね」

「前ってそんな、五年も六年も前のこと言われても――」

＊　＊　＊

ショッピングセンターのフードコートで食事をするのは、小さい頃の憧《あこが》れだった。昼時を過ぎ、客がまばらなテーブルのあいだを抜けながら、まひろはそんなことを思い出していた。

家にお金がなくて、たぶん限界までなくて、外食をしたいなんて言えるはずもなかった。だから休みの日、まひろはよくおんぼろ自転車で、当時暮らしていた町のショッピングセンターへ行き、ちょうどいまやっているように、一人でフードコートを歩いた。給水器の水を紙コップに入れ、それを三つ、空いている席に置き、料理を注文しに行った家族がなかなか戻ってこないというふりをしながら、そこに座っていた。両足を椅子の脚に引っかけて、ときどき紙コップの水を飲んで、何十分もいた。食べ物のにおいが空腹をあおった。うどんやそばのにおいに、いちばんお腹がすいた。

父親が消えたあと、母は一人でまひろと姉を育ててくれた。お金、父親、幸せ――人生でけっこう大事そうな、その三つを欠いた生活だった。姉は当時、家の中でいっさい口を利かずに過ごしていた。目の前の生活を直視しないように、自分の内側だけを睨みつけて暮らし、いまのように笑っているところなんて一度も見たことがなかった。母もまた同じだった。母親というよりも、不幸を背負い込んだ、痩せた女の人が、いつもそこにいた。

だからまひろは明るく笑っていた。毎日毎日、自分だけの世界――貧乏だけど幸せな母子家庭という世界をつくって、必死に演技をしながら暮らしていた。その世界の中では、母は痩せた女の人ではなく、ちゃんと、母だった。姉も、テレビや街で見かける姉妹のように自分と仲良しで、ただ、ちょっと何かの拍子に機嫌をそこねて無口になっているだけだった。

まひろが十二歳のとき、母はアパートの部屋で手首を切って死んだ。テーブルの上には、七百六十三円の全財産と、その下に、「ごめんね」と鉛筆で書かれたメモがあった。残り少なくなったまま、もったいなくてずっと使わずにいた、古い、角のよれたメモ用紙だった。それを手に取ったとき、はずみで崩れた小銭の音を、まひろはその後何年も、耳の奥に聞きつづけた。どうしても消えてくれなかった。

その音から逃げるようにして、スリになった。かつて会話のない家の中で、自分の世界をつくって暮らしていたときのように、違う自分をつくり上げ、男に近づいて財布をすった。それを繰り返しながら、無職の姉と、マジシャンの仕事が来なくなった貫太郎と、三人分の生活を支えていた。

自分を変えてくれたのは、間違いなく、十数年前に決行したあの作戦だ。あれがなければ、たぶん、いつまでもスリをつづけていた。行為を重ねるたび、きっと足下に穴を掘るように少しずつ沈んでいき、やがては絶対に這い上がれないところまで行き着いていた。

だからこそまひろは、武沢が提案した今回の作戦に協力することを決めたのだ。行動することで、世界は変わる。本当に、大きく変わる。それをキョウに信じさせてあげたかった。

テーブルのあいだを抜けてテラス席に向かう。ガラスドアを開けると、棘のある寒風が肌を刺した。空には薄雲が広がり、さすがに誰もテラス席には座っていない。いや、端の席に一人だけ、テーブルにバッグを置いてスマートフォンをいじっている若い男性がいる。あれは、さっきの打ち合わせで軽谷が言っていた、番組スタッフだ。隠しカメラはあのバッグの中にある。足下に別のバッグがもう一つ置かれているのは、映像を中継する器械でも入っているのだろうか。

あのスタッフが撮っている映像は、これから弁護士がナガミネとまひろを連れて行く貸し会議室の中に、リアルタイムで流れている。軽谷たちも、瀬谷ワタルも、それを見ている。

ところで有名人には、実際に会ってよかったと思える人と、会わなければよかったと思う人がいるらしいが、さっきの打ち合わせで会った瀬谷ワタルは、明らかに後者だった。

――大変ですね。

軽谷が紹介したまひろを見るなり、瀬谷ワタルはそう言って、上唇を持ち上げるような顔をした。嫌な苦笑だった。たとえるなら、料理の腕に自信を持っている人が、誰かが不器用に指先を包丁で切ってしまったのを見たときのような表情。それきり瀬谷ワタルはまひろから視線をそらし、あれは進行表か何かだったのだろうか、ホチキス留めされたA４判の紙に目を通しはじめた。テーブルの上にはストローが刺さったミネラルウォーターのペットボトルが置かれ、ときおり癇癪《かんしゃく》そうな咳払いをしては、それを飲んだ。

なるほど、やはりすべて茶番なのだと思った。

この番組の中で、瀬谷ワタルは詐欺師を成敗する役どころだ。しかしそれは仕事でやっているだけで、きっと本当はどうでもいいのだろう。ああした成功者にとっては、そのへんにいる女性が恋愛詐欺で金を欺し取られたことなんて、ただの不器用な失敗でしかないのだろう。その失敗を、テレビ局や番組制作会社といっしょに面白い見世物《みせもの》にするため、ああして出向いているのだ。嫌いなタレントではなかったし、この番組を見て勝手に正義漢のイメージも抱いていたので、まひろはひどく裏切られた気分だった。

とはいえ、もちろん何も言えた義理ではない。

なにしろ、こっちなんてぜんぶが嘘なのだから。

瀬谷ワタルはフードコートで食事をしたことなんてあるのだろうか。そんなことを思いながら、まひろは目の前にある柵のほうへ歩いた。今年の春、キョウの母親が、人生を終わらせるべく乗り越えた、まさにその柵だった。柵は縦の格子状で、マンションやアパートのベランダで目にするほどの高さしかない。見るからに年季が入っていて、新設された様子はないが、あんなことがあったというのに何も変わらないものなのか。

いや、もしもあれが事故だったら、きっと柵はすぐさま背の高いものに取り替えられていただろう。まひろの母が手首を切って死んだときも、やってきた警察の人たちは、同情こそしてくれたが、闇金業者をなんとかしてやろうという様子ではなかった。が、もし闇金業者が直接母を殺していたとしたら、即座に犯人を捕まえて牢屋《ろうや》に入れていたに違いない。自殺は本人の意思だから、いつだって、被害としてカウントしてもらえない。

柵に片手をのせて視線を伸ばす。広い駐車場の、半分ほどが空いている。軽谷から聞いた話だと、去年だか一昨年だか、ここからそう遠くないところに新しいショッピングセンターができ、客足が減っているらしい。

地味なコートの袖口をめくり、腕時計を見る。一時五十分。もうすぐここへナガミネがやってくる。

やってきたら、二人で演技をはじめる。

十数年前に武沢たちとともに決行したあの作戦は、たしかに自分を変えてくれた。しかし、どうやら余計なところまで変えてしまったらしい。昔の自分なら、ナガミネのような人間に惹かれることなどあっただろうか。いや、絶対になかった。もっと、しっかりとした会社に勤め、安定した給料で家庭を支えてくれるような人に、きっと惹かれていた。タイプだの何だのは関係なく、絶対にそういう人を選んでいた。

——チョンマゲの声、入ってたよ。

二日前、武沢のアパートでの作戦会議が終わったあと、帰り道でやひろに耳打ちされた。数秒してからその意味に気づき、はっとして顔を見返すと、姉は笑っていた。

——あれ録ってたの、カラオケじゃなくて、あんたの部屋でしょ。

どうやら完全に見透かされているようだった。まひろは首を縦にも横にも振らなかったが、それはもう肯定しているようなものだ。もっとも、どうせ昔から姉には嘘なんて通じない。一度も通じたためしがない。

——この作戦が終わったら、どうすんのよ？

訊かれたが、答えられなかった。

自分でもわからなかったのだ。最初はもちろん、作戦中だけの関係でいるつもりだった。しかし、いつのまにか、本当にそんなことができるのだろうかと思うようになった。そうしてまひろは、来る日も来る日も、一人で煩悶《はんもん》しつづけた。

ただし、それも二日前までのこと。

この二日間で、まひろの気持ちは決まっていた。

＊　＊　＊

「ほいさ、五十万」

「がってん、五十万」

「だんだん指が乾いてきたな。ひぃふぅみぃの――ほいさ五十万」

「がってん、五十万」

武沢は衣装ケースから札束《さつたば》をつぎつぎ取り出して貫太郎に渡していった。貫太郎は床に置いたリュックサックにそれを詰め込みつつ、メモ帳に金額を記入していく。

「でも無防備なもんですよね、衣装ケースなんて」

「いちおうカモフラージュしたつもりなんだろ。あいよ、五十万」

鍵屋にドアを解錠してもらい、武沢たちはこの部屋に入り込んだ。間取りは１Ｋで、廊下を兼ねた細長い台所があり、その奥が六畳ほどの洋室だった。窓にカーテンが取りつけてはあったが、部屋に生活感はまったくなく、そもそも家具さえ置かれていない。クローゼットの中に衣装ケースが一つと、水がたぷたぷになった湿気《しつけ》取り。

あとは洋室の隅に、吸い殻《がら》が入ったコーヒーの空き缶がぽつんと立っていただけだ。解錠を終えた鍵屋が玄関ドアを開けたとき、もしこの光景を目にしていたら、さすがに妙だと思われていたに違いない。しかし幸いにも洋室につづくドアは閉じられ、奥は見えなかった。武沢はそそくさと礼を言って料金を渡し、鍵屋に帰ってもらった。

「まあなんにしても、金庫じゃなくてよかったよ。ほいほい五十万」

「がってん五十万。せっかく4Lのユニフォームも用意したんですけどね」

現金が金庫に入れられていた事態を想定し、近くに貫太郎の車を駐め、荷台には引っ越し業者のユニフォームや、大重量に耐えられる台車を用意してあった。それらを使って金庫ごと盗み出し、どこかでこじ開けて必要な額を取り戻した後、残りの金は宅配便か何かでこの住所に送り返してやるつもりでいたのだ。

「ねえタケさん、今回かかった経費も、ついでにもらっちゃったらどうです?」

「馬鹿、俺たちは泥棒じゃねえって言っただろうが。お前がそんなだからテツが悪い影響受けんだよ」

「だって、さっきの解錠代だけで一万八千円もしたじゃないですか。ほかにも隠しカメラとかGPSとか、けっこうかかってるし」

「必要経費は俺が出す」

貫太郎がふと手を止め、顔をこちらに向けた。

「ねえタケさん」

その口が、珍しく何かをためらっている。

「何でタケさんは、こんなことしてるんです？」

「ああ？　お前だって手伝ってんじゃねえか。ほれ、時間ねえんだから働け」

「僕らはタケさんに頼まれたからやってるんです。タケさんが説明した理由に納得して、タケさんが立てた作戦に賛成したから、やってるんです」

「ならいいだろうがよ」

「違うんです」

貫太郎は丸い身体ごとこちらを向いた。

「タケさんのことを聞きたいんです。そもそも、どうしてタケさんがキョウちゃんのために、こんなに危なくて大がかりなことをしようと決めたのかを」

「何だ、俺の伝記でも書きてえのか？」

武沢はわざと笑い飛ばしたが、貫太郎はメモ帳と札束を持った両手を左右に垂らし、ちゃんと答えるまで動きませんといった態度だ。

「やっぱり……知ってるんですか？」

「何を？」

「だから、キョウちゃんが、その……」

中途半端に言葉を切り、両目をぱちくりさせて武沢の顔を見つめる。

「気持ちわりい顔すんなよ。俺がキョウの何を知ってるってんだ？」

貫太郎はしばらくそのまま武沢の目を見つめていたが、急にはっとして顔をそむけ、声を裏返らせた。

「何でもないです」

「そんなお前、少年合唱団みてえな声出して、余計気になるだろうが」

とはいえ、いまはとにかく急いで金を取り戻さなければいけない。キョウの母親が、ナガミネマサトこと長澤正志こと兼澤高志に欺し取られた、九百八十五万円を。

「こっちが答えたら、教えろよ」

武沢は作業をつづけながら、さっきの質問に戻った。

「俺がこんなことやってんのはな……昔、ある男に世話になったからだ。その男が死んじまって、恩返しができねえから、もらった気持ちを受け渡すしかねえと思って、それをいまやってる」

「何してもらったんです？」

「何でもいいだろ。とにかく世話になったんだよ」

本人たちはいまも知らないが、あのとき世話になったのは武沢だけではない。まひろも、やひろも、いまここにいる貫太郎も、あの男が救ってくれた。もちろんあの男にはあの男の、そうしなければならない理由があった。しかし、とにかく救ってくれたのだ。武沢たちの現在《いま》をつくってくれた。

「そいつの大ペテンで助けてもらったから、自分も誰かに同じことをやってみようと思ってさ」

あんな大ガラスにはなれないかもしれないが、中ガラスくらいにはなれるのではないか。もらったものを、同じように受け渡すことで、あの男への恩返しになるのではないか。そう思ったのだ。

「でも一人じゃ難しいから、お前らに手伝いを頼んだ。お前と、まひろと、やひろと、テツと——」

「ナガミネと？」

そう、ナガミネと。

「ところで、ナガミネの本名って何ていうんです？」

「兼澤高志だろ」

「誤魔化さないでくださいよ。この、この部屋を使ってるナガ、ナガミネマ、マサトじゃなくて、今回の、ナガミネマサトです。まひろさんを欺す役をやってるナガミネマサト。タケさんが雇ったあの役者」

「本名なんて知らなくていいよ」

「でもほら、今後たぶん付き合いもあるだろうから」

「じゃ、そうなったとき本人に訊け」

もっとも、じつのところ武沢も知らない。本人は武沢に雁井航太《かりいこうた》と名乗り、実際にその名前で劇団俳優として活動しているが、それは仕事で使っている名前らしい。大学での下宿時代、俳優を志したのが、たまたまスーパーで安売りのレトルトカレーをまとめ買いした日だったので、勢いでつけたのだという。西のほうの生まれなのかもしれない。

雁井もまた、十数年前、あの男のペテンで救われた人間の一人だ。

いまのところ誰も気づいていないようだが、じつは貫太郎も、まひろもやひろも、十数年前に雁井と会っている。いや、会っているどころか、目の前ですごまれ、恫喝《どうかつ》されている。しかしそれはほんの一時間ほどのものだったし、なにしろ月日が経って面変わりしているので、いまナガミネを演じている役者が、あのときの男だとは、思ってもみないのだろう。

当時の雁井は、小さな劇団を引っぱる無名の役者だった。そんなとき、あの男から大ペテンの手伝いを依頼され、自分の役割を見事にこなしてみせた。今回の手伝いを頼むのに、これほど信頼のおける人間はいなかった。武沢は、十数年前にあの男と二人で受け取った劇のチケットを頼りに、雁井の居場所を調べて会いに行った。雁井はいまも当時の劇団を引っぱって役者をつづけていた。相談を持ちかけると、彼は驚くほどあっさり承諾し、武沢が用意していた謝礼金も受け取ろうとしなかった。本人いわく、いまもこうして劇団をつづけていられるのは、十数年前にあの男から受け取った大金のおかげなのだという。恩返しになればということで、雁井は今回の役を無料《ただ》で引き受け、ときおりまひろにからかわれながらも、ああして完璧にナガミネを演じてくれている。

今回の作戦のターゲットは、テレビ局でも制作会社でもなければ、ナガミネマサトこと長澤正志こと兼澤高志でもなく、キョウだった。唯一の目的は、彼女の思いを晴らしてやることだった。テレビ番組を利用してナガミネを追い込み、その瞬間を全国放送で流すという、キョウが立てた作戦。それを目の前で成功させてやる。そうすることで、前を向いて生きようと思わせてやる。警察にナガミネを捕まえさせるよりも、何よりも、キョウに最も必要なのは、自分自身が考えたやり方で、自分自身の望みを叶《かな》えることだった。

しかし、キョウが考えた作戦は失敗する可能性がかなり高かった。まひろが若い金持ちの未亡人役でナガミネに近づいたところで、相手が上手いこと詐欺を仕掛けてくるとは限らない。もしそうなったら——もしキョウが考えた作戦が失敗したら、ぎりぎりまで追い込まれた彼女の心は、回復できないほどに壊れてしまうかもしれない。

だから武沢は今回の作戦を仕立てた。

いや、キョウの作戦を絶対に失敗しないものに仕立て直した。

雁井、まひろ、やひろ、貫太郎、テツ——役者は揃った。母親を欺したナガミネマサトに、キョウは一度も会っていない。その事実を利用し、偽者のナガミネマサトをつくり上げた。そのナガミネが、まひろを欺すふりをする。まひろはナガミネに金を渡す。頃合いを見て「撲滅ウォリアーズ」に相談し、番組がナガミネを追い詰め、その様子が全国放送で世の中に流れる。キョウは自分が思い描いていたとおりの体験をすることになる。

もちろん、テレビ局や制作会社、番組を見ている人たち全員を欺すことになるが、事実だろうが嘘だろうが、それぞれが得るものは変わらない。放送時には顔にモザイクがかけられるので、まひろや雁井が世間から詐欺被害者や詐欺師として認識されることもない。

本当は、それだけで作戦を終えてもよかった。しかし武沢は、キョウのために、そして自分自身のために、どうしてもやっておきたいことがあった。扇大橋の真ん中で出会い、一夜をともにした、寺田未知子のためでもあった。

——お前のお袋さんの金も、取り戻したいとは思わねえか？

本物のナガミネを見つけ出し、寺田未知子が奪われた金を取り戻す。それを今回の作戦に組み込むことで、やらなければならないことも、危険も、とんでもなく嵩《かさ》を増す。津賀和のポケットから鍵を盗んだり、その合い鍵をつくって事務所に侵入したり、パソコンからデータを抜き出したり、本物のナガミネをGPSで追跡して現金の保管場所を特定したり、そして、いまやっているように、その保管場所から寺田未知子が奪われた分の現金を回収したり。それでも、すべてを承知の上で、まひろもやひろも貫太郎もテツも、参加を承諾してくれたのだ。

——会話もちゃんと録音できた。

新宿のカフェで津賀和にミルクをひっかけ、二人で事務所に向かって歩いたあと、まひろはそう言ったが、本当は津賀和との会話なんて録音していなかった。居酒屋でキョウに聴かせたのは、事前につくった偽の音声だ。その音声の中で津賀和の声を演じていたのは、雁井だった。

——よし、ここで録音聴くぞ。

武沢がわざと騒々しい居酒屋を選んだのも、声を誤魔化すためだ。本物の津賀和の声を、キョウは知っていた。武沢とともにTSUGAWAエージェンシーで耳にしていた。偽の音声をつくるとき、雁井には津賀和の声の特徴を伝え、何度も練習してもらった上でそれを真似《まね》てもらった。雁井は驚くほど器用に演じてくれたが、もちろん完璧に同じ声になるわけではない。だからあの騒々しい店で音声を再生したのだ。わざと不鮮明に録音しておいたのも効果的だったようで、キョウは何の疑いも抱かず、雁井の声を津賀和の声だと思い込んでくれた。

——とまあ、こんな感じ。

あのときまひろは居酒屋で、最後まで録音を聴かせる前に再生を止めた。

——このあと貫太郎さんが来て、津賀和のポケットに鍵を戻して、あとはビルの下まで歩いて別れた。

あれは、本物の津賀和との別れ際、たまたま近くで救急車のサイレンが鳴り響いたからだ。その音が録音音声に入っていないのを、キョウが不自然に思う可能性があったので、咄嗟に停止ボタンを押したらしい。さすがはまひろ、ありがたい機転だった。

そのあとキョウに聴かせてきた音声は、すべて本物だ。ナガミネ役の雁井がカルチャースクールでまひろに声をかけたシーン。何度も行われた二人のデート。まひろと雁井には、カルチャースクールで初めて顔を合わせてもらい、飲食店でも実際に食事をしてもらった。「ユニファンドへの投資」に使う現金も本当に手渡ししたし、書類にも実際にハンコを捺した。すべてはリアリティを出すためだ。キョウはただの中学生じゃない。演技が甘ければ、いつでも見破られてしまう可能性があった。台詞についても自然さを出すため、武沢は敢えて台本を書かず、まひろと雁井にまかせた。アドリブをまじえた二人のやりとりは、どちらもさすがに上手いものだった。たまにまひろが雁井をからかうので、音声を聴きながら武沢は頭を抱えさせられたが。

──この調子で、予定どおりインチキデートを重ねていくぞ。嘘を信じ込ませるには、やっぱり実際、頻繁に会ってねえと駄目だからな。

秋葉原の電気街でまひろにそう言ったが、目論見《もくろみ》どおり、キョウはすっかり嘘を信じ込んでくれた。雁井を本物のナガミネだと思い込んでくれた。

──GPSは仕込めたのか？

──ナガミネがトイレ行った隙に、革鞄の底に仕込んどいた。

グループメッセージで武沢とまひろがそんなやりとりをしたのも、もちろんキョウに読ませるのが目的で、雁井の鞄にGPSなど仕込んでいない。実際には武沢が、中野区にあるナガミネこと長澤こと兼澤の自宅マンションへ行き、車の裏にGPSを仕込んだ。テツが津賀和のパソコンから盗み出した情報で、マンションの場所はわかっていたし、車を特定するのも簡単だった。寺田未知子が一度だけドライブをしたとき、車種と色を憶えてくれていたおかげだ。

「でも考えてみたら、役者って面白いもんですね」

金をリュックサックに詰め込みながら、貫太郎が感慨深げな声を洩らす。

「いつも偽名を名乗って暮らしてるんですもんね。それってどんな気分なのかと思いますよ」

「詐欺師が偽名を使うのとは、まあずいぶん違うだろうな」

「これで九百八十万。あと五万です」

「ほい、ラスト」

最後の金を貫太郎に渡し、武沢は両手をこすり合わせた。あとはスタコラ逃げ出すだけだ。

「いや待てよ」

キョウが津賀和に支払った「着手金」一万五千円と、自分がふんだくられた「成功報酬」の十万円だけは、いただいておいてもいいだろう。武沢はその金を追加で貫太郎のリュックサックに入れ、衣装ケースにもとどおり蓋をしてクローゼットに戻した。

「行くぞ」

二人で部屋を出て、一階に向かって足早に階段を下りる。マンションのエントランスを抜けて路地に入り、車を置いてきた路上パーキングへと急ぐ。

「ところでタケさん、この作戦が終わったあと、詐欺グループはどうするんです？」

グループの中心人物がナガミネマサトであることも、その本名が兼澤高志であることも、奴の住所も、車のナンバーも、TSUGAWAエージェンシーの津賀和との関係も、被害者から巻き上げた金の保管場所さえも、こっちはすべて把握している。匿名で警察に情報を流せば、一発でグループを壊滅させることもできるに違いない。しかし。

「どうもしねえよ」

かつて武沢は、ある闇金グループを壊滅させるため、組織の内部情報を盗んで警察に渡した。それによって実際に組織を壊滅へと追い込むことができたが、その直後、家が燃え、一人娘が焼け死んだ。

「もう、余計なことはしねえ」

悪い連中をこらしめるのは、自分の役目ではない。

この作戦が終了したら、武沢はまた玄関の脇に何かを置くつもりだった。以前にヒューマンブラッサムからもらった高級赤ワインはもうないけれど、それにかわる、成功の思い出になるようなものを。新聞受けに仕掛けられていた、あの盗聴器でもいいし、もうすぐ用なしになる飛ばしスマホでもいいし、「首ったけEX」でもいい。

そのあとは、ただ淡々と、実演販売の仕事をしながら暮らしていくだけだ。休日の夕刻になれば、西日が入り込むがらんとした部屋から逃げ出すように、また町を無意味にうろつくかもしれない。でも、それだって悪いもんじゃない。金はかからないし、健康にもいい。

ただ一つ気がかりなのは、今回の作戦によって、まひろ、やひろ、貫太郎が、雁井と知り合ってしまったことだ。雁井には、十数年前の出来事について口止めはしてあるが、今後何かの拍子に話してしまうことだってあり得る。そうなれば、まひろもやひろも貫太郎も、十数年前に本当は何が起きたのかを知ることになる。

が、それもまたいいのかもしれない。

もう知っておくべきだったのだ。きっとあの男も許してくれる。

そもそも、もしかしたら一人だけ、すでに気づいている人間がいるかもしれないのだ。それはまひろでもやひろでも貫太郎でもなく、テツだった。岩見克照という、今回武沢が使っている偽名は、十数年前に死んだあの男の名前を並べ替えたものだ。その偽名を考えるため、七つのひらがなをあれこれ並べ替えて悩んでいたら、テツにその紙を見られた。テツはメモ用紙を一瞥するなり、頭の中であっというまに言葉をつくってみせた。

それは、「意味わかってる」という言葉だった。

——言葉じゃなくて、名前をつくってんだよ。俺が使う偽名を。

あの場はそう言って誤魔化したが、内心で武沢は大いにびくついていた。あれは、はたして偶然だったのだろうか。それともテツは、あの七文字を見て何かしらを理解したのだろうか。あの男の名前を、テツは両親やまひろから聞いて知っている。そして、会ったことのない親族の名前も知っているかもしれない。その二つの名前と、岩見克照、すべてに同じ七文字が使われていることにまで、テツは気づいているのだろうか。

「あとだ、あと」

「はい？」

「何でもねえ、急ぐぞ」

二人で路地の角を二度曲がり、車を駐めておいた場所へ向かう。武沢は助手席に乗り込み、後部座席にリュックサックを放り投げ、貫太郎は運転席に身体をねじ込む。

「GEOSに向かうんですよね」

「おう、向かってくれ」

武沢は助手席でスマートフォンを確認した。誰からも、とくにメッセージは入っていない。どうやら計画は順調に進んでくれているようだ。貫太郎がエンジンをかけて車を出す。

「……そんで？」

大通りに入り、車の流れに乗ったところで武沢は訊いた。

「さっきのは何だ？」

聞こえないふりをされたので、脇腹の肉を摑んだ。

「はうっ！」

「俺がキョウのなんちゃらを知ってるとか、知らないとか、ありゃ何だったんだ？　こっちはお前の質問に答えたんだから、お前も答えろ鏡餅」

それでも答えないので、肉のにぎりを強くすると、貫太郎は顔を真っ赤にして懸命に堪えた。しかし、ひねりを加えてみたら、わっと声を上げて観念した。

「言います離して！」

「言えば離す」

つぎの瞬間、貫太郎が絶叫のようにその言葉を吐き出した。

「キョ、キョウちゃ、ちゃんは、タ、タ、タケさん、さ、さ、さんの娘です！」

頭の中がぽかんとなった。

「……あ？」

「キョウちゃんは……タケさんの子供なんですよ」

貫太郎は片手でハンドルを握りながら、片手で脇腹をごしごしさする。

「お前、何言ってんだ？」

「テツが見つけたんですよ。キョウちゃんが、なんかその、遺伝子のあれをやってて、その書類が動画に映ってて」

「わかるように話せ」

武沢が右手を脇腹に近づけると、貫太郎はぎゃっと叫び、わかるように話した。テツが撮った動画。キョウが持っていた書類。ＤＮＡの鑑定書。父権肯定確率九十九パーセント――。

「でも、髪の毛とか爪とか、そんなの手に入れられるのは、いっしょに暮らしてる相手くらいのものだから、タケさんの髪の毛か爪をそのサービスに送ったに違いないって話になったんです。それで父親の確率が九十九パーセントって書いてあったから、僕もやひろさんもびっくりして、でも、その……知らないふりしていようってことになって」

言葉を切ると、貫太郎はまだ武沢の手を警戒しながら、少し脇へ尻をずらして運転をつづけた。車は赤信号にも引っかからず、ＧＥＯＳがある木場方面へ向かってスムーズに進んでいる。肉を痛めつけられたせいか、貫太郎は冬だというのに汗だくになり、しかしその横顔が、じっと武沢の言葉を待っていた。

無論、返すべき言葉は一つしかない。

「ありえねえ」

貫太郎はちらっと目を向け、また前に向き直る。

「いや、ありえますよ。うちのテツだって、あの〝奇跡の夜〟で――」

「やってねえ」

貫太郎の唇が半びらきのまま静止した。

「……はい？」

くるりと顔をこちらに向ける。

「やってねえ」

武沢はもう一度繰り返した。何度繰り返したっていい。

「……何をです？」

「何もだ。勝手に想像すんな」

扇大橋の真ん中で寺田未知子と出会った夜、武沢は彼女をアパートに泊めたが、もちろんただ泊めただけだ。彼女は布団で寝て、武沢は炬燵で目をつぶり、朝になったら互いに名前だけ教え合って別れた。それだけの話だ。

「ほんとに？」

「ほんとだよ」

「え、じゃああの鑑定書は何なんですか。テツの動画に映ってたやつは」

知るか、と武沢は声を返そうとした。しかしその口が、「し」のかたちのまま固まった。

「……髪の毛？」

思い出したのだ。

キョウと二人で「発掘！　天才キッズ」の収録に行ったとき。スポンサーの関係で、キョウは急遽《きゆうきよ》、出演することができなくなった。二人で観覧席に座り、収録を眺めたあと、あいつはゲリラ的にスタジオセットに飛び込み、「首ったけＥＸ」の実演販売パフォーマンスをはじめた。練習したトークを披露し、出演タレントの首に器械をあてがい、

——いって！

声を上げて後頭部を押さえたのは、瀬谷ワタルだった。

——あの野郎も、いい歳して大げさに痛がりやがってさ。

あとで自分がそんなことを言ったのを憶えている。そう、ただマッサージ器を強く押しつけられただけにしては、あれはひどく大げさな反応だった。そして、スタジオから追い出されたとき、キョウの手は「首ったけＥＸ」を摑んだまま、関節が白くなるほど強く握られていた。そう、握られていい、いた。

思い出されることはまだある。

——このままじゃ、あまりに……。

キョウがこの作戦のことを切り出したとき。瀬谷ワタルのテレビ番組を使い、母親を欺したナガミネを追い詰めるという作戦を、キョウが最初に切り出したとき。

——不公平です。

あいつはそう言っていた。

「貫太郎、急げ」

しかし、だから何だ。

「はい？」

まったくわからない。

「急げ、飛ばせ」

「え、何で？」

ただ身体中が悪い予感でいっぱいになっていく。

「わからねえから急げ！」

胸の中の言葉をそのままぶつけながら、武沢はふたたびスマートフォンを掴んだ。

キョウの番号にかけてみるが、コール音が聞こえるばかりだ。やひろにかけ直すと、こちらはすぐに繋がった。

『おつかれー』

「キョウはそこにいるか？」

『いないよ』

やひろとテツとキョウは、GEOSの駐車場内にあるカフェで、フードコートのテラスをチェックしているはずだったのだが。

「……いない？」

『なんかさっき、もっと近くで見たいからって言って出ていった。何、どしたの？』

すべてが何かの勘違いかもしれない。いや、何をどう勘違いしているのか、武沢自身にもわかってないのだが、とにかく――。

「いますぐキョウを見つけてくれ」

＊　＊　＊

武沢からの連絡で、テツは母と二人でGEOSの駐車場を歩き回っていた。

キョウの姿はどこにもなく、吹きつける風は齧《かじ》りつくように冷たい。

「何でキョウちゃんのこと捜すのかねー」

母はダウンジャケットのポケットに両手を突っ込みながら、さっきからいかにも適当に視線を流しているだけだ。

「電話で理由は言ってなかったの？」

黙って首を横に振る母の向こうに、フードコートのテラス席が見える。まひろが柵のそばにぽつんと一人で立っている。端の席に男の人が座っているのは、たぶん番組スタッフだろう。スマートフォンを確認すると、時刻は一時五十五分。もうすぐあのテラスにナガミネが現れ、まひろと二人で、番組に撮らせるための演技をはじめる。二人の演技力なら、問題なくこのクライマックスを盛り上げてくれるに違いない。放送が楽しみだ。

母もテラス席に目をやり、真っ白い溜息をついた。

「せっかくあったかい場所で愉しむつもりだったのになあ。キョウちゃんの作戦が大成功する瞬間を」

「ミスターTの作戦ね」

「そうそう。……うう、さむ」

「キョウさん、どこ行ったんだろうなあ」

どうも駐車場にはいないようだ。いや、もしかしたら、車の陰に隠れてテラスを見ているのだろうか。

「ねえテツ、別々に捜したほうが効率いいんじゃない?」

「とか言って、あったかいとこに戻るつもりでしょ」

母は苦笑しつつ首をすくめかけたが、その首をまた伸ばし、真剣な表情をしてみせた。

「なに言ってんのよ戻らないわ」

「ああそう」

「とにかく、あたしあっち捜してくるから」

母はダウンジャケットのファスナーを咽喉まで上げ、さっきのカフェがあるほうへ小走りに去ってしまった。その背中は車の陰にまぎれ、すぐに見えなくなる。テツが舌打ちをすると同時に、手に持っていたスマートフォンが振動した。ディスプレイに「キョウさん」と表示されていたので、すぐに通話ボタンを押した。

「あ、キョウさん？　いまどこにいる？」

『すぐ近く』

その声は低く、周囲に聞こえるのを気にしているかのようだ。

「どこ？　合流するよ」

『待って、聞いて。テツくんに、どうしてもやってほしいことがあるの』

「何？」

『作戦を中止したい』

あまりに突然だったので、リアクションが遅れた。

「え！」

『ごめんなさい、わたしが間違ってた。こんなことしちゃいけなかった』

「でもそんな――」

わたし、と言っただろうか。

たしかに言った。キョウが自分の人称を口にするのを聞いたのは初めてのことだ。

——と、一瞬だが別のことに思いを向けたおかげで、テツは少しだけ冷静さを取り戻した。

「キョウさん、それは無理だよ。ナガミネはもう来るし、収録のカメラは回ってるし、番組の人たちはそれをモニターで見ながら待機してるし——」

『わかってる』

遮られた。

『だから無理やり止めるしかないの』

「じゃ、まずミスターTに連絡して、それから——」

そのとき、ナガミネがテラス席に現れるのが見えた。

『もう時間がないから、すぐに動いて。いまから言うことを、テツくんにすぐやってもらわないと間に合わない』

キョウが電話ごしに伝えてきた、テツにやってほしいことというのは、誰にでもできるけれど、相当に勇気が必要な行動だった。

＊　＊　＊

ガラスドアを抜けてテラス席に出てきたナガミネに、まひろは近づいた。

ナガミネはいつもと変わらず頬笑んでいる。自分に向けられるこの頬笑みは、はたして演技なのかどうなのか。いや、もちろん演技なのだが、この作戦が終わったあとも、変わらずにいてくれるのだろうか。

「ごめんねナガミネさん、こんな寒いとこ来てもらって」

「いや、大丈夫。でも何の話？」

ナガミネの本名さえ、まひろはいまだに知らない。二人でこっそり部屋で過ごすときも、呼び合うのは「ナガミネさん」「ましろさん」という今回の役名だった。司令官である武沢の指示で、作戦中は互いに本当の名前を教えないということになっていたのだ。キョウに聴かせるために録音するデート音声の中で、うっかりどちらかが相手を本名で呼んでしまったら、最初から録り直しになってしまうし、あるいは番組スタッフの前で間違えて本名を口にしてしまう可能性だってある。

「これまで預けたお金のことで、ちゃんと話を――」

用意していた台詞を喋ろうとしたところで、ポケットのスマートフォンが短く振動した。ちらっとディスプレイを見てみると、キョウからだ。

「ああっと……ちょっとごめん」

確認すべきと判断し、まひろはメッセージをひらいた。

《いま武沢さんから緊急の連絡がありました。作戦を変更するそうです。もうすぐ駐車場で騒ぎが起きるので、それが起きたら、ナガミネに柵の真下を覗かせてください。説明はあとでするとのことです。もう一回書きます。柵の真下です。》

いったいどういうことだ。この局面で、どう作戦を変更するというのか。騒ぎって何だ。ディスプレイを見下ろしたまま頭が疑問符で満たされていった。しかしその疑問符はすぐに、耳に飛び込んできた甲高《かんだか》い音によって頭の外へ弾《はじ》き飛ばされた。緊急車両のサイレン。いや違う、これは何の音だ。大音量の、明らかな警告音。駐車場からだ。まひろがそちらを振り返るあいだにも、また別の警告音が鳴りはじめた。さらに三つ目がそれに重なり、そのときになってようやくまひろは理解した。車のセキュリティアラーム。施錠された車のドアやトランクをこじ開けようとしたり、大きな振動を感じたときに鳴る警告音。それがどうして同時に駐車場で鳴り出したのかはわからない。しかし、なるほど、これが「騒ぎ」に違いない。

いったい何が起きているのかまったくわからないし、これから何が起きるのかも予想できないが、とにかくいまは指示どおり動くしかない。

「ナガミネさん」

まひろはテラスの柵から上体を突き出すようにして、真下を指さした。

「見て、あそこ……」

＊　＊　＊

武沢たちがようやくGEOSにたどり着いたのは一時五十五分だった。貫太郎がバックで車を駐めている最中に、武沢は堪えきれず助手席から飛び出した。フードコートのテラスが見える。柵の近くにまひろが一人で立っている。もうすぐあそこにナガミネがやってきて、二人で演技をはじめ、そこへ番組側の弁護士が現れる。

視界の端にカフェが見えた。やひろたちが待機しているのはあの店に違いない。武沢はカフェに向かって走り出したが、すぐに無意味だと気づいた。キョウを捜すよう、やひろとテツに頼んだのだ。二人ともそこにはいないはずだ。――いや、いた。やひろが寒そうにダウンジャケットの襟を掻き合わせ、店のドアを入ろうとしているところだった。

「やひろ！」

声を飛ばし、全速力で駆け寄る。やひろは振り返り、しまったという顔をした。

「いやタケさん、あたし寒いから戻ろうとしてたわけじゃないよ、ちょっとテーブルに忘れ物して――」

「キョウは？」

「見つかんない」

「テツは？」

「キョウちゃんのこと捜してるはず。いやもちろんあたしも捜して――」

背後でいきなり車のセキュリティアラームが鳴り響いた。つづけざまに三台。いや四台。音が重なり合って数がわからない。

「何だ？」

「地震とか？」

やひろが呑気《のんき》に首をかしげる。たしかに車のセキュリティアラームは地震や大風などの振動で誤作動を起こすことがあるが、いまはそんなものは起きていない。駐車場をまばらに行き交う人々が、怪訝《けげん》そうな、不安そうな顔で、周囲の車を見ている。

――と、並んだ車のあいだからテツの姿が飛び出した。こちらへ向かって走ってくる。

「おいテツ、キョウは？」

「わかんない。わかんないけど、とりあえず頼まれたことやるしかなくて……」

息を切らしながら、不安げに武沢を見る。

「頼まれたこと？」

「キョウさんが、作戦を中止したいって言って……アラームがついてそうな新しい車の窓に、いますぐ体当たりして回ってくれって。それで騒ぎになれば、番組スタッフは収録をつづけられなくなって、作戦をいったん中断できるからって。今回の作戦はほら、最初から、キョウさんのためのものでしょ？　僕、迷ったんだけど、キョウさんの気持ちを最優先するとなると、やっぱりやるしかないと思って、いま……」

武沢はテラス席を振り仰いだ。まひろが柵から身を乗り出して下を指さし、隣にナガミネがやってきて、同じように身を乗り出している。

その後ろから近づいてくる一人の女。

「何でだ――」

それは寺田未知子だった。

長い髪にロングコート。武沢が扇大橋の真ん中で出会ったときとそっくり同じだった。彼女はテラスの中ほどで立ち止まり、横へ身体を向ける。そこに座っているのはカメラを回している番組スタッフだ。あの場で撮っている映像はそのまま貸し会議室のモニターに飛ばされ、ほかの番組スタッフや瀬谷ワタルが見ている。彼女は自分の存在をカメラにアピールするように、数秒そちらを見つめたかと思えば、つぎの瞬間、柵に向き直って走った。ナガミネの背中に向かって、寺田未知子は――いや違う――。

「キョウ、やめろ！」

武沢の大声で、柵から身を乗り出していたまひろとナガミネがこちらに顔を向けた。その無防備な背中にキョウが駆け寄る。ナガミネの背後へと走っていく。

――不公平です。

何が恩返しだ。何が気持ちを受け渡すだ。自分なんかにはできることではなかった。自分は最初から失敗していた。最初から思いどおりに動かされていた。キョウの作戦の中で動かされていた。母親を欺したナガミネを、同じ場所から地面に突き落とす。その光景をモニターごしに瀬谷ワタルに見せつける。それがキョウの作戦だった。それだけがキョウの目的だった。

キョウは背を屈めてナガミネの腰にぶつかった。

ナガミネの身体は柵を軸にしてふわりと浮き上がった。

PALM／A murder of crows

墓地はいつもと様子が違っていた。

ずらりと並ぶ墓の多くに、花が飾られている。御影石《みかげいし》も綺麗に磨かれて、その中にはまだ濡れたまま、朝の太陽を白く跳ね返しているものもある。正月休みのあいだに、死んだ人間のもとを訪れる人が多いのだろう。

「最近、飯、美味いか？」

武沢はキョウと並んで墓前に立っていた。

作戦の決行を誓った日、みんなで手を合わせた墓だった。

あのときの光景が、ひどく遠々しく、薄らいで思い出された。まるで、剝がされるのを忘れられたまま年月が経った、街角のポスターみたいに。ほんの数ヵ月前のことだというのに。

さっき供えた線香から、糸みたいな煙が立ち上り、墓石を這って空に消えていく。

「どうしてですか？」

「俺んとこで寝泊まりしてたとき……お前が美味そうに飯食ってるの、一度も見なかったから」

「実際、あんまり美味しくなかったじゃないですか。武沢さんはものすごく適当だし、わたしなんて、ほとんどつくったことなかったし」

「うん、まあ」

「まひろさんのご飯は美味しかったけど、顔には上手く出せませんでした」

「考えること、いろいろあったもんな」

キョウの横顔に目をやった。

髪は出会ったときよりもずいぶん伸び、前髪がクリーム色のピンで片方の耳元に留められている。薄茶色のダウンジャケットの襟からは、中に着ている黄色いパーカのフードが覗いていた。穿いているのは、プラスチックのフロントボタンが並んだデニムスカートだ。待ち合わせた墓地の入り口に、キョウはこうして女の子の姿で現れた。

「ところで、これ……誰のお墓なんですか?」

いまさらキョウが訊く。

「なんちゅうかまあ……」

どう答えればいいのだろう。

「でっかいカラスだな」

「武沢さんの先輩みたいな？」

「そんなようなもんだ」

キョウは曖昧に頷き、顎を上げて視線を伸ばした。

「カラス、たくさんいますね」

「正月の墓参りをする人が、食いもん供えていくからだろうな」

墓地の端、葬列のように項垂れて並ぶ木々の手前に、カラスが群れていた。ちょうど六羽。今回の作戦に加わった人間の数と同じだ。

五羽はずっと、一羽を上手く欺しているつもりだった。ところが実際には、その一羽が五羽を欺しつづけていた。自分の目的を果たすために。

でも、だからといって、その一羽を責めることはできない。

欺していたのはお互いさまだ。

「お前が最後にためらってくれて、よかったよ」

キョウはしばらく黙っていたが、やがて、やっと聞こえるほどの声で呟いた。

「ただ、勇気が足りなかっただけです」

あの日、フードコートのテラスで、キョウは雁井の背後に駆け寄った。ナガミネを殺そうとして。雁井は上体を柵の先へ大きく乗り出していたので、もしキョウが渾身《こんしん》の力で相手をそこから落とそうとしたら、間違いなくそのとおりになっていただろう。事実、あのとき雁井の身体はぐんと柵の向こうへ押し出され、上半身が宙に浮いた。

しかし、落ちる直前に、キョウが雁井の上着を摑んだ。

それをさらにまひろが両手で摑んで引いた。まひろと雁井は互いにねじれ合うようにしながらテラスのコンクリートの上で折り重なり、つぎの瞬間、キョウは身体を反転させて駆け出していた。その姿が店内へと消え、まひろが即座に追いかけ、さらに雁井が立ち上がってつづいた。ほんの数秒間の出来事だったので、駐車場から一部始終を見ていた武沢は動くことさえできなかったし、テラス席でカメラを回していた番組スタッフも同じだった。ひとかたまりになって建物のエントランスを飛び出してきたキョウ、まひろ、雁井の三人を、武沢は無我夢中で車の後部座席に詰め込み、そこへ駆けつけてきたテツ、やひろも乗り込み、貫太郎が運転席にジャンプインしてエンジンをかけた。セキュリティアラームが重なり合って響きつづける駐車場から、とにかく全員で逃げ出し、大通りに入って何台も車を追い越し、その後部座席で、キョウはずっと声を放って泣いていた。

泣き止《や》むまで、長いことかかった。言葉をかけたり、何かを訊ねたりできるような、そんな半端な泣き方ではなかった。頭にかぶっていた長髪のかつらを、両手で無茶苦茶に摑みながら、キョウは身体中で泣いていた。彼女の泣き声は、咽喉がひび割れてしまいそうなほど大きかったはずなのに、どうしてか武沢は、具体的にその声を思い出せない。ただ、彼女が目を強く閉じ、口を限界まであけて、頭を何度も前へ突き出していた光景だけが、音のない映画のように、鮮明に残っている。そんな彼女の様子を、武沢たちはただ呆然と見守っているしかなかった。運転席の貫太郎は、ぼんやりとフロントガラスの先を見つめながら大通りに車を走らせつづけた。

武沢とキョウが互いに本当のことを打ち明け合ったときには、空が夕焼けていた。互いの長い話が終わる頃には、窓の外に家々やビルの明かりが流れていた。

武沢たちはキョウに欺されていたことを知った。

キョウは武沢たちに欺されていたことを知った。

各自が自分の頭を整理しつつ、みんなして黙り込んでいたとき、最初に口をひらいたのはまひろだった。

——気持ち、わかるよ。

その声は優しく、あたたかだった。

キョウは真っ赤に腫《は》れたままの目で、まひろを見た。

——あたしも、自分のお母さんが死んだとき、お母さんを追い詰めた相手を同じ目に遭わせてやりたいと思ったから。

まひろとやひろの母親が、自らの命を絶ったことを、キョウはそのとき初めて知った。もっとも、経緯はまひろも話さなかったし、キョウも訊かなかった。

——でも、そんなことしたって意味ないんだよ。

そのあとキョウは、それまでとは違う泣き方で、また長いこと涙を流した。それを正視できず、そらした目の先に、絵みたいな半月が浮かんでいた。キョウを家まで送るあいだ、半月はずっとついてきた。

キョウと会うのは、それ以来だ。

ゆっくり話がしたいと武沢がメッセージを送ると、ずいぶん経ってから返信が来た。キョウは頼みに応じてくれ、こうして墓地までやってきてくれた。

「カラスの群れって、英語で何だと思う?」

訊いてみると、キョウは唇を曲げて考え込んだ。

「a group of crows とかですか?」

武沢は首を横に振った。

「a murder of crows っていうんだとさ」

「マーダーって……〝殺人〟じゃなかったでしたっけ」

「同じ単語だけど、カラスの群れを表すときにも使うんだと。テツのやつが、英語が得意でさ、何かの拍子に教えてもらったんだ」

テツによると、英語では生き物の群れにいろいろな呼び名があるらしい。その生き物の、生態やイメージに当てはめ、たとえばライオンの群れはa pride of lions、キリンの群れはa tower of giraffes——たしかに上手いことその生き物を表している。ライオンは百獣の王だし、キリンたちの首は広野にそそり立つ塔だ。

「カラスは、死体を食ってるところをよく見るから、マーダーなんだと」

「ずいぶんイメージ悪いですね」

「べつに、あいつらが殺してるわけじゃねえのにな」

カラスの群れの一羽が鳴く。別の一羽が、返事でもするように濁った声を上げる。冷えて乾いた空気のせいか、どちらの声もやけに高く響いた。あの連中の中では、会話というものはあるのだろうか。そんなことを思いながら、武沢は目の前の墓石に視線を移す。

「しかし……父親だったとはね」

瀬谷ワタル。

本名は木本幸司。

「いつから知ってたんだ？」

訊くと、キョウは曖昧に首を振った。

「ちゃんと知ったのは、お母さんが飛び降りたあとのことです」

その出来事からしばらく経ったとき、彼女の部屋の箪笥《たんす》で写真を見つけたのが、すべてのはじまりだったのだという。

「前に見せたあの誓約書と、いっしょに仕舞われてました。何枚かあったんですけど、どれも、明らかに恋人同士の写真で……いまよりずっと若いお母さんと、男の人のほうは、どう見ても瀬谷ワタルさんでした」

セルフタイマーで撮ったのか、並んでくっつき合っている写真もあれば、どちらかが一人で写っているものもあった。

「一人で写っているものは、お互いがお互いを撮ったんだと思います。どっちも、すごく……幸せそうに笑ってましたから」

写真を見つけたキョウは驚き、すぐさまインターネットで瀬谷ワタルのことを調べた。木本幸司という本名がそこに載っており、その名前は、写真といっしょに見つけた誓約書に書かれたものと同じだった。

「それがわかってみると、思い出されることがありました」

母親はあまりテレビを見る人ではなかったが、キョウがテレビをつけているときに瀬谷ワタルが出てくると、水仕事などの手を止め、画面をじっと見つめていることがあったのだという。タイプなのかと、冗談まじりに訊いてみたことさえあったらしい。

「笑いながら、適当に誤魔化されたのを憶えてます」

「笑ってたか」

ダウンジャケットの襟に顎を埋めるようにして、キョウは頷く。

「ほっぺたをふわっと持ち上げる感じで、すごく優しい顔してました。自分を捨てた相手でも、ああやって成功してるところを見るのは、嬉しいものなんでしょうか」

「俺にはわからねえよ……」

でも、もしかしたら、自分が幸せならば、そんなふうに思えるのかもしれない。経営が傾きながらも、なんとか営業をつづけている会社。健在でいる両親。キョウという娘。きっと、寺田未知子は幸せだった。少なくとも、ナガミネに欺されて金を奪われるまでは。

「そうやって、写真が出てきたり、本名が一致したり、瀬谷ワタルさんがテレビに映ったときのお母さんを思い出したり……もう間違いないと思いました。自分の父親はこの人だったんだって。でも、あんなに有名な芸能人が自分の父親だなんて、あまりに嘘みたいな話じゃないですか」

その嘘みたいな話が本当なのかどうかを、キョウは確かめようと思った。

「だけど、わたし一人では難しかったんです。誰か大人の助けが必要でした」

「それが、俺だったわけか」

かつて母親の自殺を止めた男。いつも母親が懐かしげに名前を口にしていた男。深川の商店街で一度だけ会った実演販売士。

「お母さんがあんなことになってから、わたし、武沢竹夫というその人のことを恨むようになってました。前までは武沢さんのこと、お母さんの命の恩人で、わたしに命をくれた人だって思ってたんです。本当にそう思ってたんです。それが、お母さんが飛び降りたあの日に、百八十度ねじれました。武沢さんが橋の上でお母さんを助けたせいで、自分はこんな世の中に生まれてこなきゃならなかったんだって、そんなふうに考えるようになりました。きっと武沢さんのほうでは、人助けをしたつもりで、本人の中では、すごくいい話になってて……だから、ぜんぶぶちまけてやりたいって。あなたのせいでこんなことになったんだって。ちゃんと責任とれって」

キョウが母親の箪笥で写真を見つけたのは、そんなときのことだったという。そしてその写真によって、自分の父親が瀬谷ワタルである可能性を知った。武沢竹夫という実演販売士と、瀬谷ワタルというテレビタレント。——自分がこの世に生まれてきたことに対し、間接的に責任がある男と、直接の責任があるかもしれない男。

「それともう一人、もちろんナガミネマサトがいます。お母さんを欺したナガミネを、わたしは絶対に捜し出すつもりでした」

ナガミネマサト、瀬谷ワタル、そして武沢。自分の現在《いま》に関係するその三人。ナガミネについては捜し出したい。瀬谷ワタルについては、何よりもまず親子関係を確かめたい。そして武沢には、それを手伝わせることで責任をとらせたい。

「いっぺんにできるやり方を考えました」

武沢に実演販売を教えさせ、瀬谷ワタルが司会を務める「発掘！　天才キッズ」に出場する。その収録現場で瀬谷ワタルの毛髪を手に入れ、DNA鑑定サービスに送って親子関係を確かめる。さらにコンテストで勝てば、ナガミネを捜すための探偵料を手に入れることができる。

「だから……『首ったけEX』だったんだな」

番組で実演販売する商品を考えていたとき、あれを選んだのはキョウだった。

「あの商品なら、実演販売をしながら相手の髪にさわれますから」

キョウは武沢のもとで猛特訓を重ね、実演販売を完璧に習得し、その動画を番組に送った。そして見事に出場権を得た。

「練習が楽しかったっていうのは本当なんです。あれは嘘じゃありません」

「嫌々やってちゃ、あんなに上達しねえよ」

番組の収録当日、スポンサーの関係でキョウはコンテストに出場できなくなってしまった。しかし、ああしてゲリラ的にパフォーマンスをはじめることで、計画どおり瀬谷ワタルの毛髪を手に入れた。その後、インターネットでDNA鑑定キットを購入し、自分の頬の内側をこすった綿棒と、瀬谷ワタルの毛髪を入れて鑑定サービスに送った。

が、そんなことをしながらも、ずっと怖かったのだという。

「何がだ？」

「瀬谷ワタルさんが、自分の父親だとわかってしまうことがです。だって、お母さんと、お腹の中のわたしを捨てた人が、あんなふうに大成功して有名になってるなんて……そんなのが事実だってわかったら、自分がもう本当に、どうにかなっちゃうんじゃないかって」

そんなキョウの気持ちを全力で想像し、武沢にはいま一つだけわかったことがあった。もちろん百パーセントの自信があるわけではないけれど。

「ホームセンターだのショッピングセンターだので木本幸司を捜してたのは――」

本人に訊いてみた。

「もしかして、怖かったからか？」

キョウは頷きながらしゃがみ込み、すがれた雑草をぶちんと抜いた。

「ああやって父親捜しをしてるあいだだけ、瀬谷ワタルさんが父親だっていう可能性を忘れられたんです。怖さを、ちょっとですけど、誤魔化せたんです」

キョウはショッピングセンターやホームセンターで、アナウンスを利用して何度もキモトコウジを呼び出した。しかし、年齢的に一致する人物は現れなかった。一度だけ現れたものの、あとをつけて家へ行ってみると、木本幸司ではなく木本浩司だった。誰が聞いてもこれは徒労だし、武沢だってそう思ったものだが、どうやら本人にとっては大きな意味があったようだ。

たとえば、とても大事なものを家に忘れてきたことに、街なかで気づく。でも人は、それを認めたくなくて、いつまでも鞄の中を探る。そして、鞄の中を探っているあいだは、ひょっとするとそこにあるのではないかという希望を少しだけ持ちつづけることができる。そんな気持ちに似ていたのかもしれない。もちろんスケールはずいぶん違うけれど。

武沢もキョウの隣にしゃがみ込み、名前のわからない雑草を抜いた。

「俺を、ぜんぜん関係ねえ木本浩司の家に連れていったのは？」

キョウの横顔が少し笑った。

「収録スタジオで武沢さんが、家に帰ったら父親のこと調べてくれるって言い出したからです」

——帰ったら、ちょっと調べてやるよ。テツとかまひろも、インターネット使って、なんか手伝ってくれるかもしれねえし。

「でもそんなことしたら、木本幸司が瀬谷ワタルの本名だってことがすぐばれちゃうじゃないですか。だって、ネットに載ってるんですから。そのときになってわたし、武沢さんにあの誓約書を見せて父親の名前を教えちゃったことをすごく後悔して、なんとかしなきゃと思って――」

「偽者に会わせたわけか」

「ごめんなさい」

思えば、武沢にあの誓約書を見せたことが、今回の出来事の中でキョウがおかした唯一の失敗だった。しかしそんな失敗も、彼女はその日のうちになんとかしてしまったのだ。あの夜、武沢はスタジオからの帰り道、木本浩司の家へ連れていかれ、そこで会った人物をキョウの父親だと信じ込まされた。後にそれが嘘だとわかったけれど、そのときにはもう今回の作戦が進行し、キョウの父親捜しのことはすっかり頭から消え失せていた。

「そのあと、鑑定結果が送られてきました」

書類が入った封筒は、武沢が仕事に行っているあいだにアパートへ届いた。八月の終わり、キョウがアパートを出ていく直前のことだったという。その書類により、キョウは瀬谷ワタルが本当に自分の父親であることを知ってしまった。ずっと怖がっていたことが、とうとう現実に起きてしまった。

「そのとき……どう思った？」

キョウはゆるくかぶりを振り、また雑草を引き千切りながら言葉を返す。

「ネットで瀬谷ワタルさんのことを調べた感じだと、たぶんお母さんと付き合ってたのは、タレントとして売れる前です。それがどんな出会いだったのかも、二人がどれくらい長くいっしょにいたのかもわかりません。もしかしたら、最悪の終わり方をマイナスしても、まだお母さんが相手の成功を喜べるような、そんな幸せな時間が、二人のあいだにあったのかもしれません。でも、わたしは――」

キョウの手が止まる。

「その反対の気持ちしか持てませんでした」

喜ぶの反対は何だろう。幸せの反対は何だろう。きっと、怒りや不幸せではない。キョウが抱いた気持ちは、たぶん、すべての色をまぜたときに出来上がる色のように、もうもとには戻せない、真っ黒なものだったに違いない。

「自分の気持ちをどうしていいかわからなくて、行動することもできなくて……お祖父ちゃんとお祖母ちゃんに見つからないように、毎日ただ泣いて」

その姿は、武沢も生け垣ごしに目にしていた。キョウがアパートを出ていったあと、どうしても顔が見たくて家まで行ったあのときだ。それほど広くもない家の中で、キョウは祖父母から隠れ、学習机の前で、両手で顔を覆いながら静かに泣いていた。

「そうしてるうちに、武沢さんのアパートで盗聴器が見つかったんです」

その盗聴器がきっかけで、とんでもないことが判明した。ナガミネ捜しを依頼した探偵の津賀和が、ナガミネの仲間だったこと。自分たちがまんまと欺されていたこと。母親に刺された傷がもとでナガミネが死んでいたというのは、真っ赤な嘘であり、ナガミネはどこかでのうのうと生きていること。

「不公平の中で生きていくのは、もう無理だと思ったのは、そのときです」

あの日、武沢の部屋で、血の気がなくなった真っ白な顔をして、キョウは言うべき言葉を探し——やがて彼女の口から洩れ出たのが、不公平というその言葉だった。

「人を欺したのなら、自分も欺されるべきです。誰かに与えた結果は自分にも返ってくるべきです。他人の人生を壊したなら、自分の人生も同じように壊されるべきです」

だから、キョウはあの作戦を考えた。

ナガミネを欺して追い詰め、その光景を番組の力で全国に流す。それが彼女が立てた作戦だと、武沢たちは思った。キョウの説明を疑いもなく信じ込んでしまった。しかし実際には、キョウが求めていたのはそんなに甘いものではなかったのだ。彼女はナガミネと瀬谷ワタルの二人に、それぞれがやったことに対する公平な見返りを味わわせようとした。自分が人に与えた結果と同じものを与えようとした。

「不公平を公平にするためなら、自分はどうなってもいいと思いました」

母親を欺したナガミネを欺し返し、同じフードコートのテラスから突き落とす。瀬谷ワタルはその一部始終をモニターごしに目撃する。それを母親の姿で実行すれば、瀬谷ワタルはその場で寺田未知子のことを思い出すかもしれない。しかし思い出さなくても構わない。キョウが警察に連れて行かれ、すべてのいきさつを話せば、いずれ彼は知ることになる。かつて非情な誓約書に署名させ、自分の人生から追い出した寺田未知子が、後にフードコートのテラスから身を投げていたこと。原因になったのはナガミネという詐欺師であり、そのナガミネを同じテラスから突き落としたのは、自分と寺田未知子のあいだに生まれた娘だったこと。彼女がその復讐《ふくしゅう》の瞬間を自分に見せつけたこと。——騒ぎはすぐに雑誌やインターネットで拡散し、瀬谷ワタルのタレントとしての人生は台無しになる。そうしてキョウは、ナガミネと瀬谷ワタル、二人の人生を同時に壊すことができる。

「二人に、いつまでもつづく罰を与えるつもりでした。瀬谷ワタルは大成功から一気に突き落とされて、ずっと這い上がれない人生を送って、ナガミネのほうは硬いコンクリートに突き落とされて……」

なのに武沢は、そんな目論見に気づきもせず、大ガラスを気取り、自分のペテンでキョウを救ってやろうと考えた。雁井という役者を使ってナガミネの偽者を用意し、みんなで上手くキョウを欺しているつもりでいた。そして最後には雁井を、あのフードコートのテラスに立たせてしまった。欺されているのは自分たちのほうだと、気づきもせず。

それを知ったいま、武沢には、どうしても訊いておきたいことがあった。

「……俺たちは？」

その短い言葉だけで、キョウは質問の意味を理解した。

「だから、できなかったんです」

武沢の目を見ずに答える。

キョウの計画どおりに最後まで事が運んでいたら、どうなっていたか。もしあれが本物のナガミネで、そのナガミネをキョウがテラスから突き落としていたら。そしてそのあと、キョウが警察ですべてを話していたら。もちろん武沢たちは、その場からすぐに逃げ出していただろうし、キョウだって、警察で武沢たちの名前は出さないつもりだったのかもしれない。しかし、警察の捜査力は半端なものじゃない。いずれ必ず調べ上げる。武沢もまひろも、番組制作会社には偽名を伝えてあるし、使っていた電話も飛ばしスマホだが、なにしろ映像に顔がしっかり残っているのだ。絶対に逃げ切れない。キョウに協力を依頼され、何も知らずにやったこととはいえ、お咎めなしですまされるものではない。武沢たちはテレビ局や番組制作会社を欺し、そのことで最終的に死人が出てしまっていたのだから。

「最後に、俺たちのことを考えてくれたわけか」

「最後の最後で、すみません」

声に、涙の先触れがあった。

「お世話になったのに、すみません」

堪えるようにキョウは黙り込み、うつむいた彼女の口が隙間をあけた。歯を食いしばったが、下唇の両端がだんだんと下に引き攣《つ》れ、そこから苦しげな呼吸が、途切れながら、途切れながら、聞こえてきた。ダウンジャケットの肩が震え、やがて彼女の顔がこちらを向こうとしたので、武沢は急いで目をそむけて立ち上がった。

何もない場所に視線を向けながら、言葉を探した。

「そういや、番組のほうは心配いらねえからな」

ＧＥＯＳの駐車場から逃げ出したあの日、キョウを家まで送ったあと、まひろが軽谷に電話をかけた。まひろと武沢の飛ばしスマホに、それまで軽谷からの着信がひっきりなしにつづいていたが、出られずにいたのだ。

「ぜんぶ、上手くおさまったよ」

知らない女の人がいきなりやってきて、ナガミネをテラスから突き落とそうとしたので、わけもわからず夢中でその場から逃げ出してしまった。あんなことがあって怖くなってしまったので、もうナガミネとは関わりたくない。詐欺の被害届も出したくないし、今回の相談も、なかったことにしてほしい。迫真の震え声で、まひろはそれらを軽谷に伝えた。

　すると。

　──クライマックスを撮れなかったし、すんません、どのみち今回の映像はお蔵入《くらい》りです。ほかにも追っかけてる案件があるんで、放送ではそっちを使います。

　軽谷の口調のせいもあったのかもしれないが、拍子抜《ひょうしぬ》けするほど簡単に解決した。スピーカーホンにしてあったので、軽谷の声は車内にいた全員の耳に届き、それぞれの口からいっせいに長い吐息が洩れた。

　しかし、そのあと軽谷がつづけた言葉に、全員同時に顔を上げた。

　──あんな衝撃映像めったにないから、ほんとは使いたいんですけど、瀬谷さんから意見があったもんで。

　──瀬谷ワタルさんですか？

　まひろが訊き返すと、軽谷はちょっと小声になって答えた。

　──番組の趣旨と違うから、使うなって。まあ、じっさい違いますからね。でもあの女、誰だったのかなあ。ナガミネの詐欺被害者とかですかね？

　──さあ。

　──ですよね。

　あとでまた連絡すると言い、軽谷は向こうから電話を切った。

「テラスに現れたときのお前、ほんとにお袋さんそっくりだったよ」

ようやく涙を遠ざけたキョウは、静かな呼吸を取り戻して上体を立てた。

「瀬谷ワタルさんといっしょに写ってたお母さんに、似せました」

正月の風が、線香の煙を遠くへ運んでいく。

「あの昔のコート、まだあったんだな」

「お母さん、ものを捨てられないんです」

煙の行く先を、キョウと二人で眺める。

「『魔法ブラシ！　ゴムシュッシュ』も、まだ家にあったもんな。外から覗いたときに見たよ」

「それ以外も、ぜんぶそのままです。お母さんの服も、バッグも、メイク道具も、ぜんぶ」

キョウは両手で頬を後ろにこすり、すっと胸をそらした。

「必ず、また使いますし」

いつか自分が大人になり、それらが似合うようになったとき、使うつもりなのかもしれない。

「ここ、寒いな」

カラスの群れが飛び立ったのを機会《しお》に、墓をあとにした。

墓石のあいだを、二人して上着のポケットに両手を突っ込んで歩く。

「お金のこと、ありがとうございました」

足下で落ち葉がかさこそ鳴っている。

「もともとお前ん家《ち》の金だろ」

マンションの一室から盗み出した現金――ナガミネマサトこと長澤正志こと兼澤高志から取り返した金は、昨日着の宅配便でキョウの祖父宛に送った。キョウが津賀和に払った探偵料の着手金、一万五千円も追加してある。送り主の住所や名前はもちろん嘘っぱちで、金を入れた大判封筒の中には、テツにパソコンで打ってもらった手紙を同封した。差出人は「ナガミネマサトの古い知り合い」。内容は、ナガミネが寺田未知子を欺して金を奪ったことを後悔し、いまさらだがすべて返したいということで、この金を自分に託したというものだった。

「祖父さん祖母さん……信じると思うか？」

「あの二人は、何でも信じます」

「金は、何に使うだろうな」

生活費。キョウの学費や教科書代。新しい電化製品。会社をまた一からはじめるには、もう若さが足りないだろうか。

キョウは答えず、ただ自分のスニーカーの先を見つめて墓地の通路を歩きつづけた。行く手でつむじ風が落ち葉を小さく巻き上げている。

墓地を出ると、駅へ戻り、キョウの家へ向かう電車に乗り込んだ。車内には人が多く、大きな荷物を抱えた学生風の若者や、晴れ着をまとって浮き足立った様子の女の子らもいた。彼女たちがそれぞれ手にした、白い無地の紙袋からは、破魔矢《はまや》が飛び出している。

「お前の名前、どんな字なんだ？」

最初に誤魔化されて以来、ずっと訊いていなかった。

「かなえると書いて、叶《きょう》です」

「いい名前じゃねえか」

「お母さんの名前より、わかりやすいかもしれませんね」

たしかに未知子よりも叶のほうが、なんというか、はっきりしている。シングルマザーとして生きることを決めた寺田未知子が、娘にそう名付けたときの気持ちを、武沢は思った。思っているうちに、駅に着いた。家の前まで送ることにして、叶といっしょに駅を出た。

「じつは、一つ報告があるんです」

人けのない路地を歩きながら、叶が急に言う。

「わたし、今回のことをぜんぶ、ある人に打ち明けました」

「え、誰に？」

武沢は思わず立ち止まった。

「瀬谷ワタルさんです」

「……へ？」

叶も数歩進んでから、こちらを振り返って足を止める。

「おととい、わたしが年賀状を取りに郵便受けを見に行ったら、外に一人で立ってました。いつからそこにいたのかはわかりません」

「……は？」

叶は唇を結んで視線を落とし、何かを整理するような間を置いてから、すっと目を上げた。

「フードコートのテラスに現れたわたしをモニターごしに見て、最初はお母さんだと信じ込んだみたいです。自分の番組の収録現場に、何故か突然お母さんが現れて、詐欺師を突き落とそうとしたって。それで、わたしたちがその場から逃げたあと、わけもわからず混乱したまま、急いでスタッフさんに映像を巻き戻させて……そしたらようやく、年齢がおかしいことに気がついて」

画面に映っている人物に関し、もしや、という思いがわいたのだという。寺田未知子の娘。十五年前、いっさい関わりを持つことを拒否した、自分の子供。もちろん確信したわけではなかった。しかし彼の頭はあっという間にその可能性でいっぱいになった。怖くてたまらなくなった。

「番組のスタッフさんたちに意見をして、映像を使わない流れにさせて、そのあとすぐにお母さんのことを調べたって言ってました」

インターネットで少し調べただけで、寺田未知子の両親が経営していた会社「じょうはな」がもう存在しないことがわかった。瀬谷ワタルは、かつて寺田未知子が住んでいた家へ行ってみた。するとそこには別の家族が暮らしていた。彼は近所の家を、変装もせずに訪問し、古い知り合いだと言って寺田家のことを訊ねた。

「そこで、会社が倒産したことや、家族が引っ越したこと、その引っ越し先で暮らしはじめたあとお母さんが飛び降りたことを知ったそうです」

「で、その引っ越し先に行って……お前に会った？」

「はい」

「そんで？」

「話をしました」

もちろん玄関先で話すわけにもいかず、叶は瀬谷ワタルをその場から連れ出した。そして、人のいない道を選んで歩きながら、自分がやろうとしたことのすべてを話した。武沢たちの名前だけを伏せて、すべて。母親を欺したナガミネをテラスから突き落とし、その瞬間を瀬谷ワタルに見せつけようとしたこと。ナガミネと瀬谷ワタル、二人の人生を同時に壊してやろうと思ったこと。しかし最後の瞬間、勇気が足りず、実行できずに逃げ出してしまったこと。

「自分の行動が、どんな結果になったかを、知ってもらいたかったんです」

「知ったら、どうなった？」

叶はこちらを向いてかかとを揃え、自分の両膝を掴むようにして、深々と頭を下げた。

「こうやって謝りました」

「……まじか」

「まじです」

叶は地面に向かって喋る。

「ずっとこの体勢で動かなくなって、喋らなくなって、わたしはただそれを見ていて、そのうちやっと身体を起こしたと思ったら――」

泣いていたのだという。

「あの野郎が？」

「泣き方は、なんていうのか、あまりのことに驚いて、混乱して、子供みたいに涙がぼろぼろ出ちゃってる感じでした。自分の娘が、自分の見てる前で人殺しをしかけたんだから、そうもなりますよね」

　叶は回れ右をして正月の路地をふたたび歩き出し、そうしながら、まるで日常の出来事でも話すようにつづけるのだった。

「何か自分にできることはないかって言われました。金銭的な援助を提案されたから、それは素直に受け入れました。お金はたくさんあるみたいだし。でも、それだけじゃ何だか恐喝してるみたいだから、わたし、一つ提案したんです」

「何て？」

「今度、二人でご飯を食べに行きます」

　目と口が同時にひらいた。叶が止まってくれないものだから、両足は動かしつづけるしかなく、阿呆《あほ》が歩いているようだった。

「いっしょに食事をして、話をして、仕事のこととか、昔のお母さんとのこととか、いろいろ聞いて、時間を過ごしてきます。たぶん本当の親子みたいに、すごくぎこちない雰囲気だとは思いますけど。これ、一回じゃありません。何回も付き合わせます。あなたにはその責任があると、わたし言いました。それで、そうやって何度も会いながら、そのうち時間が経ったら、お祖父ちゃんとお祖母ちゃんに、金銭的な援助について自分から直接話してほしいって言いました」

「……そしたら？」

「ほっとした顔してました」

そう言いながら、叶の頬がふわりと持ち上がった。

それは、この半年ほどのあいだで初めて見た、本当の頬笑みだった。

「自分からもお願いしたいくらいだって言ってました。でも、本気だと思いますか？」

「さあ……」

叶がやったことが、十五年前に無情な行いをした瀬谷ワタルの心を打ち、自らの生き方を後悔させた。たとえいまからでも、もう遅くても、償《つぐな》えるものなら償いたいと思った。

「本人が言ったんなら、本気だろ」

「武沢さんが言うなら、信じます」

鳥影が二人を追い越していく。上を見たときにはもう、その姿は空の向こうで点になっていた。叶も隣で空を仰ぐ。薄雲が広がった空は、白くて明るい。民家の庭から飛び出した枝々が、針金のように細く伸びている。

やがて武沢と叶は視線を下ろし、それぞれの沈黙とともに歩きつづけた。静かな路地に二人の足音が響き、どこかの家の庭から、いかにも家族らしい笑い声が聞こえてきた。

今回の出来事は、いったい何だったのだろう。

ポケットに手を突っ込み、行く手の路地をぼんやり眺めながら、武沢は考える。もちろん考えても無意味なことは最初からわかっている。ある出来事が、いったい何だったのかという問いに、具体的な答えなんて出てくるはずがない。もし答えがあるとしたら、起きたことそのものだ。それ以上でも以下でもない。

こんな出来事があった。

ただそれだけだ。

「あれ？」

叶の家がほど近くなってきたとき、武沢は足を止めた。

「ここ、ずいぶん綺麗になったんだな」

そこは、叶と二人で石を投げた、あの竹藪だった。

いや、いまはもう竹など一本もなく、ただ四角い空き地が広がっているだけだ。土は均《なら》され、雑草の一本さえ生えていない。左右を民家の壁に挟まれたその土地は、遠近法に従った綺麗な台形になって目の前に広がっていた。

「ついこないだ、工事してました」

「おい、やっぱし向こう側に窓ガラスあるじゃんかよ」

空き地の先にあるのは灰色の壁で、その真ん中に窓ガラスがはまっている。たしかキョウはネジ工場と言っていただろうか。

「あっぶね……」

投げた石は竹に跳ね返って絶対に向こう側まで届かないから大丈夫だと言われたので、武沢も調子に乗ってばんばん投げていた。しかし、こうして実際に窓ガラスがあるのを見てみると、よくもそんなことをしたものだと自分であきれる。

「もう、あの遊びはできませんね」

「やっちゃ駄目だろあんなこと」

いまさら言いながら、がらんとした空き地を眺める。立ち入り禁止のロープが張ってあるわけでもなく、中に入っても問題なさそうだったので、均された土を踏んで奥へ行ってみた。叶の家がもう近く、これでお別れになってしまうからという理由もあった。もしかしたら、ずっとお別れになってしまうかもしれない。

「ここ、家でも建てんのかな」

「どうなんでしょうね」

「静かだし、日当たりもよさそうだし……うん？」

工場の壁際まで行き着いたところで、武沢はそれを見つけた。

顔の高さあたりにはまった、曇りガラスの窓。そのサッシに、ちょこんと乗っている。

「あんときのやつだ」

それは、小指の第一関節から上くらいの大きさの、いびつに丸い石だった。叶の家まで様子を見に行った日、生け垣の下で拾った石。ちょうどカエルがうずくまったようなかたちをしている石。武沢がこれを竹藪に投げ込んだとき、無数に生えた竹の中で、かんかんかんと跳ね返る音だけが聞こえてきた。

そのときの石が、いま目の前のサッシに乗っかり、まるで本物のカエルが座っているように、こっちを見ているのだった。

「こんなことって、あるんだな……」

「あるんですね……」

叶と二人でしみじみ石を眺めていると、なんだか周囲の景色が、にわかに弾力をもって感じられてきた。そして不意に、これでよかったのだという思いが胸の中でふくらんだ。今回の出来事がいったい何だったのか。それは説明のしようがない。しかし、いま自分の隣には、女の子の服を着て、伸ばしはじめた髪を可愛らしいピンで留め、自分を「わたし」と呼ぶ叶がいる。いつも乾ききっていた両目は、車の中で長いこと泣いた、あの涙が染み込んだように、若々しい生気に満ちている。そして、何より彼女は、もう嘘をつかずに生きていける。

無駄ではなかった。

自分がやったことも、叶がやったことも。

「よし、決めた」

腕を伸ばし、武沢は石を手に取った。

「これを玄関に飾る」

なくなってしまった高級赤ワインのかわりに、玄関脇に置いておこう。本当は、何か作戦成功の証でも飾るつもりだったが、お世辞にも成功とはいえないので、このくらいがちょうどいい。

手のひらにのせた石を、叶と二人で見下ろす。

最初にこの石を拾ったとき、武沢はヤドクガエルを思い出した。水たまりに放たれたオタマジャクシたちが共食いをはじめ、そこへカエルを一匹入れてやると、みんな我先にその背中へ逃げようとする。どんな種類のカエルを入れても、オタマジャクシは同じように、必死でそこへ乗っかろうと頑張る。赤の他人である自分の背中でも、少しは役に立ったのだろうかと、あのとき武沢は溜息まじりに考えた。しかしいまは、役に立ったと信じることができた。自分たちが叶に見事に欺されたおかげで、最後の最後に彼女は、本物の父ガエルの背中に乗ることができたのだから。金持ちで、心をすっかり入れ替えた父ガエルの背中に。そして、たったいまそのことを話しながら叶は、出会って初めて見る頰笑みを浮かべていた。とても嬉しそうに笑っていた。

「なあ……叶」

　そのとき、何の根拠も確信もない考えが、武沢の頭に浮かんだ。

　曖昧なその考えは、しかし、手のひらの石を見つめているあいだにだんだんと輪郭を鮮明にし、ある一つのかたちとして頭の中に浮き上がってきた。

「一つだけ、質問してもいいかな」

　耳元の髪を押さえながら、叶がこちらに目を向ける。

「どうぞ？」

　今回の出来事が、いったい何だったのか。

　その具体的な答えが、もしかしたら存在するのではないか。

　これから自分がする質問に、もし叶が、首を横に振ったとしたら。

「お前、ほんとに俺たちのことを考えて、ナガミネをフードコートのテラスから突き落とすのをやめたのか？」

　こちらを見返す叶の黒目に、すっと芯が入った。

「どう思います？」

　悲壮な決心のもと、叶は武沢たちを欺し、とんでもない作戦を決行した。しかし最後の最後でためらい、ナガミネをテラスから突き落とすことができず、そのまま逃げ出した。それをモニターごしに見た瀬谷ワタルは、叶に会いに行って話をした。そして一部始終を知り、自分の過去を反省した。彼は叶に金銭的な援助を申し出て、叶はそれを受け入れた。さらに、今後二人は、徐々に親子としての時間を過ごすことになる。叶は何ひとつ嘘をつかずに生きていける。

それが、はじめから叶が願っていたことだったとしたら。

「前にわたしが言ったこと、憶えてますか?」

叶は目線を外し、武沢に背中を向ける。

「人間は、どこから来たのかじゃなくて、どこへ行くのかが大事だって、いつも思ってるんです。だから、自分の……自分たちの前に、道をつくりたかったんです。瀬谷ワタルさんから受け取るお金は医療費に使うつもりで、その話は瀬谷さん本人にもしてあります。今度食事に行ったときに、またあらためてするつもりです」

TSUGAWAエージェンシーに忍び込んだあの夜、叶は言っていた。祖父は寝ており、祖母は病院に行っていて、だから深夜に抜け出てこられたのだと。祖母がどんな病気なのかとテツが訊いても、言葉を濁していたが。

「俺たちが取り戻した金じゃ、駄目なのか?」

「もちろん、そのお金もありがたく使わせてもらいます。でも、足りないかもしれないんです。額が決まっていないんです。いつまでつづくかわからないんです。ずっと助けが必要なんです」

「祖母さん、いったいどんな病気なんだよ？」

「お祖母ちゃんじゃありません」

「でも、祖母さんが病院に——」

叶がこちらに身体を向けた。しかし顔は上げず、その両目は武沢の胸のあたりを見ていた。

「一つだけ、武沢さんたちが、ずっと勘違いしていることがあります」

自分たちがずっと勘違いしていること。

「わたし、最初にアパートで武沢さんと話をしたとき、その勘違いに気づきました。でも、けっきょく最後までそのままにしておいたんです」

何を、と訊く前に、叶の両目がしっかりと武沢を見た。

「会ってもらいたい人がいます」

その人は、白い布団の下で静かに眠っていた。

病室のベッドに横たわり、ただの寝息にしか聞こえない規則的な呼吸を繰り返しながら。彼女の呼吸はゆっくりで、武沢が二度息を吸うあいだに一度といったペースだった。

コンクリートに打ちつけられたその瞬間、彼女はたぶん空に目を向けていたのだろう。十五年ぶりに見るその顔は、綺麗だった。

「たしかにお前は、一度も言わなかったな」

叶が言わなかったその言葉が、自分たちが何度も口にしてきたその言葉が、いまは咽喉から先へ出てこない。

隣で叶が頷き、武沢のかわりにそれを口にした。

「死んだとは言ってません」

「でも、俺たち勘違いして、何度も――」

いいんです、と叶が静かに遮る。

「馬鹿みたいに聞こえるかもしれませんけど、それが、わたしには心地よかったんです」

言葉の意味を摑みかね、武沢は叶の横顔を見た。彼女は寺田未知子の白い顔を、まるで自分が母親であるかのような目で見下ろしていた。

「アパートの部屋で、武沢さんが思い違いをしていることに気づいたとき、ずっと自分にのしかかってたものが、ほんの少し軽くなったような気がしたんです。だって、お母さんがあのフードコートで飛び降りてから、初めてでしたから」

「……何がだ？」

「現実のほうが、ましなんて」

寺田未知子は死ななかった。死なないまま、長い眠りについた。

自分のすぐ隣にいた母親が、唐突にテラスの柵を乗り越えた去年の春以降、叶が這いつくばるようにしてくぐり抜けてきた現実の、非情さ、残酷さ。それをいま武沢はあらためて思い知らされた。母親が死んだという武沢の勘違い——それによって、やっと現実のほうがましだと思えるような毎日を、彼女は生きてきたのだ。

「武沢さんと、武沢さんから話を聞いた、まひろさん、やひろさん、貫太郎さん、テツくん……みんなの中では、すっかりお母さんは死んだことになっていて……わたしは、そう言われるたびに、お母さんがこうしてちゃんと生きてることが嬉しいって思えたんです」

叶は枕元のガーゼを手に取り、母親の口元を拭《ぬぐ》った。そんな娘に、ありがとうと礼を言ったり、笑い返したりしないことが不思議に感じられるほど、彼女は穏やかな顔で横たわっていた。

「もしかして、祖父さん祖母さんのお遍路も——」

叶は小さく顎を引く。

「神頼みくらいしか、もうできないですから」

祖父母がお遍路から帰ってきたあと、叶は言っていた。

——いまのところ効果はないみたいですけど。

ほかにも思い出されることはたくさんあった。病気の犬のために祈りつづけたじいさんの話をし、思いを分散させたほうがいいと武沢が言ったときも。

――そんなことはできません。

――お祖父ちゃんとお祖母ちゃんといっしょに、ずっと祈ります。

叶は、いつも祈っていたのだ。

しかし武沢も、ほかのみんなも、その祈りにまったく気づかなかった。

――ぜんぶそのままです。お母さんの服も、バッグも、メイク道具も、ぜんぶ。

――必ず、また使いますし。

もちろん、ナガミネや津賀和は知っていたのだろう。寺田未知子がフードコートのテラスから飛び降りたことを知っていたのだから、彼女がその後どうなったかを把握していないはずがない。連中が武沢や叶を欺し、ナガミネが死んだと信じ込ませようとした理由も、おそらくはここにあったのだ。寺田未知子がいつか目を覚ましてしまう前に、彼女に刺された傷が原因でナガミネが死んだという偽の事実を、なんとかしてつくり上げておきたかったのだろう。ナガミネを捜させないために。警察に相談させないために。

「春が来たら、もう一年も経っちゃいます」

脳波計なのか心電図なのか、ベッド脇のディスプレイに規則正しい波が流れ、右側へ向かって消えていく。

「ずっとこのままの可能性もあるし、もちろん少しずつ弱っていく可能性もあるし、もしかしたら明日、何かが起きるということも、考えられるそうです」

「何か……ってのは？」

「はっきりとした言葉は聞かされていません。具体的に言っちゃうと、向こうも責任問題だし、そもそもわからないんだと思います。脳の損傷自体は、リハビリで日常生活を送れるようになるレベルですんでいるんです。なのに——」

叶は、まるで軽い冗談のような口調でつづけた。

「起きてくれないんです」

それはたぶん、母親に聞かせるための声だった。だから武沢も、努力してその口調に合わせた。

「自分の娘がとんでもない大ペテンをかましたことも、知らねえわけか」

「命の恩人がここに来てることも、知りません。武沢さんには、寝顔を見られたくないかもしれませんね」

「十五年前に、ちょっと見たよ」

いつのまにか握り締めていた拳をひらき、武沢は右手をズボンのポケットに差し入れた。そこにはあのカエルのかたちをした石が入っていた。

掛け布団の端を少しずらし、点滴の針が刺さった寺田未知子の手に、石をのせる。瘦せ細った指をゆっくりと折って握らせ、そのまま彼女の手を、自分の手で包み込む。十五年前に彼女を泊めたとき、何もしなかったと貫太郎には言ったが、本当はこの手を一度だけ握った。ちょうどいまと同じように、布団の中から差し出された寺田未知子の手を、ほんの数秒だけ、武沢は握った。

「ほんとにこのまま、祈りつづけていてもいいんでしょうか」

叶の声が、まるで重心がぶれたように揺れた。

「珍しいこと言うじゃねえか」

しかし武沢は、冗談じみた口調を崩さなかった。

「大丈夫だ、祈ってろ。信じてろ。だって親子して、片っぽが〝未知〟で、もう片っぽが〝叶う〟だろ?」

これまで十年、二十年、武沢はいつも冗談じみた口調で身を守りながら生きてきた。寺田未知子と出会ったあの夜も。しかし、いまこの瞬間にそれをやりつづけるには、渾身の努力が必要だった。

「自分の名前を信じろ」

そのとき、武沢の手の中で、寺田未知子の指が動いた。

「信じます」

いや、きっと気のせいだ。そんなに上手いことといくはずがない。それでも武沢は、身体のすべてが祈りでいっぱいになり、いまそこにあるかもしれない、ほんの小さな可能性を、力ずくで引き寄せようとした。もっとも、こんな瞬間はもちろん叶だって、叶の祖父や祖母だって、何十回、もしかしたら何百回も経験してきたに違いない。でも、人が増えればでかいことができる。奇跡だって起きてくれる。だいいち自分には実績がある。一度きりだが実績がある。十五年前、扇大橋の真ん中で、自分は寺田未知子と出会い、あの無茶苦茶にレベルの高いなぞなぞに正解し、彼女が死ぬのを止めてみせたのだ。

信じます、と叶はもう一度、今度は真っ直ぐな声を聞かせた。

「久々に、なんかなぞなぞでもやってみるか」

本当に気のせいだったのだろうか。自分の手の中に、小鳥が眠りから覚めたような感触が広がったのは、気のせいだったのだろうか。

「寝てる相手に三秒以内ってのは酷だから——」

「もっと長くしてあげたほうがよさそうですね」

「どのくらいだ？」

「どのくらいでしょうね」

どのくらいなのだろう。その時間の長さを、その祈りの大きさを、武沢にははかることなどできず、しかし、いつか彼女の口からなぞなぞの答えが聞ける日が来るという確信だけが胸にあった。これまでずっと自分の確信なんて、ことごとくひっくり返され、馬鹿みたいに慌てふためきながら逃げ出すことを繰り返してきた。でも、そのすべてが、いまのためにあったのではないかと思えた。無根拠なその感覚を、武沢は全力で信じた。

参考文献

『テレビ局の裏側』中川勇樹著（新潮新書）
『詐欺の帝王』溝口　敦著（文春新書）
『アキバ発！「売《バイ》の極意」』吉村泰輔著（健康ジャーナル社）

解説

ヨビノリたくみ（教育系 YouTuber）

あれは、高校一年生のある夏の日のことでした。

いつものように学校の帰りに本屋に立ち寄ったところ、店頭に置かれた『向日葵《ひまわり》の咲かない夏』という作品が目に留まったのです。それが私と道尾作品との出会いでした。家に帰ってさっそく読み始めたところ、あまりの展開に手が止まらなくなり、読み終えたときには朝を迎えていました。読後の興奮からか、そのまま起きていたのにもかかわらず、何故か次の日の1時間目の数学の授業に遅刻してしまったことを今でも覚えています。

それから狂ったように道尾作品を読み漁《あさ》りました。私がアルバイト先のドーナツ屋で振り撒いていた笑顔が実は全て道尾作品のためだったとは、当時のお客さんは知る由もなかったことでしょう。

道尾作品には様々な一位があります。

もちろん個人的なものなのですが、例えば前述した『向日葵の咲かない夏』は「人生に影響を与えた作品ランキング一位」であり、その後の読書人生の趣味趣向を完全に左右した作品でした。他にも『片眼の猿』は「ラストが忘れられない作品ランキング一位」、『背の眼』は「世界観が好きな作品ランキング一位」、『いけない』は「鳥肌が立った個数ランキング一位」、『シャドウ』は「読み返した作品ランキング一位」といった具合です。

そして何を隠そう本書『カエルの小指』の前作にあたる『カラスの親指』は「人に勧めたい作品ランキング一位」であり、これまで何人もの人に勧めてきました。結果は全戦全勝。全員を道尾秀介沼に落とすことに成功しています。

さて、今回私に与えられた役割は「解説」なので、このあたりで『カラスの親指』のあらすじを紹介しておきましょう。このままだと自分の好きな道尾作品を列挙するだけの駄文がこの素敵な本の最後を飾ることになってしまうので……（そう考えると文庫本の解説って本当に責任重大ですね）。

ベテラン詐欺師のタケは、あることをきっかけにテツという男と出会います。そして二人はコンビを組んで様々な仕事（詐欺）を重ねていくのですが、ある日二人のもとにまひろという少女が現れ、その姉のやひろ、その恋人の貫太郎の三人がタケとテツが住んでいる家に転がりこみ、それから五人の奇妙な共同生活が始まります。しかし、この五人はそれぞれ心に闇を抱えており、それらを払拭《ふっしょく》するべく、人生逆転のための大規模な詐欺を企てる、というお話です。

この作品の魅力はなんといっても、個性豊かでどこか人間臭い「登場人物たち」でしょう。タケもテツもまひろもやひろも貫太郎も、作品を読み終えた後には全員のことを好きになること間違いなしです。

私は「どんでん返し」が好きで好きで仕方ありません。

きっとこれは『向日葵の咲かない夏』に強く影響を受けた結果だと思うのですが、どの作品にもどこか期待してしまう自分がいるのです。嬉しいことに、『カラスの親指』にも、ある大きいどんでん返しが待っていました。しかしそれは、これまで読んできたどのどんでん返し系の作品よりも、心が温まるどんでん返しだったのです。これはミステリーでは珍しいことで、魅力的な登場人物だからこそできた芸当だと思っています。

本書『カエルの小指』では、そんな大好きな登場人物たちにまた会えるというので驚きました。しかも、『カラスの親指』を読んだ人なら絶対に気になる、「物語のその後の様子」が書かれているというのです。解説を先に読むタイプの方に向けて、ざっくりと本書のあらすじを紹介しましょう。

物語は『カラスの親指』から十年以上経った世界のお話で、前作ではまだまだ幼かったまひろもすっかり大人になっています。前作の後、二度と詐欺には手を染めないと誓ったタケですが、ある日、キョウという中学生と出会い、事態は一転します。キョウ曰《いわ》く、キョウの母親は詐欺に遭って人生に絶望し、テラスの柵を乗り越えて建物の三階から身を投げてしまったらしいのです。父親も生まれた頃からいませんでした。そんなキョウに「あるお願いごと」をされたタケは怒りに震え、人生でもう一度だけ、かつての仲間と共に詐欺を働くことを決意するのです。

いやぁ、激アツですね。自分で書いていてまた読み返したくなってしまいました。

　ここで皆さまに一つだけ自慢をさせてください。YouTubeやTwitterを通して道尾作品への愛を発信し続けたところ、なんと『カエルの小指』について道尾秀介さん本人と対談させていただく機会をいただいたのです。この話が決まったとき、すぐにこれまで道尾沼にはめてきた友人たちに一斉送信で報告しました。その結果、めちゃくちゃ羨ましがられました。さすがに。

ただ自慢をしても仕方がないので、その際に著者本人に聞いた興味深い話をシェアさせていただきます。

　まず本人に聞いてみたのは「続編を書く構想は以前からあったのか？」ということでした。道尾作品で続編がある小説は非常に珍しかったからです。

　道尾さん曰く、作品を書く際は常に「これ以外のエンディングはありえない」という気持ちで物語を終わらせるらしく、基本的に続編という形はやりたくないとのことでした。すると自然に湧く疑問は「なぜ『カエルの小指』という作品が例外的に生まれたのか」ということになると思うのですが、それは「登場人物たちにまた会いたくなったから」だと言うのです。こんな素敵な理由があって良いのでしょうか？　ファンだけでなく、著者自身もこの作品の登場人物たちのことが大好きなようです。

もう一つ、本書に関する小話も紹介しましょう。

皆さんは映画『カラスの親指』をご覧になったことはありますか？　まだ観ていない方は今すぐ観ることをお勧めします。傑作です。映画でないとできない表現が多々詰め込まれているので原作を読んだ方でも楽しめます。中でも阿部寛《あべひろし》さん・村上《むらかみ》ショージさんらが演じる登場人物たちは非常に魅力的で、小説を読んでいたときに思い描いていた姿そのものでした。道尾さん自身にとってもそれは同様で、続編を書く際には逆に強く影響を受けたそうです。本書『カエルの小指』ではある作戦のためにタケが頭を丸めるシーンがあるのですが、その部分を読んだとき、私は「また頭を丸めたんだ（笑）」と思いました。『カラスの親指』でもそんなシーンがあったような気がしたからです。しかし実際は原作にそのようなシーンはなく、阿部寛さん演じるタケが映画の演出として頭を丸めただけだったのです。道尾さんの脳裏にもそのシーンが強く焼き付けられ、なんと、本書『カエルの小指』でも自然とそのような展開を書いていたとのことなのです。著者本人に影響を与える映画って凄いですよね。繰り返しになりますが、皆さんも絶対に観てください！

道尾作品には様々な一位があると言いましたが、本書『カエルの小指』はどんなランキングの一位になるでしょうか。色々と考えてみたのですが、それはもしかしたら「親戚や家族にも読んでほしい作品ランキング一位」かもしれません。おそらく本書を読み終えた方は同じような気持ちになっていると思います。皆さんもぜひ、この作品を読んだ後は家のどこか高さ一三五センチの場所にこの本を置いておくと良いでしょう。それは人の目を最も引く高さらしいので、家の人が自然に手に取ってくれるかもしれません。

本書は二〇一九年十月、小社より単行本として刊行されました。

〈初出〉
小説現代増刊号『メフィスト』2018 VOL. 3～2019 VOL. 2

|著者|道尾秀介　1975年生まれ。2004年『背の眼』で第5回ホラーサスペンス大賞特別賞を受賞しデビュー。'07年『シャドウ』で第7回本格ミステリ大賞、'09年『カラスの親指　by rule of CROW's thumb』で第62回日本推理作家協会賞（長編及び連作短編集部門）、'10年『龍神の雨』で第12回大藪春彦賞、同年『光媒の花』で第23回山本周五郎賞、'11年『月と蟹』で第144回直木賞を受賞。他の著書に『N』『雷神』『いけない』などがある。

カエルの小指《こゆび》　a murder of crows

道尾《みちお》秀介《しゅうすけ》

2022年2月15日第1刷発行

発行者――鈴木章一
発行所――株式会社　講談社
東京都文京区音羽2-12-21　〒112-8001
電話　出版（03）5395-3510
　　　販売（03）5395-5817
　　　業務（03）5395-3615

Printed in Japan

講談社文庫
定価はカバーに
表示してあります

KODANSHA

デザイン―菊地信義
本文データ制作―講談社デジタル製作
印刷―――凸版印刷株式会社
製本―――株式会社国宝社

ISBN978-4-06-526401-0

講談社文庫刊行の辞

二十一世紀の到来を目睫に望みながら、われわれはいま、人類史上かつて例を見ない巨大な転換期をむかえようとしている。

世界も、日本も、激動の予兆に対する期待とおののきを内に蔵して、未知の時代に歩み入ろうとしている。このときにあたり、創業の人野間清治の「ナショナル・エデュケイター」への志を現代に甦らせようと意図して、われわれはここに古今の文芸作品はいうまでもなく、ひろく人文・社会・自然の諸科学から東西の名著を網羅する、新しい綜合文庫の発刊を決意した。

激動の転換期はまた断絶の時代である。われわれは戦後二十五年間の出版文化のありかたへの深い反省をこめて、この断絶の時代にあえて人間的な持続を求めようとする。いたずらに浮薄な商業主義のあだ花を追い求めることなく、長期にわたって良書に生命をあたえようとつとめるところにしか、今後の出版文化の真の繁栄はあり得ないと信じるからである。

同時にわれわれはこの綜合文庫の刊行を通じて、人文・社会・自然の諸科学が、結局人間の学にほかならないことを立証しようと願っている。かつて知識とは、「汝自身を知る」ことにつきていた。現代社会の瑣末な情報の氾濫のなかから、力強い知識の源泉を掘り起し、技術文明のただなかに、生きた人間の姿を復活させること。それこそわれわれの切なる希求である。

われわれは権威に盲従せず、俗流に媚びることなく、渾然一体となって日本の「草の根」をかたちづくる若く新しい世代の人々に、心をこめてこの新しい綜合文庫をおくり届けたい。それは知識の泉であるとともに感受性のふるさとであり、もっとも有機的に組織され、社会に開かれた万人のための大学をめざしている。大方の支援と協力を衷心より切望してやまない。

一九七一年七月

野間省一